Gallmeister

LES JOURS SOMBRES

Gregory Brown

LES JOURS SOMBRES

Roman

Traduit de l'américain
par Juliane Nivelt

Gallmeister

FICTION

Titre original: THE LOWERING DAYS

Original publishers: HarperCollins, New York

ISBN 978-2-35178-239-2
ISSN 1956-0982

Conception graphique: Aurélie Bert

À mes parents, à la mémoire de mes grands-mères
et de mes grands-pères

Les gens demandent le chemin de la Montagne Froide
Nulle route ne mène à la Montagne Froide
L'été, la glace ne fond pas
À peine levé, le soleil se noie dans le brouillard
Comment y parvenir, comme moi,
Si votre cœur n'est pas pareil au mien ?
Si votre cœur, par contre, est pareil au mien
Vous êtes alors en plein milieu.

HAN-SHAN*

Une autre fois, lors d'un jour triste et sombre, j[illegible] seul dans le champ. Tout était mort et mutique. Un sentiment de manque et d'horreur incommensurable s'abattit sur moi. Le silence et l'austérité du lieu m'indisposaient, sa vastitude me terrifiait, des craintes issues des régions les plus reculées de la terre m'assaillaient. Qui savait quels dangers risquaient de surgir à l'est pour m'envahir depuis les contrées par-delà les mers ? J'étais un enfant, petit et vulnérable. J'avais oublié qu'il existait un autre être vivant au monde.

THOMAS TRAHERNE, *Centuries of Meditation*

* Traduction de Cheng Wing Fun et Hervé Collet.

Quelle est l'histoire de cet endroit ? De cette vallée ? De cette rivière ? De cette baie ?

L'histoire de cet endroit ? L'histoire de cet endroit est simple. Les hommes emportent les femmes et la mer emporte les hommes.

Mais comment les hommes emportent-ils les femmes ?

Avec l'amour. Les poings. Les couteaux. Les grossesses. L'argent. Les mots. L'amour.

Comment la mer emporte-t-elle les hommes ?

Rien de plus facile. Une simple bourrasque, le bond d'une vague traîtresse. Comme une respiration. La liberté, ce n'est jamais que la capacité à respirer. Essaye donc. Ouvre la bouche. Presse ta langue contre l'arrière de tes dents. Ferme les yeux. Voilà, c'est bien, chaton. Maintenant, prends une respiration. Veille à ce qu'elle soit petite. Pense aux poumons d'un nouveau-né, pas plus gros qu'une clémentine. Respire. Tu le sens ? Bien sûr que tu le sens. Un autre homme vient d'être emporté par la mer.

Et que fait la terre pendant ce temps ?

Elle réclame justice.

I

I

NOUS ÉTIONS des enfants sauvages, toujours couverts de vase et de sueur. Chaque recoin de la maison attestait de notre passage : nos pas ocre s'étalaient sur le plancher de la cuisine, nos lits étaient pleins de sable, nos mains boueuses laissaient des traces sur les placards, les poignées et les bateaux merveilleux que construisait notre père. En été, les fenêtres étaient grandes ouvertes à la rivière, aux cris des hiboux, des coyotes et des grenouilles. Parfois nous avions la sensation que la frontière entre l'intérieur et l'extérieur était abolie. Peut-être est-ce la raison pour laquelle mes frères et moi n'avons jamais mis en doute la capacité de mes parents à se convoquer l'un l'autre, peu importe la distance qui les séparait. Je n'y ai rien vu d'exceptionnel avant de devenir adulte. Selon certaines cultures, un chant prononcé à un endroit peut être perçu à des kilomètres de là. Les Passamaquoddys parlent de *motewolon*, des personnes dotées de pouvoirs spirituels à l'ouïe particulièrement fine. Toutes ces années plus tard, je reste persuadé que mes parents détenaient une magie similaire. Et si les mots me manquent pour décrire le phénomène, je suis convaincu d'une chose :

l'amour devrait toujours pouvoir rappeler l'amour à soi. Enfants, cela nous semblait une évidence.

Je m'appelle David Almerin Ames. L'autre jour, je me suis réveillé avec le besoin impérieux de comprendre le passé pour mieux aborder l'avenir. Rien d'exceptionnel à cela, en revanche. En m'octroyant la permission d'examiner librement les vies parmi lesquelles j'ai grandi, me mouvant d'une maison à l'autre, à l'instar de la rivière qui nous entourait, j'espère affronter le courant de l'histoire sans être emporté par lui. Aujourd'hui, je suis médecin. On pourrait croire que j'ai vu assez d'absurdités pour m'en remettre au temps et au hasard, pourtant les soignants souffrent d'une malédiction secrète, la soif de contrôle. Toute maladie a un remède, à condition d'être diagnostiquée à temps. Ainsi, j'ai souvent pensé à ce qui aurait pu être évité si quelqu'un s'était interposé entre mon père et Lyman Creel durant mon adolescence. Mais voilà que j'évoque des mystères, des lieux improbables et des tâches impossibles. Au commencement était la Penobscot.

La rivière prend sa source dans les montagnes du nord du Maine et dévale l'État telle une colonne vertébrale. Elle doit son nom aux Penobscots, les habitants originels des eaux. Les Penobscots, de même que les Micmacs, les Malécites et les Passamaquoddys, appartiennent à la nation des Abénakis, le peuple de la terre de l'aurore. Pendant des millénaires, ils ont vécu seuls sur leur territoire. Puis, ainsi que l'avaient prophétisé les Anciens, des navires emplis de visages blancs en provenance de l'est vinrent semer une tristesse indicible. Le salut aussi était censé venir de l'est. Les Penobscots gouvernaient leur peuple depuis une île d'un kilomètre de long enracinée dans la rivière. Leur territoire englobait tout le bassin-versant de la Penobscot : la rivière, ses berges, ses îles et la baie qui, au fil du temps, est aussi devenue le berceau de ma famille.

À cinquante kilomètres en aval de l'île, un petit affluent faisait un dernier crochet par les bois et contournait notre maison avant de se jeter dans la mer. Enfants, nous l'avions baptisé Petite Rivière, parce que nous avions le sentiment qu'il nous appartenait. Ce n'était pas le cas, bien sûr, mais nous étions jeunes et ignorants du danger qu'il y avait à penser que la nature puisse être possédée. Au fond des bois, une péninsule étroite s'avançait dans l'eau. Mes parents, Arnoux et Falon, y avaient dégagé une longue piste, abattant juste assez d'arbres pour construire une maison traditionnelle à poteaux et à poutres. Le sel de l'océan tout proche avait teinté l'allée, qui était blanche et incurvée, comme une côte humaine. Nos chiens passaient des heures à lécher la terre. Durant les tempêtes, craignant que la péninsule soit emportée, nous envisagions de nous abriter en ville, chez des amis ou des parents. Tenace, robuste, ancrée dans la rivière, la péninsule résistait, et nous aussi.

Mon père a survécu à la guerre en rêvant de bateaux. Il a grandi sur les terres passamaquoddy dans l'est du Maine, le fils d'un père moitié gallois, moitié passamaquoddy qu'il n'a jamais rencontré et d'une mère française qui s'est jetée d'une falaise venteuse dans la voiture de son père. Incapable de sauver ses parents, il s'est enrôlé dans la marine pour sauver des inconnus en pilotant un hélicoptère sanitaire de l'armée à Quang Tri. Quand il n'était pas occupé à cautériser une blessure ou à effectuer une compression sur une plaie artérielle, il dessinait des croquis qu'il envoyait à des magazines américains. Ketch gréé en cotre, de A. Ames. Catboat, de

A. Ames. Dériveur, de A. Ames. J'en ai conservé quelques-uns. Lorsque je les effleure du bout des doigts, j'ai l'impression de toucher le visage de mon père tel que je le connaissais enfant. Des architectes navals reconnus ont commencé à remarquer les croquis – ce gamin avait du flair, des idées intéressantes, un talent à surveiller –, mais ce n'est qu'après avoir trouvé la baie et ma mère, tombant éperdument amoureux des deux, que mon père s'est lancé dans la construction.

Le soir, il aimait s'asseoir dehors et nous raconter la manière dont, certaines nuits, quand nous dormions, il fermait les yeux, quittait son corps et glissait dans la rivière. Il devenait poisson. Il devenait oiseau. Il devenait brume. Il devenait bois flottant. Il laissait le courant l'emporter dans l'Atlantique, puis il traversait l'océan. D'autres soirs, il remontait la Penobscot, se transformant en oiseau ou en poisson volant pour franchir les quatre gigantesques barrages construits au plus fort du boom du bois pour alimenter les scieries et les usines de papeterie. Il nageait jusqu'à ce qu'il atteigne la source de la rivière, à la base de Ktahdin, "la plus grande montagne", un lieu sacré où la Terre mère se dressait dans le ciel, non loin du Grand Esprit. "Gravissez la montagne, mais évitez son sommet, disait mon père, Pamola ne veut pas de vous là-haut." Selon la légende, Pamola, un oiseau-esprit féroce, vivait en haut de Ktahdin. Il était responsable des vents glacials et des blizzards aveuglants qui ravageaient le Maine. Peu nous importait que les histoires de mon père soient impossibles à croire. Quand il parlait, le temps s'arrêtait. Nous le croyions capable de convoquer des réalités alternatives rien qu'avec sa voix. Peut-être tous les fils admirent-ils leurs pères, que ceux-ci soient bons ou imparfaits. De temps en temps, ma mère s'installait à ses côtés pour écouter clapoter la rivière dans l'obscurité humide tandis qu'une chanson de Skip James ou de Bessie Smith s'échappait de la maison. Ses histoires portaient sur les phénomènes étranges dont elle avait été témoin avec son frère Reggie durant leur enfance dans la basse vallée de la Penobscot. Ainsi notre famille, bien que petite, était-elle composée de conteurs.

Chaque matin de leur premier printemps sur la rivière, mes parents étaient réveillés par un couple de grands-ducs qui hululaient dans la forêt. Pendant plusieurs semaines, Arnoux essaya de les repérer dans les tsugas, en vain. Quant à Falon, elle craignait de lever les yeux sur les arbres. Elle se méfiait des sentiments et consommait ses mythes sans émotion. Montrez-lui un romantique exubérant et elle vous montrera un imbécile aveugle aux réalités de ce monde. Le secret, pensait-elle, consistait à trouver le juste équilibre entre émerveillement et objectivité. À cet égard, elle avait peu d'espoir pour Arnoux. Certaines personnes ne sont pas faites pour ressentir une chose et l'étudier en même temps. Peut-être était-ce la raison pour laquelle elle l'aimait autant. Il était viril et s'adonnait sans complexe à la pensée magique. Elle aurait dû se méfier. Combien de femmes ont-elles succombé à cette même combinaison ?

Ce n'était pas le potentiel d'évasion offert par la fiction qui fascinait ma mère, mais la manière dont celle-ci reliait les êtres humains en construisant du sens : si on était attentif, on pouvait voir toute l'histoire de l'humanité se déployer dans un récit. Les hiboux, en revanche, la laissaient perplexe. Elle ne parvenait pas à leur associer une narration ; par conséquent, elle était incapable de les aborder de manière rationnelle. Leur beauté emplissait ses matinées d'un mélange de curiosité et de peur paralysante.

La solution à son malaise, comprit Falon, consistait à marcher pour semer son angoisse. La maison qu'ils avaient entrepris de construire était presque terminée. Quand il rentrait du supermarché ou de la bibliothèque, Arnoux trouvait Falon dans le jardin, tremblante d'excitation, un sac en toile renfermant des sandwichs et une vieille thermos verte à la main. "Maintenant ?", demandait-il en haussant les sourcils. Elle hochait la tête. "Maintenant."

Ces promenades, qui s'apparentaient plus à des pèlerinages, duraient souvent toute la journée. J'ai grandi avec l'idée que mes parents avaient arpenté le monde avant même que je sois né. Par une matinée chaude de juillet, ils s'enfoncèrent dans la forêt. Alors enceinte de sept mois – mon frère aîné Simon –, ma mère ne prêtait aucune attention aux conseils de son médecin, qui l'avait encouragée à se reposer. Au début, l'air de la forêt était noir, froid contre leur peau. Ils étaient assaillis par les taons. Ils ne voyaient plus la rivière ni ne l'entendaient. Après un temps, ils tombèrent sur un chemin envahi par les herbes et une clairière jouxtant des falaises escarpées. La température semblait anormalement élevée malgré les grandes plages d'ombre.

D'énormes rochers affleuraient de-ci de-là. Au fond de la clairière, une cheminée en briques partiellement effondrée était rattachée à une fondation en pierre. Un cellier plongeait dans les entrailles de la terre. Lorsque Falon s'agenouilla pour passer la tête dans l'ouverture, entonnant la chanson *Hello in There*, de John Prine, Arnoux la tira vivement en arrière. Elle trébucha puis se redressa, soutenant son ventre des deux mains. La colère mêlée d'hilarité qu'elle sentit monter s'estompa dès qu'elle vit l'expression terrifiée de son mari. Il aurait été cruel de lui dire que le cellier n'était qu'un trou dans la terre, de lui reprocher de les avoir mis en danger, elle et son bébé. Aussi préféra-t-elle se taire et l'étreindre parmi les ruines.

— Je suis là. Ce n'était qu'une plaisanterie.

Elle fut sidérée par le temps qu'il mit à cesser de trembler.

— Drôle d'idée, de laisser la cheminée, dit Arnoux en se raclant la gorge, son corps enfin calmé.

À l'ouest, les pins verts portaient le soleil tel une torche.

— On ne peut pas se permettre de démanteler entièrement une histoire, dit Falon.

— Je suppose que non.

— Qu'est-ce qu'il y a, là-dedans ?

En contrebas de la colline se dressait une grange. Environ sept mètres de haut, estima Falon. Une porte coulissante de quatre mètres à l'avant. Assez d'espace pour accueillir deux chevaux et un tracteur. Des bardeaux jaunes dont la peinture s'écaillait.

Arnoux haussa les épaules.

— Il n'y a qu'un seul moyen de le savoir.

À l'intérieur, sous une bâche constellée de taches, ils trouvèrent un Citabria rouge et blanc. La carlingue était immaculée, la fenêtre bombée rutilante. Une fine pellicule de poussière recouvrait les pales de l'hélice. Le reste de la grange était vide. L'air sentait la paille chaude et les chevaux depuis longtemps disparus.

— C'était ça, dit Arnoux.

— Quoi ?

— La chose que le propriétaire de cette grange aimait par-dessus tout.

Doucement, il ouvrit la porte du cockpit. Huit cadrans noirs sur un tableau de bord en bois blond. Une console centrale pourvue de boutons-poussoirs. Deux manches carmin en forme de scie à archet. Une odeur aussi enivrante que celle d'un vieux livre, aussi pure que la sciure du plus beau rondin de mât qu'il lui serait jamais donné de tailler. Quand il referma la porte, ses doigts tremblaient. Il remit la bâche en place, veillant à protéger chaque centimètre d'acier, puis il alla s'asseoir dans la lumière poussiéreuse à l'autre bout de la grange, les jambes croisées, les mains sur les genoux.

— Tu ne montes pas à bord ? (Falon était perplexe.) Je croyais que tous les garçons rêvaient de monter dans un avion. Histoire de faire *boom-boom* en faisant semblant de tirer ou une connerie dans le genre.

Sitôt qu'elle les eut prononcées, elle regretta ses paroles. Arnoux n'évoquait jamais la guerre. Parfois, à table, elle le voyait pencher la main, serrer les doigts, crisper la paume et fléchir le poignet. Elle comprenait que ces gestes involontaires étaient de vieux tics, les fantômes d'une version passée de son mari. À l'insu d'Arnoux, ses mains, que Falon aimait tant, manipulaient à nouveau les commandes d'un hélicoptère d'évacuation sanitaire.

Il ferma les yeux et envisagea de s'allonger. Pourquoi se sentait-il pris de vertige ? Pourquoi la pression dans ses oreilles était-elle si forte alors qu'il était au ras du sol ?

— Il faut qu'on sorte.

Une fois dehors, Falon fila sous les sorbiers. Se cacha derrière un rocher. Le contourna et tenta de sauter sur le dos d'Arnoux. D'humeur joueuse, elle voulait qu'il se joigne à elle, hélas il n'était plus lui-même. Il broyait du noir. Le simple fait d'ouvrir la porte d'un avion l'avait précipité hors du temps. Si Falon était coutumière de ce genre de revirement, elle n'y était pas habituée chez son mari qui, bien qu'un peu fou, était fiable, toujours présent et résolument joyeux.

— C'est paisible, ici.

À présent, elle était debout près de la cheminée. Si elle la touchait, jamais elle ne parviendrait à se débarrasser de la suie.

— Tu ne trouves pas que c'est sinistre ? Un type est sûrement mort ici.

Falon enlaça son mari par la taille et l'étreignit de toutes ses forces.

— Presque partout, quelqu'un est mort, Arnoux. Rien de nouveau. Tu es pétrifié.

Il acquiesça.

— La grange est intacte. La maison est en ruine. Réfléchis. Ce genre de passion pousse les gens à bout, ils deviennent complètement obsédés.

Falon pensa à la vie qu'ils bâtissaient ensemble. Puis elle pensa aux personnes qu'ils étaient avant de se rencontrer. Elle, une simple fille de la campagne qui avait fui en Californie, à la recherche d'un idéal qu'elle n'aurait su définir. Arnoux, un orphelin de l'est du Maine qui s'était enrôlé dans l'armée pour *sauver* des vies. Elle avait mal aux poignets et aux avant-bras à force de serrer son mari, pourtant elle ne le lâcha pas avant qu'ils entendent à nouveau clapoter la rivière.

— Sois autre chose, murmura-t-elle à son oreille. (Elle le fit pivoter, lui prit la main et la plaça sur le renflement de son ventre.) Sois avec nous.

La maison fut achevée en septembre. Simon naquit un mois plus tard. Ensuite, mon père prit l'habitude de se rendre seul dans le vallon pour admirer l'avion, qu'il baptisa Reynard, en hommage au renard dans le folklore français. Au début, il s'asseyait par terre pour réfléchir. Puis il s'assit devant la porte ouverte de l'avion. Enfin, il s'assit dans le cockpit. Peu de temps après, le rugissement d'un Citabria se faisait parfois entendre en amont de la rivière.

Cet hiver-là, un pêcheur de homards penobscot se rendit dans la baie à la recherche d'un nouveau bateau. Arnoux s'était réveillé avec le sentiment qu'un changement était en cours. Il s'attabla dans la cuisine et but un flot ininterrompu de café, de plus en plus persuadé que sa vie allait connaître un tournant. Devant l'optimisme de son mari, Falon leva les yeux au ciel. Puis un pick-up Dodge cabossé apparut entre les arbres. L'homme qui en descendit s'immobilisa devant la petite maison et se gratta le cou d'une main calleuse. Il observait les arbres comme s'il jaugeait quelque chose.

— Paraît que vous construisez des bateaux, dit-il à Arnoux lorsque celui-ci se décida à sortir. Des bateaux en bois.

L'homme, qui s'appelait Moses Jupiter, demanda à Arnoux s'il pouvait lui construire une embarcation fonctionnelle en bois noble et aux lignes pures, le tout pour un prix raisonnable. Pourquoi moi ? fut tenté de répondre Arnoux. Mais il était terrifié de voir ce Jupiter disparaître, et avec lui toute occasion de construire un bateau.

— Personne ne m'a rien appris, je me suis formé seul.

— Je me contenterai de votre savoir-faire, alors.

Le visage d'Arnoux s'éclaira d'un grand sourire complice – celui-là même dont beaucoup se souviendraient des années plus tard pour son pouvoir désarmant et sa propension à susciter une amitié immédiate.

— Monsieur Jupiter, je vais vous construire le plus beau des bateaux, quitte à m'en détruire les mains.

Au lieu de perturber Moses, l'intensité de cette réponse sembla l'intriguer. Arnoux se précipita dans la maison et en ressortit avec une liasse de feuilles couvertes de croquis. Il les étala par terre, à même la boue à moitié gelée.

— Et ce n'est rien. Votre bateau sera cent fois mieux.

Moses éclata de rire et posa la main sur l'épaule du jeune homme.

— Contentons-nous d'un truc qui flotte, pour commencer.

Assis à un petit bureau rouge dans une alcôve attenante à la cuisine, Arnoux passa le mois de décembre à dessiner des plans pour le bateau ainsi qu'un atelier sur le terrain. Falon travaillait près du poêle avec Simon, qui n'était encore qu'un nourrisson. Elle rédigeait de courts bulletins d'information pour le journal local le plus proche, à trois villages de là. En fin d'après-midi, le craquement d'une bûche de frêne poussait Arnoux à lever les yeux. Le bruit du feu l'arrachait à ses croquis et le rendait au monde. Il touchait la fenêtre. Des échardes de glace s'accumulaient sous ses ongles et il était parcouru d'un frisson. Il s'imaginait embrasser le ventre de Falon, le dessous de ses seins, les lèvres pressées contre sa nuque tandis qu'elle lui prenait la main et la glissait entre ses cuisses. Le désir, un goût semblable à celui du sel. Ses mains qui lavaient Falon le soir, savonnaient son ventre et caressaient ses pieds. Falon qui enduisait d'huile ses doigts fatigués. Il attendait que la bûche craque une deuxième fois avant de s'autoriser à regarder vers la chambre. Les jambes nues de sa femme apparaissaient dans l'embrasure, croisées sous un peignoir entrouvert. Alors il se levait et traversait la chaleur du poêle pour la rejoindre.

Le premier de l'an, à l'aube, Moses Jupiter émergea du froid vêtu d'une salopette afin d'aider Arnoux à terminer son atelier. Reggie, le frère de Falon, était aussi présent. Ensemble, les trois hommes travaillèrent une semaine dans presque un mètre de neige, soufflant des nuages de vapeur dans la lumière. Avec trois haches, deux tronçonneuses et un débardeur, ils défrichèrent une clairière sur la berge. Ensuite, ils dressèrent une charpente en bois brut qu'ils couvrirent de chutes d'étain. Quand elle voyait leurs silhouettes se détacher sur l'horizon, Falon pensait à des chevaux, ces créatures fières et puissantes, invulnérables en apparence et peut-être un peu limitées. Les chevaux pouvaient être merveilleux. Mais les chevaux pouvaient parfois se laisser aveugler.

Une fois terminé, l'atelier se dressait parmi les bouleaux noirs à précisément deux cents mètres de la maison. Une remise pourvue d'un sol en contreplaqué et d'un chauffage au propane. Falon avait eu pour seule exigence qu'une fenêtre soit installée sur la façade sud, en vue de la maison. Cette année-là, la rivière gela. Les nuits de pleine lune, les marées recrachaient d'énormes blocs de glace dans les bois. Au matin, grisé par l'odeur des cheveux de sa femme, de son corps et de leur lit, grisé par l'odeur de leur nouveau-né, Arnoux sortait sous le pâle soleil hivernal et bondissait de bloc en bloc comme s'il s'agissait de repose-pieds glacés, les bras tendus devant lui pour ne pas perdre l'équilibre. Falon le regardait danser dans les bois avec la sensation qu'il s'en allait loin, très loin d'elle. Jamais deux cents mètres ne lui avaient paru aussi longs. Un matin, elle faillit lui demander de tendre une corde entre l'atelier et la maison, puis elle se rendit compte que c'était ridicule. Depuis quand sa vie se résumait-elle à s'inquiéter toute la journée pour un homme qui ne se trouvait qu'à un jet de pierre ?

Début avril, le froid relâcha son étreinte sur la baie. Absorbé par son travail, Arnoux n'y prêta pas attention. Quant à Falon, elle prit conscience qu'elle ne pourrait passer un autre hiver enfermée entre quatre murs. Tandis qu'ils s'adaptaient à leurs réalités contrastées, un superbe caseyeur de huit mètres naquit dans les bois.

Pour une raison incompréhensible, mon père refusa de se faire régler la totalité de la somme que valait son premier bateau. À ses yeux, monnayer une tâche lui ayant procuré un si grand plaisir était immoral. Il disait avoir contracté envers Moses une dette qui n'était pas d'ordre financier : le vieil homme l'avait lancé.

— La satisfaction d'avoir construit quelque chose devrait suffire.

— Eh bien, ce n'est pas le cas, répondit ma mère.

Mes parents avaient bâti leur vie grâce à l'argent qu'Arnoux avait obtenu en vendant la ferme de son oncle, sur laquelle il avait grandi. Pour arrondir ses fins de mois, il faisait de la maintenance sur le port et travaillait dans les exploitations forestières locales. Ma mère donnait des cours particuliers et occupait des postes de remplaçante dans les écoles. Ils ne furent jamais riches. Leur vie ne fut jamais facile. Monter un atelier de construction navale et, plus tard, un journal faillit les ruiner, avant même que mon père ne se montre désinvolte avec l'argent.

— Tu n'es pas censé rendre ma vie plus difficile, dit ma mère. Tu n'es pas censé rendre la vie de nos enfants plus difficile.

Elle ajouta qu'il était cruel, naïf, égoïste. Enfin, elle déclara qu'elle n'était pas venue au monde pour élever un mari. Les maris étaient merveilleux, mais seulement s'ils avaient la sagesse de prendre des décisions raisonnables.

— Rien n'est gratuit, Arnoux. Ton temps contre leur argent. C'est comme ça que ça marche. Si tu refais une chose aussi idiote, je te quitte.

C'est le seul ultimatum que ma mère ait jamais donné à mon père. Les années qui suivirent, des chutes de bois figurant des mots d'amour tracés au crayon noir apparaissaient un peu partout dans la maison. Ils étaient toujours signés : "Avec amour, ton idiot."

Dès lors, mon père accepta de se faire rémunérer pour ses créations, mais jamais tout à fait à leur juste valeur. Mes frères et moi savions quand il avait bradé ses efforts. Pendant plusieurs jours, ma mère se murait dans le silence. Elle refusait de regarder mon père. Elle ne nous prenait plus sur ses genoux pour nous lire des histoires. Puis quelque chose finissait par céder. Elle entonnait les vieilles chansons d'amour qu'elle aimait tant (*The Rock Where Moses Stood, She moved Through the Fair, Samson and Delilah*) et, qu'il soit au fond de la maison, à trier ses pots de peinture ; dans les bois, en train d'abattre un pin pour en faire un mât ; sous un ketch, à racler les bernacles sur la coque ; devant l'école, à nous attendre ; au comptoir du Fish House, le bar du coin, à échanger des ragots autour d'un café, l'air incongru dans sa salopette maculée d'huile, mon père entendait son chant, remontait la rivière et venait l'enlacer par la taille. Mes frères et moi échangions un regard en hochant la tête, persuadés que tout allait pour le mieux dans le monde, la magie incantatoire de nos parents était intacte.

La première décision financière de mon père provoqua une certaine effervescence dans la communauté et eut un deuxième effet plus bénéfique encore : elle lui attira une reconnaissance indéfectible. Dans les années qui suivirent, des paniers de gibier et de fruits de mer se matérialisaient régulièrement sur notre perron. Chaque fois que l'allée était ensevelie, Moses Jupiter apparaissait avec son chasse-neige. Lorsque notre mère voulut lancer un journal hebdomadaire dans la basse vallée et qu'elle peina à obtenir un prêt, Moses rassembla les pêcheurs de la baie. Un dimanche matin, trente hommes grisonnants se présentèrent chez le directeur de la banque. À midi, le prêt avait été approuvé.

Tout comme ma mère était enceinte de mon frère quand elle explorait les bois avec mon père, elle était enceinte de Link puis de moi quand elle entreprit de rénover un immeuble en briques rongé par le sel sur le port. Le bâtiment avait servi de dortoir aux employés d'une conserverie avant de devenir un hôpital d'urgence jamais utilisé durant la Seconde Guerre mondiale. Ma mère le remplit d'étagères et de lampes de bureau et aménagea une salle d'archives au sous-sol. Mon oncle Reggie parcourut l'État afin de photocopier les anciens numéros de tous les journaux du Maine publiés depuis la guerre de Sécession. Mon père abattit des cloisons et posa de nouveaux câbles avec autant de soin qu'un chirurgien réparant une artère. Soutenant son ventre des deux mains, ma mère retira les affiches détaillant le protocole à suivre en cas de raid aérien, priant pour que les bombes aient vraiment disparu. En guise de décoration, elle disposa les masques à gaz trouvés au sous-sol sur le rebord des fenêtres.

Le soir, dans le jardin, ils regardaient le soleil se coucher sur la mer. Les locaux étaient prêts. Ma mère, qui espérait publier le premier numéro dans un mois, était déjà en quête de sujets. Elle voulait écrire sur la rivière, mais elle ignorait comment. Des mouvements pour une eau propre surgissaient un peu partout. On espérait que les dégâts environnementaux provoqués par les exploitations forestières touchaient à leur fin. Entre-temps, plusieurs affaires de revendications territoriales avaient pris de l'ampleur. Peut-être iraient-elles jusqu'à Washington DC. Les nations Penobscot et Passamaquoddy exigeaient la restitution des deux tiers de l'État et réclamaient d'importantes compensations financières. Au lieu d'invoquer les sempiternels traités bafoués, les avocats avançaient que si les tribus avaient bien cédé leurs terres au gouvernement fédéral dans les années 1800, les cessions n'avaient pas été ratifiées par le Congrès, ainsi que l'exigeait l'*Indian Non-Intercourse Act* de 1790. En conséquence, l'accord était nul. Une stratégie astucieuse. Les deux tiers de l'État. Vraisemblablement, ils allaient obtenir gain de cause. Un vent de panique soufflait sur le Maine. Pourquoi ne pas écrire là-dessus ?

Le soleil était tiède, les collines vertes et profondes, embaumées par les pins. Falon avait les os lourds, les bras mouchetés de peinture. Elle regarda son frère et son mari siroter une bière dans le couchant, deux hommes se balançant sur leurs talons dans une cour gravillonnée. Ils ne s'asseyaient jamais. Les hommes étaient toujours debout. Si seulement elle pouvait les convaincre de s'asseoir et profiter un peu de la vie.

— Les Jours sombres, dit-elle, brisant le silence.

— Quoi? demanda Reggie.

— C'est le nom que je vais donner au journal.

— Un peu sinistre.

Falon bâilla et porta la bière de son mari à sa bouche avant de finir la bouteille de Reggie.

— L'optimisme ne paye pas.

Toute chose requiert une histoire, et ma mère préparait déjà celle du journal. Tantôt, elle raconterait que le nom lui venait de son arrière-grand-père, médecin à Prospect, en amont de la rivière. Il officiait souvent aux funérailles, les jours sombres, ainsi qu'il les appelait, où un corps était enterré. Tantôt, elle dirait que le nom faisait référence à la mise à l'eau des bateaux, quand une coque s'enfonçait dans la mer pour la première fois.

— Les Jours sombres, répéta Reggie.

Pareil à un gamin, il souleva un nuage de poussière du bout de sa chaussure et sourit en le regardant tourbillonner dans la lumière. Il était grand et hâve, large d'épaules. Son cou semblait toujours devancer le reste de son corps. Entre mon père et Reggie, la connexion avait été quasi immédiate. Rétrospectivement, je pense que leur respect mutuel venait d'un sens partagé du devoir. À l'époque où des milliers d'adolescents américains brûlaient leurs ordres d'incorporation en signe de protestation, Reggie Harper avait choisi une voie plus discrète: il était resté à Seal Point pour veiller sur ses parents malades. Pendant ce temps, le reste du monde s'était embrasé. Deux semaines après avoir terminé le lycée, sa sœur était partie en Californie. Trois ans plus tard, elle était revenue, sans jamais évoquer ces mille et quelques jours que tous imaginaient emplis de pacifisme déçu, d'idéalisme fourvoyé et d'un mystérieux amour unilatéral. Ensuite, elle avait vécu un an sur une ferme près de la frontière canadienne où, chaque jour, elle méditait trois heures dans un Zendo en cèdre avec d'autres bouddhistes affables et passait huit heures à faire pousser des courges, du chou frisé et des pommes de terre. Falon prétendait que cette année avait été la plus simple de sa vie, sans aller jusqu'à dire qu'elle aurait dû rester, sachant, je suppose, que cela revenait à souhaiter une vie sans nous.

— Ça me plaît, dit Reggie. Le nom. Puissant. C'est du sérieux.

— J'espère bien.

Un seul homme avait refusé de se rendre chez le directeur de la banque ce fameux dimanche il y a tant d'années. Lyman Creel, président de la coopérative et pêcheur hors pair. En persuadant les locaux de travailler ensemble au lieu de se comporter en rivaux, il était parvenu à bâtir une économie collaborative sur une poudrière de personnalités endurcies au territorialisme archaïque. Si les pêcheurs continuaient à exploiter des zones transmises de père en fils, à garder un fusil à canon scié dans leur cabine pour repousser les intrus et à refuser de reconnaître l'utilité des gilets de sauvetage, ils ne vendaient plus leurs prises sur le bord de la route, depuis l'arrière de leur pick-up. Désormais, les homards étaient catalogués, divisés, emballés puis expédiés partout dans le pays. Il y avait un espace de troc, un entrepôt, une épicerie et une station de carburant sur le port. Lyman avait pour but de fournir le monde entier en homards. Il voulait étendre ses activités au Japon et à la

Chine. Il connaissait chaque plateau, récif et fosse aussi loin que Georges Bank. Malgré son esprit d'équipe, qui visait plus les profits collectifs que l'unité communautaire, il se montrait impitoyable sur ses zones de pêche. Une fois, il avait surpris un pêcheur près de ses casiers et manqué lui couper la main en plantant une flèche de harpon dans son poignet. Lyman et sa famille étaient nos voisins les plus proches. Grace, sa femme, était assistante sociale et agent communautaire. Grace était aussi la plus vieille amie de ma mère. Elles se connaissaient depuis la primaire et avaient choisi de vivre dans les mêmes bois, en dépit du ressentiment qui perdurait entre leurs maris. Lyman et Grace avaient deux enfants. Leur fils, Galen, avait un an de moins que Simon. Leur fille, Wren, avait le même âge que Link et moi.

Un kilomètre et demi d'épaisse forêt domaniale s'étirait entre nos maisons, que reliait un sentier sinuant parmi les arbres. Le jardin des Creel était encombré de casiers, le nôtre était parsemé de chutes de bois. Nous étions une famille de constructeurs, ils étaient une famille de pêcheurs. Nous aurions dû vivre en harmonie, les deux activités se complémentant l'une l'autre. Hélas, ce n'était pas le cas.

À vrai dire, mon père n'avait pas survécu à la guerre seulement en rêvant de bateaux, il avait aussi déserté. En 1970, il avait profité d'une permission de deux semaines pour se rendre aux Açores. Il voulait séjourner dans une cabane sur la côte pour étudier les bateaux portugais traditionnels et la manière dont les constructeurs s'adaptaient aux pêcheries locales. Sur la base, tout le monde trouvait son idée complètement folle. *Va plutôt te bourrer la gueule, mec. Repose-toi. Tire des coups.* Arnoux n'en avait que faire ; il brûlait d'entamer une nouvelle vie. Aux Açores, la nuit, les murs secoués par les vents de l'Atlantique, il rêvait de corps déchiquetés. Lentement, la mer autour des îles s'emplissait de membres arrachés. La dixième nuit, il n'y avait plus de vagues, juste des mains, des pieds, des torses ravagés et des doigts mutilés sur lesquels se jetaient des bancs de poissons voraces. Mon père avait compris que la guerre était terminée pour lui. Fort de son nouveau savoir-faire, il avait fui.

Lyman avait emprunté une tout autre voie. Depuis plusieurs générations, sa famille possédait des scieries et des usines de papeterie sur la rivière. Dès qu'il avait pris conscience que leurs activités nuisaient à la planète, il avait résolu de ne jamais y prendre part. Il avait quitté l'université, où on le préparait à reprendre les rênes de l'empire familial, et s'était enrôlé dans l'armée. Il avait effectué quatre périodes de service au Vietnam et reçu une Silver Star après avoir secouru une section dans une embuscade à Da Nang. De retour au pays, il avait désavoué sa famille, puis il avait épousé Grace Creel et pris son nom, vouant sa vie au dur labeur de la pêche. Il espérait ne plus avoir jamais affaire à une usine de papeterie.

Si la plupart considéraient encore Lyman comme un fils à papa trop gâté, ses talents de pêcheur lui avaient permis de gagner le respect de ses pairs. Par ailleurs, il bénéficiait d'une certaine sympathie dans la baie. Adolescent, lors d'une nuit de beuverie, il avait vu son meilleur ami, Billy Jupiter, un cousin éloigné de Moses Jupiter, tomber dans le vide. Lyman et Billy étaient amoureux de la même fille, Falon Harper, qui plus tard deviendrait Falon Ames, ma mère. La mort de Billy et les torts causés par les usines Creel à la nation Penobscot avaient valu à Lyman un surnom qui le poursuivrait toute sa vie: Tueur d'Indiens. "Tiens, voilà le Tueur d'Indiens", disait-on sur son passage. Certains avec dégoût, d'autres, et c'est triste à dire, avec déférence.

Quand on grandit dans une petite communauté, on perçoit les lignes de faille entre sa famille et les autres. Les câbles de tension invisibles qui courent entre deux adultes. On les contourne sur la pointe des pieds. On les enjambe. On ignore pourquoi ils sont là, mais on sait qu'ils sont dangereux. Un faux pas suffirait à faire imploser le monde. Comment éviter la destruction de ses proches alors?

Comparés aux folles anecdotes de mon père sur sa fuite à travers l'Europe, les faits de guerre de Lyman semblaient banals et prévisibles. Je crois qu'il était jaloux de l'admiration reçue par mon père, le déserteur, alors que lui, le héros de guerre, le dompteur de homards, le militant visionnaire qui avait fédéré les pêcheurs, continuait d'être traité de "Tueur d'Indiens".

2

Le jour de la Saint-Valentin, une délégation d'investisseurs japonais visita la papeterie désaffectée Penobscot Narrows en vue d'un éventuel rachat. Six semaines plus tard, l'immense propriété se faisait dévorer par les flammes. J'avais quatorze ans et j'ignorais que les flammes allaient aussi dévorer nos vies.

Des années durant, des promeneurs, des automobilistes et des astronomes amateurs se trouvant aussi loin au nord que Kenduskeag se souviendraient encore du mur écarlate de chaleur incandescente qui embrasa l'horizon ce soir-là.

Le lendemain, à l'aube, un palais carbonisé se dressait sur les rives de la Penobscot. Les sauveteurs japonais n'étaient plus qu'un rêve avorté. Un sentiment palpable de perte (bien que monstrueuse d'un point de vue environnemental, l'usine avait fait vivre plusieurs générations d'habitants) et de joie (tout ce qui était mauvais avait une fin) était perceptible sur les fréquences de la police, au comptoir des restaurants servant le petit déjeuner, sur le port et dans tous les lieux de rassemblement de Eastport, petite ville connue pour son passé sombre et sa production de papier. Cinq mille ans plus tôt, les indiens Red Paint vivaient dans la région. La tribu, qui devait son nom à une tradition funéraire consistant à enduire les cadavres d'ocre avant de les enterrer, vivait sur Indian Point, un bras de terre qui s'avançait dans la rivière. Par la suite, l'endroit a été rebaptisé T'kope'suk par les Penobscots et vénéré comme lieu de campement en raison de la source qui le traversait. En 1792, lorsque le colonel Jonathan East et les propriétaires terriens du Massachusetts sont venus explorer Indian Point, ils seraient, paraît-il, devenus fous. Certains pensent qu'ils ont succombé à une malédiction penobscot. D'autres sont persuadés que leur cupidité les a menés à leur perte, exacerbée par les grands pins blancs, la rivière poissonneuse et la vallée riche en ressources. Dix ans plus tard, quand East est revenu coloniser le territoire, y construisant une scierie, une épicerie générale, une demeure coloniale et une vingtaine de cabanes en rondins destinées à autant de familles avides de terres, sa folie l'a suivi. Après avoir accusé sa maîtresse de sorcellerie, East l'a brûlée vive sur la place publique. Comble d'une injustice typiquement américaine, l'histoire n'a pas retenu l'identité de la femme assassinée. Quant à East, il a donné son nom à la ville. Six mois plus tard, il est mort seul dans les bois, un sordide accident de bûcheronnage, la première victime du mauvais sort que sa maîtresse aurait jeté sur Eastport. À présent, Indian Point abritait la carcasse fumante d'une usine de papeterie. Peut-être l'incendie était-il unc autrc conséquence du fameux sort.

La nuit de l'incendie, une femme qui promenait son chien déclara à la police avoir vu quelqu'un se faufiler sous la clôture du site. Ce genre d'intrusion n'était pas rare. Le sol de l'enceinte était jonché de mégots et de verre brisé. Les graffitis se succédaient sur les murs des bâtiments, des phrases tantôt profondes, tantôt stupides – “Toujours maudits”, “Va te faire foutre, Eastport”, “Que vont devenir nos pauvres pères ?” Mais l’attitude de l’intrus avait quelque chose de suspect. La tête haute, sans même chercher à se dissimuler, il se dirigea droit sur l’archipel sombre de l’usine. La femme s’arrêta pour l’observer. Vingt minutes plus tard, la même silhouette petite et maigre, vêtue d’un sweat à capuche vert trop ample, franchit la clôture dans l’autre sens et remonta la rue sous l’éclat argenté de la pleine lune. La femme cria et l’intrus se retourna, juste assez longtemps pour qu’elle note certains détails. Il s’agissait d’une fille. Une quatorzaine d’années, plus ou moins le même âge que Link, Wren, Galen et moi.

Elle fit volte-face et disparut dans une allée menant aux bois.

La sonnerie du téléphone nous réveilla en pleine nuit. Moses Jupiter était à l’autre bout de la ligne.

— Il faut que vous veniez, Falon, dit-il. C’est grave.

Pas “Ça risque d’être grave” ni “Ça va être grave”. “*C’est* grave.”

Au rez-de-chaussée, ma mère alluma toutes les lumières. Depuis la forêt sombre, notre maison aussi devait avoir l’air d’être en feu. Ma mère s’habilla à la hâte tout en griffonnant des notes.

Ensuite, elle sortit dans la nuit et longea la rivière en direction du nord dans sa Volvo cabossée, tendant le cou à chaque virage pour apercevoir les flammes. Mon père, Link, Simon et moi nous installâmes à la table, le souffle court. Nous avions l’impression d’avoir été frappés par la mort en personne.

Nous vivions à quarante kilomètres de l'usine, pourtant ma mère fut la première journaliste sur le site. Les automobilistes s'étaient garés sur le pont vert et branlant qui enjambait la rivière. Bouche bée, ils regardaient l'usine, serrés les uns contre les autres sur la structure métallique. Certains pleuraient. Un pilote sur le point d'atterrir à Bangor International se laissa distraire par les flammes et faillit rater son angle d'approche.

Reggie rejoignit ma mère pour photographier la scène. Le lendemain, Wren et moi fûmes subjugués par les images qui se révélèrent à nous dans la chambre noire des *Jours sombres*. Le feu transperçait le ciel tel une flèche écarlate, se déclinant en une myriade de nuances vermillon. Je ne comprenais pas qu'un tel carnage puisse être l'œuvre d'une seule fille. Les images diffusées par les actualités étaient tout aussi fascinantes. Des montagnes de débris carbonisés. D'énormes hangars réduits à des piliers noircis. Même les fenêtres avaient fondu. Au second plan : la splendeur verdoyante de la rivière qui serpentait entre les falaises plantées de grands pins.

Les pompiers mirent douze heures à éteindre l'incendie. Plus tard, quand on lui demanda pourquoi le feu n'avait pas causé plus de dégâts – bien qu'elle ne soit plus en activité, l'usine renfermait encore des stocks de produits chimiques –, le capitaine des pompiers se montra honnête. Au lieu d'invoquer l'héroïsme de ses hommes, il attribua la circonscription de la catastrophe à la pyromane. Elle connaissait l'usine, sa disposition et ses infrastructures. Elle s'était débrouillée pour allumer des foyers à des endroits précis, évitant les produits chimiques et les combustibles instantanés. Elle savait que le feu serait contenu par la rivière d'un côté et les machines de l'autre. De plus, à 1h35 du matin, la police avait reçu un appel anonyme à propos d'un feu dans une usine. D'après l'enquête, l'incendie avait démarré entre 1h45 et 2h15. "L'alerte nous a aidés."

Nous étions obnubilés par la fille. Où était-elle ? Il nous semblait impossible qu'elle ait agi seule.

— Comment une gamine peut-elle disparaître alors que tout l'État la pourchasse ? s'écria Link un soir.

— C'est exactement ça, dit ma mère. Une chasse.

Je lui fis remarquer que la fille était simplement "recherchée par la police". Mon père secoua la tête mais s'abstint de commenter.

— Ne sois pas aussi stupide que les autres, répondit ma mère sur un ton sec. Regarde-toi dans la glace et réfléchis au peu que tu as à perdre en ce monde.

Un silence chargé de honte et de colère s'abattit sur la pièce. Je comprenais vaguement que "les autres" signifiait les hommes en général et les Européens en particulier – soit la plupart de mes ancêtres – qui avaient envahi des endroits tels Indian Point et s'étaient approprié la vallée, la transformant en un lieu vastement différent de ce qu'elle était avant.

— Les usines traitent la rivière comme un égout, poursuivit ma mère. L'incendie va peut-être mettre fin à ces pratiques.

Une semaine après l'incendie, le journal reçut une lettre. Rédigée sur un sac en papier kraft, au lieu d'une feuille blanchie au dioxyde de titane.

Chers Lecteurs,

Ce journal est dirigé par une femme blanche, mais c'est une femme blanche qui a du cœur. Ses intentions sont bonnes. Elle nous a donné un espace où nous exprimer. *Weəliwəni.*

Ce journal a également prouvé qu'il tenait à représenter la vérité de tous, blancs, Penobscots, montagnes, arbres, air et rivière. Alors ce journal a droit à la vérité.

Kənótamən? Wiseləmo sìpo, wiseləmolətəwak ahč nətalənəpemak panawahpskewəyak. Kis apačihle əkələpemo. Apčiláwehle. Wekalohke. Nlátəpo panawahpskewəya. Ata sésəmihle, nič kəwičintohətinena, nič kolitəhasolətinena. Nič ničkin kki. Nič wəničkisolətina awenohčak naka panawahpskewəyak.

Le feu visait uniquement l'usine. Je n'avais pas l'intention de blesser quiconque. J'ai agi seule. À l'usine : j'ai voulu venger la rivière que tu as souillée, ainsi que les hommes et les femmes qui ont dû se transformer en machines pour te faire tourner. Je pense que ta disparition est une bonne nouvelle. Certaines choses doivent mourir pour que d'autres reviennent à la vie.

À mon peuple : *nənoélətamən áhči nəpalítəhatamən.* La rivière, c'est nous. Nous sommes la rivière. Je ne supportais plus de t'entendre pleurer.

Ma mère ferma le journal et glissa l'enveloppe sous son manteau. Une fois chez nous, elle la déposa d'une main tremblante sur la table, où elle nous fit l'effet d'une bombe. Personne n'osait la toucher.

J'imagine que ma mère nous montra la lettre parce qu'elle en avait besoin. J'étais étonné que l'adolescente se soit adressée aux *Jours sombres*, plutôt qu'au grand quotidien de

Bangor. Mais il y avait là une certaine logique. Ma mère était devenue une sorte d'alliée de la Nation Penobscot. Par ailleurs, elle était tenace, presque tête brûlée. Elle pensait que la vérité devait être entendue à tout prix. Elle publiait souvent des articles rédigés par des chefs tribaux et veillait à accorder la même importance aux questions blanches et aux questions indiennes.

Le feu avait donc été déclenché au nom de la rivière, mal traitée des siècles durant. Le poids de cette vérité s'abattit sur nous tandis que nous observions la lettre dans la lumière déclinante d'avril, à l'affût du moindre bruit, en proie à une crainte insensée. Ce soir-là, je vis mon père verrouiller la porte d'entrée pour la première fois.

Qu'en était-il de la pyromane ? S'il s'agissait vraiment d'une adolescente, elle était sacrément précoce et incroyablement directe. Pourtant, elle semblait entretenir des doutes, aussi. "Je pense que ta disparition est une bonne nouvelle." Je brûlais de savoir comment elle s'y était prise. La décision avait-elle été longuement mûrie ? Ou était-elle le fruit d'une impulsion soudaine ? L'usine n'était pas une victime innocente, loin de là. Depuis des années, la Nation Penobscot l'accusait de polluer la rivière, empoisonnant la faune et la flore. Ils avaient les données pour le prouver. Ma mère évoquait souvent la situation dans le journal, sous tous les angles, bien sûr. Les débats environnementaux avaient ainsi bercé mon enfance. L'usine avait été réduite en cendres juste avant sa réouverture potentielle. La fille s'était adressée à elle comme s'il s'agissait d'une entité vivante. Dès lors, dans l'esprit de chacun, elle le devint. À l'évidence, elle l'avait toujours été, nourrie par les existences de ceux qui travaillaient entre ses murs, système mouvant similaire à un corps. Un écosystème, comme l'avait fait remarquer Wren le jour où nous avions regardé les photos prises par Reggie, une semaine auparavant.

3

Notre mère avait la lettre depuis deux jours, ne sachant si elle devait la publier ou non, quand Grace téléphona. Elle voulait que nous allions la voir pour discuter.

— Autant en finir, dit ma mère à Link et à moi. Je ne suis pas idiote, Almy, ajouta-t-elle en voyant ma tête. Grace est en colère parce qu'elle est au courant de la lettre, et c'est à cause de toi.

J'étais sûr que mon père n'avait rien dit. Ma mère non plus. Elle avait refusé de prévenir la police et le capitaine des pompiers. Elle avait même refusé de prévenir Cal Hayes qui, en plus d'être le shérif du comté de Walineyayo, était un ami de la famille. De mon côté, j'avais tout raconté à Wren qui, oppressée par le poids de la lettre, s'était sans doute confiée à sa mère.

— Tu te sers de nous.

— Vous allez m'accompagner que vous le vouliez ou pas.

— Tu crois que Grace sera plus indulgente si on est là.

— Je n'ai pas besoin de l'indulgence de Grace, je la connais depuis toujours et je sais comment la prendre. De toute façon, je t'ai donné la vie, alors j'ai le droit de me servir de toi, surtout si tu te comportes comme un imbécile.

— Ce qui arrive souvent, dit mon frère avec un grand sourire.

À sa décharge, il n'avait rien fait. Malgré quoi il traversa la pièce et attrapa son manteau. Puis il observa ma mère de la même manière qu'il observait Simon, mon père ou moi quand il croyait que nous ne le remarquions pas. Comme s'il nous apprenait par cœur. Au début, je croyais qu'il recueillait ces informations par ennui, une sorte de jeu analytique pour passer le temps. En grandissant, j'ai compris que quelque chose de plus profond était à l'œuvre. Lorsque nous étions plus jeunes et que nos parents sortaient sans nous, Link passait des heures à dessiner les endroits où il les imaginait se trouver. L'intérieur d'un supermarché. L'intérieur d'un cinéma. L'habitacle d'une voiture sur l'autoroute entre la maison et Portland ou Bangor. Chaque fois que Simon lui demandait pourquoi il dessinait, Link levait les yeux, le visage serein.

— Parce qu'il faut que je sois avec eux. Pour les protéger.

Nous traversâmes les bois en silence et parvînmes à un mur en pierre d'un mètre et demi de haut formant un cercle parfait autour d'une clairière d'environ un demi-hectare. Une allée menait au mur et s'arrêtait net. Étonnamment, il n'y avait aucune ouverture, pas même un portail. À un endroit, des marches permettaient de passer de l'autre côté. L'aspect peu pratique de ce mur sans portail m'avait toujours fasciné.

Des casiers, des rouleaux de corde et des chevalets de sciage étaient empilés à l'extérieur, où des appentis de fortune protégeaient l'équipement de pêche et les pièces de moteur. De l'autre côté se trouvait la petite maison des

Creel et un potager aux rangées bien alignées recouvertes de paille. L'endroit faisait l'effet d'un refuge austère : ici, nous ne tolérons ni l'huile, ni la crasse, ni le désordre. Ici, nous sommes propres et purs. Autant la maison des Creel était nette, autant la nôtre était un désastre. Le matin même, en sortant de ma chambre, j'avais trouvé Link par terre dans le salon, occupé à regarder un vieux film de zombies en noir et blanc. Notre père avait traîné le téléviseur dans la pièce quand l'autre, encastré dans un gros meuble en bois ayant appartenu à mes grands-parents, avait cessé de fonctionner. À présent, le téléviseur fonctionnel était posé sur le téléviseur cassé. Je me demandais si un troisième poste viendrait s'ajouter au deuxième lorsque celui-ci tirerait sa révérence. Ainsi allait la vie dans notre maison sur la rivière. Une vieille voiture rouillée dont le capot ne fermait plus était garée près d'une voiture rutilante. Un barbecue usé au couvercle moisi retenu avec un tendeur reposait à côté d'un barbecue plus ou moins neuf que nous avions acheté à un ami. Dans les remises, des râteaux intacts jouxtaient de vieux râteaux en attente de réparation. Les étagères croulaient sous les pièces de tondeuses, certaines en état de marche, d'autres non. Tout pouvait être réparé ou recyclé. Au pire, nous tirerions quelques pièces de la ferraille. À mes yeux, les jardins propres étaient réservés aux gens avec du temps et de l'argent. Les Creel n'avaient pas plus de temps ni d'argent que nous. À l'évidence, ils avaient trouvé une faille dans le système.

Link s'immobilisa.

— Je reste là.

— Pourquoi ? demanda ma mère.

— Je préfère rester là, c'est tout.

Autour de nous, les arbres étaient sombres, presque noirs. Ils s'agitaient sans cesse, à croire qu'ils étaient vivants. Je me souvins alors des corbeaux que Lyman élevait. Peu à peu, comme par magie, je distinguai des ailes parmi les branches.

— J'ai froid, dis-je en cherchant les oiseaux des yeux.

Link haussa les épaules, leva la main et tendit un doigt.

— Qu'est-ce que tu fous ?

— Tais-toi. Je me concentre. J'essaye de sentir le vent.

Après un temps, il baissa la main et lécha son doigt.

— Ce n'est pas le même goût que d'habitude.

Je secouai la tête. J'avais honte pour lui : il s'appuyait sur un tas de trucs étranges pour appréhender le monde. Notre mère, qui semblait secrètement fière de l'attitude de son fils, tourna les talons et grimpa les marches. Je lui emboîtai le pas.

Grace, Wren et Galen nous attendaient dans la cuisine.

— Vas-y, explique-moi pourquoi je dois m'asseoir sur la lettre, déclara ma mère.

— Ce n'est pas la question, Falon. Je sais que tu vas publier la lettre. Soit. Je ne peux pas t'en empêcher. Je t'ai appelée pour qu'on discute des conséquences.

Ma mère parut surprise que Grace ne résiste pas plus.

— Une fois que la vérité sera mise au jour ?

— En gros.

Des carnets, des stylos et des vinyles étaient éparpillés sur la table. Des plumes sombres dépassaient de recueils de poèmes et de magazines de cuisine. Des vêtements propres étaient empilés sur les chaises. D'énormes poutres en sapin striaient les plafonds de la maison. Des bouquets d'herbes aromatiques étaient suspendus à des clous plantés dans les madriers. Grace Creel avait un bandana rouge autour du poignet et un bandana noir sur la tête. Depuis toujours, j'aimais sa voix, qui prenait la forme d'un murmure ou bien d'un sifflement. Elle n'était jamais empreinte de colère, mais elle vous forçait à écouter ses mots qui, s'ils étaient souvent aussi durs que ceux de ma mère, étaient infusés d'une tendresse qui me semblait manquer dans notre propre foyer.

— Une fois que *tout* sera mis au jour. (Grace croisa les bras.) Tu connais la baie, Falon. Quelqu'un finira par retrouver la fille. Ça risque de mal finir.

Ma mère voulut répondre puis se ravisa. Le visage empourpré, elle baissa les yeux, à court de mots.

Wren et Galen observaient la scène depuis l'autre bout de la pièce. Wren leva deux doigts en V, le symbole de la paix. Elle portait une vieille veste de treillis aux manches retroussées. Un morceau de scotch noir était collé sur la poitrine, sous le nom de son père. Une manière de le mettre en valeur, là où la plupart des adolescents l'auraient caché. Jamais je n'avais vu la moindre relique – une photo, un vêtement – datant des années de service de mon père. Assis à la table, Galen repoussait des miettes avec son pouce. Il mesurait déjà plus d'un mètre quatre-vingts. Sa carrure était impressionnante. Tout chez lui était anormalement large, ses épaules, son torse, son visage, même les espaces entre ses dents ; un jour, Wren m'avait confié avoir tenté d'y glisser des pièces de vingt-cinq cents pendant qu'il dormait.

— L'incendie n'était pas accidentel, poursuivit Grace. À cause de la lettre, celui qui va retrouver la fille essayera peut-être de la tuer.

— Ou de la remercier. (J'avais rarement entendu ma mère s'exprimer d'une voix si timide.) Ou de la serrer dans ses bras.

— On ne vit pas dans ce genre de monde, Falon.

Wren et moi échangeâmes un regard. Nous comprenions que, d'une manière ou d'une autre, nous étions au cœur de la conversation. Nous nous faufilâmes hors de la cuisine. Wren me fit visiter la maison, me montrant une collection d'objets hétéroclites : un éclat d'obus resté cinquante ans fiché dans la cuisse de son arrière-grand-père. Six pierres rondes et bleues rapportées par son père. Un crâne de renard trouvé dans les bois qu'elle avait partagé avec Galen quand ils étaient enfants : le crâne passait l'été et l'hiver dans la chambre de Wren, le printemps et l'automne dans la chambre de Galen. Un livre de chiromancie ayant appartenu à sa grand-mère. J'observai à nouveau les pierres. Elles étaient parfaitement rondes. J'avais la sensation de voir l'océan s'agiter dans leur couleur.

— Dans un monde meilleur, les pierres seraient des œufs de merlebleu qui écloreraient rien que pour nous.

Wren posa son menton sur mon épaule ; je sentis sa respiration sur mon cou.

— Hélas, ce ne sont que des pierres bleues, répondis-je dans un soupir.

— La vie est tragique.

Elle s'écarta de moi, mettant un terme à notre petit numéro tandis que le drame en cours dans la pièce voisine, où les voix de nos mères continuaient de résonner, suintait jusqu'à nous.

Je jetai un œil alentour. La maison avait beau être froide et humide, elle regorgeait de preuves d'amour. Sur chaque étagère et rebord de fenêtre se trouvait une photo sépia : une personne, une ferme, un pâturage. Lire les histoires que racontaient ces images revenait à être témoin d'un acte de préservation remarquable, à comprendre des vies et des paysages s'étirant sur au moins trois générations. Des chaussures et des chaussons étaient alignés le long d'un mur. Des marques indiquant la taille des enfants à différentes dates étaient inscrites au crayon sur le montant d'une porte, un totem vertical.

Dehors, j'entendis crisser des pneus. Un pick-up approchait. Lyman Creel était de retour après une journée en mer. Le ciel était vert foncé, chargé d'électricité orageuse. Mon frère n'avait pas quitté son poste près du mur.

— Il n'arrive pas à se décider, dit Wren.

— À quel propos ?

— Ce qui est plus dangereux, nous ou l'orage.

Dans la cuisine, les voix s'étaient tues. Nos mères aussi devaient observer Lyman. D'un geste de la tête, je désignai la cuisine.

— On devrait peut-être les rejoindre ?

Wren haussa les épaules.

— Sans doute. Le truc, avec les parents, c'est qu'ils ont plus besoin de nous qu'ils ne le laissent paraître.

Ma mère et Grace étaient toujours debout, face à face. Ni l'une ni l'autre n'était prête à s'asseoir. Galen lisait tranquillement une BD. Link finit par entrer, se plaçant près de ma mère.

— Moi aussi, je suis pour la vérité, disait Grace. Mais pas aux dépens des autres. Il faut aider cette fille, pas juste l'exploiter.

— L'exploiter ? C'est elle qui a envoyé la lettre. Elle veut être entendue. Je ne vais pas faire comme si de rien n'était et censurer une autre ado marginalisée.

— Elle, c'est une gamine, Falon. Pas toi.

Je me tournai vers la fenêtre. Assis sur le mur en pierres, les jambes ballantes, aussi insouciant qu'un enfant, Lyman retira ses cuissardes jaunes et les entassa avec le reste de son équipement. Personne d'autre que moi ne semblait remarquer sa présence. J'étais incapable de me détacher de lui. Des trombes de pluie s'abattirent sur les arbres, martelant le toit. La voûte des pins enfla et cinq corbeaux surgirent dans le ciel. Aussitôt, ils encerclèrent Lyman, le transformant en une ombre mouvante. Je trouvai étrange et un peu triste de voir un homme être accueilli par ses corbeaux au lieu de sa famille.

Grace regarda les oiseaux danser autour de son mari, et son visage s'éclaira d'un bref sourire avant de s'assombrir à nouveau.

— Le passé est trop lourd pour que cette histoire s'achève en douceur.

— C'est l'assistante sociale en toi qui parle. Tout n'est pas censé s'achever en douceur, Grace.

Ma mère contempla la pluie. Pour la première fois, elle sembla prendre conscience de la présence de Lyman.

— Je vais y aller.

— Ne pars pas fâchée, dit Grace.

À son expression, je compris qu'elle était blessée. Notre mère avait déjà traversé la pièce. Elle ouvrit la porte sur l'orage.

— Restez là. Attendez que la pluie s'arrête. Grace a des choses importantes à dire. Mais ce n'est pas moi qui dois l'écouter.

Elle paraissait si petite dans l'embrasure, trempée par la pluie. Elle se tourna vers son amie :

— Mon métier n'est pas simple. Il est encore plus dur pour une femme. Je ne peux pas me permettre d'être douce.

Grace garda les yeux rivés sur le sol.

— Je sais, Falon.

Dans le jardin, ma mère et Lyman évitèrent de se saluer. Jamais je n'avais vu deux adultes faire autant d'efforts pour se comporter comme si l'autre n'existait pas. Lyman plongea la main dans un petit sac en toile et en sortit des bouts de poisson. Il les offrit à ses corbeaux, caressant leur tête pendant qu'ils déchiquetaient la chair. Je ne le comprenais pas. Cet homme avait érigé un mur autour de sa famille. Cet homme aimait les siens. Cet homme aimait ses oiseaux magiques. Cet homme avait aimé ma mère. Il semblait incapable de commettre les actes affreux dont on l'accusait. Le corbeau le plus grand s'éleva dans les airs. Je me penchai pour suivre son vol. Quand je fus sur le point de le perdre dans les nuages noirs, il replia ses ailes, roula sur le côté et descendit en piqué. Je retins mon souffle. Habituée à ce genre de spectacle, Wren haussa les épaules. Lorsqu'il ne fut plus qu'à quelques dizaines de mètres du sol, l'oiseau déploya ses ailes, poussa une série de croassements joyeux et s'envola vers les hauteurs. Une prouesse aérienne qui fit sourire Lyman. Soudain je sentis un courant passer entre nous. Un picotement m'irrita la nuque et je fus pris d'une irrépressible envie de fuir. Lyman tendit le cou et pencha la tête, comme s'il l'avait senti, lui aussi.

— Pourquoi est-ce qu'il nous déteste ? demandai-je à Grace.

J'étais soulagé de me détourner de la fenêtre.

— Il ne vous déteste pas. Il est amer. Il croit qu'on lui a volé quelque chose.

— Ah bon, dit Link. Quoi ?

Grace prit son temps pour répondre.

— Je ne sais pas. (Elle semblait sincèrement perplexe.) Le fantasme d'une vie, je suppose. Plus jeune, Lyman voulait vivre avec votre mère. Perdre ce genre de rêve peut hanter un homme. J'aime Lyman, mais je sais qu'il ne s'est jamais vraiment remis de sa soirée avec Billy et Falon.

Devant notre expression sidérée, elle sourit. Personne n'évoquait jamais cette nuit.

— Si on dissimule la vérité, on est condamné à répéter les mêmes erreurs.

Link hocha la tête. Je fis de même. C'était le genre de parole qu'aurait pu prononcer notre mère.

— Rouvrir une usine pourrie, par exemple ?

— Peut-être. Malheureusement les gens ont besoin d'usines pourries. Elles permettent d'avoir un toit sur la tête et de quoi manger. Les usines pourries rendent les vies difficiles un peu plus faciles.

Grace serra Wren dans ses bras. Puis elle embrassa Galen sur le front.

— Lyman n'est pas celui que vous pensez, dit-elle, s'adressant à Link et à moi. Quand vous le regardez, vous ne voyez qu'une seule chose. Un homme n'est jamais qu'une seule chose.

Entre notre maison et celle des Creel, un entrelacs de sentiers menait à une falaise qui surplombait l'embouchure de la rivière. Les eaux s'y rassemblaient en un tourbillon noir. Souvent, mes frères et moi jetions des conserves, des pétards et du bois flotté dans les flots sombres. Tantôt, les débris réapparaissaient en amont. Tantôt, nous les imaginions refaire surface au large. Le plus souvent, la rivière ne relâchait jamais son étreinte. On se demandait alors ce qu'il advenait des objets disparus. Un pommier semblant défier le temps se dressait sur la saillie. Son tronc était rose pâle. Des pommes vermillon étaient suspendues à ses branches toute l'année, même en février, quand elles étaient enchâssées dans la glace.

Les pommes fantômes, ainsi les appelait mon père. Des fruits qui refusaient de mourir. L'arbre était un phare éternellement allumé. À nos yeux, il était sacré. "Rendez-vous aux pommes fantômes", murmurait-on dans les couloirs de l'école. Nous en parlions à nos amis. Nous en parlions à nos amoureuses. Jamais à nos ennemis. L'arbre n'était pas évoqué en présence d'une menace potentielle. Nous allions souvent à la falaise, toutefois nous ne touchions ni à l'arbre, ni aux pommes.

Link et moi attendîmes que la pluie faiblisse avant de rentrer. Ne trouvant pas notre mère à la maison, nous gagnâmes la falaise. Debout près des pommes fantômes, elle contemplait la mer en frissonnant dans la lumière déclinante.

— Si on rentrait, maman, dit Link. On a passé un drôle d'après-midi.

— Parle pour toi. (Elle continuait de jouer les dures.) Ma journée était excellente. (Elle soupira.) Mais oui, rentrons. Je crois que je suis prête.

Mon père et Simon étaient encore sur le port. La maison était déserte. Ma mère s'assit et replia ses mains frigorifiées sur ses genoux. Link mit de l'eau à bouillir. Nous regardâmes les encoches noires des pins découpées sur le ciel grisonnant.

— Tout s'est déroulé à merveille, ironisa notre mère.

Devant notre silence, elle haussa les épaules. Je saisis ses mains pour les frictionner. Elle eut un mouvement de recul, puis elle se laissa faire.

— Pourquoi tu étais sur la falaise, maman ?

— J'avais besoin de conseils.

La bouilloire se mit à siffler. Link versa l'eau fumante dans une grande tasse en argile qu'il déposa devant notre mère.

— De la part des pommes fantôme ?

— De sa part à *elle*.

Nigawes. Son histoire, une sorte de mythe de la création dont je n'avais jamais su s'il s'agissait d'un emprunt ou d'une invention de mes parents, avait bercé notre enfance. Ma mère ne l'avait pas mentionnée depuis des années.

— Tu vas publier la lettre, dis-je.

— Je n'ai pas le choix.

Je me revis à sept ou huit ans. Ma mère était bénévole au planning familial de Bangor. À son retour, elle laissait tomber sur la table le gilet pare-balles qu'elle devait porter sous son manteau. Le Kevlar claquait sur le plateau, un bruit de haine et de peur. Un jour, je l'avais trouvée par terre dans le salon, en train de caresser le visage tuméfié d'une femme que nous hébergions un été, après qu'elle eut fui son mari violent. Si elle ne l'avait pas quitté, il l'aurait tuée. Pendant un temps qui m'avait semblé durer une éternité, ma mère avait chanté en lui tenant la main. *Trouble in mind, I'm blue, but I won't be blue always, cause the sun's gonna shine in my backdoor someday**. J'avais demandé à mon père pourquoi ma

* *Trouble in Mind*, de Nina Simone : "J'ai l'esprit tourmenté, je suis déprimée, mais ça va pas durer, un jour, le soleil brillera devant ma porte."

mère travaillait à un endroit où elle devait porter un gilet pare-balles : “Parce que personne d’autre ne veut le faire.” Quand j’avais posé la même question à Reggie, il m’avait répondu avec son emphase habituelle : “Parce que ta mère est une héroïne, une vraie lionne.”

La colère dans les yeux de Link se dissipa. Il sourit et haussa les épaules.

— On sait, maman, on est de ton côté.

— Mes garçons, si nobles et si bêtes.

Elle nous caressa le visage lorsqu’on s’installa près d’elle. Je voulais tout oublier. J’étais fatigué. J’en avais assez de cette journée.

— Nigawes. Ça fait longtemps que tu ne nous as pas parlé d’elle.

— Trop longtemps.

Dans la chaleur de la cuisine, tandis que l’obscurité enveloppait les bois, Link et moi dressâmes l’oreille.

Les deux humains avaient un drôle d’aspect. Leur corps semblait fait d’argile et de pierre. En hiver, ils étaient raides et froids, parcourus de reflets glacés. Au printemps, ils s’imprégnaient de chaleur et de couleur. Un jour, ils découvrirent qu’ils pouvaient se mouvoir. Puis ils découvrirent qu’ils pouvaient penser et ressentir. Pourtant ils ignoraient toujours ce qu’ils étaient. Des années plus tôt, ils avaient surgi de la terre, chacun à un endroit différent, sur les berges en granit de la grande rivière qui prenait sa source dans les montagnes du nord. Au début, ils étaient heureux et parcouraient le monde, de moins en moins pierre, eau et vent, de plus en plus homme et femme. Ils vivaient près de l'embouchure de la grande rivière. En explorant la côte, ils avaient trouvé de nombreuses plantes et animaux à aimer, mais aucune de ces créatures ne leur ressemblait. Peu à peu, la solitude les gagna.

L'homme s'appelait Sanoba; la femme, Nigawes. Un hiver, Sanoba et Nigawes devinrent obsédés par la même idée: s'ils remontaient la rivière jusqu'à sa source et qu'ils confiaient leur tristesse aux eaux, peut-être les réconforteraient-elles. Ainsi, chacun ignorant l'existence de l'autre, ils partirent en quête de quelque chose qu'ils n'auraient su définir: un soulagement, un but, le bonheur.

Dans les montagnes, ils gravirent chacun un pic enneigé pour chanter leur peine et leur solitude. Lentement, la rivière leur répondit. Les eaux enflèrent et le courant forcit, creusant une vallée entre les deux montagnes. Ainsi Nigawes et Sanoba s'aperçurent-ils enfin.

De retour sur la côte, ils bâtirent une vie ensemble. Leur grand amour remplit la vallée d'enfants. Hélas, Sanoba finit par se lasser. Il ne contrôlait plus sa progéniture. Il n'arrivait plus à subvenir aux besoins de ses enfants. Son ancienne liberté lui manquait, quand il pouvait gravir une montagne, triste, furieux ou soulagé d'être seul. Plus que tout, il se sentait trahi. Il avait rêvé d'amour, pas de servitude. S'il avait su qu'il serait chargé de peupler la terre, peut-être aurait-il choisi une autre vie.

— Si tu continues à faire tous ces enfants, dit-il à Nigawes, je te quitte.

— Si *je* continue? répondit-elle. On ne fait pas les enfants tout seul, Sanoba.

Les deux amants étaient sur une falaise surplombant la mer. Sanoba s'approcha du bord et agita les pieds dans le vide.

— Je n'hésiterai pas.

Plusieurs années s'étaient écoulées depuis leur rencontre. Nigawes connaissait son mari et ses contradictions. Il avait beau être courageux, il était miné par la peur et l'amertume. Aussi devina-t-elle qu'il bluffait.

— Tu nous quitteras peut-être, mais tu ne nous oublieras jamais.

Son entêtement rendit Sanoba fou de rage. Il l'avait menacée. Quelle avait été sa réponse ? Un avertissement creux et moralisateur. Ils en étaient donc là : elle ne le respectait même plus assez pour prononcer une parole consistante.

Bien évidemment, il se trompait. Nigawes était affolée par le changement qu'elle voyait s'opérer chez son mari. Elle était la seule à l'avoir remarqué. Les enfants continuaient de se comporter avec Sanoba comme ils l'avaient toujours fait, et cela ne faisait qu'accroître les craintes de Nigawes. Sanoba avait la même voix. Lorsqu'il traversait les bois, il laissait les mêmes traces. Lorsqu'il gravissait les collines, il touchait les mêmes bouleaux. Le changement était affaire de couleur. Au début, elle l'observa dans ses yeux, où vacillait parfois une flamme écarlate. Puis il se mit à rougir. L'extrémité de ses doigts devint brûlante, écarlate. La nuit, Nigawes repoussait les couvertures pour scruter la poitrine de son mari. Chaque fois qu'il prenait une respiration, sa peau se parait d'une teinte violacée. Né du ciel et des herbes, en temps normal, Sanoba était bleu-vert. À présent, on aurait dit qu'il avait gobé le soleil, lequel cherchait à s'échapper. Quel genre de folie volait la couleur d'un homme et consumait son corps ? L'éclat pourpre sous la peau de Sanoba se fit si intense que, s'il regardait Nigawes ou qu'il essayait de la toucher, elle ne pouvait s'empêcher de se détourner. Personne d'autre ne semblait déceler cette rougeur quand Sanoba mettait de l'eau sur le feu ou qu'il revenait de la rivière avec un jouet pour les enfants, et cela ne faisait qu'accroître les craintes de Nigawes. Sanoba, comprit-elle, avait succombé à un mal insidieux qui s'efforçait de rester caché : le ressentiment.

Un matin, Sanoba disparut. Pendant un an, Nigawes vécut seule avec ses enfants. Sanoba revint au printemps suivant, après la fonte des neiges, au moment où les arbres se couvraient de bourgeons. Il pensait avoir marqué le coup. Il croyait sa famille incapable de survivre à un nouvel hiver sans lui. Il voulait s'assurer qu'elle avait besoin de sa présence. Surtout, il se sentait seul et avait honte de l'avoir abandonnée.

À son retour, il constata que les champs avaient été moissonnés et ressemés. Il regarda sa femme et ses enfants continuer de vivre ainsi qu'ils l'avaient fait en son absence. Ils cultivaient la terre, plantaient les vallées d'arbres, parsemaient les prés de fleurs sauvages. Ils invoquaient la pluie. Ils envoyaient des corbeaux dans le ciel, des ours et des cerfs dans les bois. Le jour, Nigawes ignorait Sanoba. La nuit, ils se livraient à des ébats féroces et désespérés. Ils roulaient dans l'herbe en sanglotant de fureur. Voyant que Nigawes ne tombait pas enceinte, Sanoba devint méfiant. Quand elle refusa qu'il les aide à retourner la terre et à prendre soin des cultures, il devint triste. Sa punition était méritée, de même que l'incapacité de Nigawes à lui accorder sa confiance. Il était parti, mais il était revenu : aux yeux de Sanoba, cela aurait dû compter pour quelque chose. Nigawes profitait de son corps, elle lui griffait le torse et le dos en hurlant au plus profond de la nuit, cependant elle évitait de croiser son regard ou de toucher son visage. Sanoba comprit qu'il était devenu un étranger. Peut-être sa famille n'avait-elle plus besoin de lui. Par sa propre faute. Incapable d'affronter cette vérité, il se mura dans la colère et la rancœur.

Mille jours durant, Sanoba essaya de tuer sa femme. Nigawes déjoua chaque tentative de son mari. Quand il voulut se confier aux montagnes, il découvrit qu'elles débordaient de blessures anciennes et ne pouvaient en accueillir de nouvelles.

Nigawes commençait à se fatiguer. Elle savait qu'on pouvait mourir à force d'essayer de survivre. Le rouge qui avait envahi son mari virait au noir. Pour cette raison, et aussi à cause du chagrin qu'il lui avait infligé, elle n'arrivait plus à le regarder la nuit. Sa noirceur n'était pas tant une noirceur qu'une absence de lumière. S'il passait devant un arbre ou un rocher, le monde se vidait de sa couleur. Alors Nigawes, le souffle court, s'étreignait les mains pour que ses enfants ne les voient pas trembler. L'homme qu'elle avait aimé n'existait plus, aussi décida-t-elle d'agir.

Nigawes brisa le tronc qu'était la colonne vertébrale de son mari. Elle arracha les pierres de ses yeux et rasa les herbes de ses cheveux. Elle fit couler les rivières de son sang. Elle découpa son corps en morceaux, priant pour que le vert et le bleu qui subsistaient en lui soient libérés. Ensuite, elle gagna la falaise où il l'avait menacée et jeta ses restes dans le courant. Le destin déciderait si les os seraient emportés vers la mer ou les montagnes. Elle dit que Sanoba s'était noyé. Un accident de pêche. Ses enfants ne mirent pas son histoire en doute. Ils feignirent d'oublier les mille jours qui avaient précédé la mort de Sanoba et le grand amour passionné qui leur avait donné naissance. Il leur était plus simple d'accepter le danger de la mer. Mais Nigawes savait son mensonge impardonnable. Que son acte ait été justifié ou non, elle avait tué son mari, son amant, le père de ses enfants. Elle avait tenu le monde pour responsable de son meurtre.

La mer se mit à recracher les morceaux de Sanoba. Tous les ans, une partie de son corps était rejetée sur la côte : les pierres de ses yeux, les herbes de ses cheveux, les branches noueuses de ses jambes. Incapable de toucher aux débris, Nigawes envoya ses enfants les récupérer tandis qu'elle les observait du haut de la falaise. Elle se fit vieille à force d'attendre. Une nuit, elle rêva des mains de son mari. D'abord, elles étreignaient leur nouveau-né. Ensuite, elles enlaçaient Nigawes par la taille, puis elles caressaient sa nuque et agrippaient ses cuisses. Au réveil, elle ne pouvait plus bouger. Ses pieds étaient enracinés dans la terre. Des pommes étaient accrochées à ses bras. Elle ferma les yeux et alluma les fruits telles des lanternes rouges. Un jour, espérait-elle, ses enfants retrouveraient leur père et rentreraient avec lui.

4

LA SEMAINE SUIVANTE, ma mère publia la lettre ainsi qu'un court éditorial.

Ici, lorsqu'on parle de terres volées, les gens lèvent les yeux au ciel. Ils disent qu'il n'y a pas eu de Piste des Larmes*. Ni de Little Big Horn. Ni de massacre à Sand Creek. Pourtant, nous sommes tous complices du génocide. Nous avons mutilé et tué les Indiens, nous avons pris leurs terres, nous avons interdit leurs pratiques culturelles et nous les avons forcés à s'assimiler en espérant qu'ils finiraient par s'éteindre.

En 1790, le premier Congrès des États-Unis a voté la loi *Indian Non Intercourse Act*, en vertu de laquelle tout transfert de terres entre autochtones et colons devait être ratifié par le Congrès. Entre 1794 et 1833, l'État du Maine s'est approprié quatre-vingt-quinze pour cent des territoires Penobscot et Passamaquoddy sans obtenir l'accord préalable du Congrès. Les îles de la rivière ont également été vendues.

* Référence à la déportation par le gouvernement américain de plusieurs tribus amérindiennes entre 1831 et 1838.

Nous avons utilisé ces terres. Nous les avons bûcheronnées. Nous les avons défrichées. Nous les avons cultivées. Nous y avons érigé des barrages. Nous les avons exploitées.

Ceux qui croient nos corps animés par une âme pensent aussi qu'elle a une source. Sur les terres penobscots, la source est la rivière.

Enfant, quand je rendais visite à ma famille en amont, je voyais une écume épaisse s'accumuler sur les berges. Nous passions la journée dans l'eau et en ressortions couverts de cette chose. Nous n'avions aucune idée de ce dont il s'agissait. Des furoncles et des lésions apparaissaient sur notre peau. Des migraines nous forçaient à rester cloîtrés. C'était à cause des usines. L'eau empoisonnée coulait sur le territoire penobscot. Les poissons qu'ils mangeaient risquaient de les tuer.

Une adolescente n'a plus supporté d'être le témoin impuissant de ces ravages. Peut-être l'incendie nous privera-t-il d'emplois futurs. Peut-être nous privera-t-il de confort. Peut-être nous privera-t-il de ce que nous considérons comme notre dû : de l'argent gagné sur des terres mal acquises.

Mais imaginez ce dont il pourrait aussi nous sauver.

Le journal fut assailli par un flot d'appels furieux et d'informations étranges. La plus étonnante venait d'un homme qui prétendait avoir vu une adolescente sauter du pont Passagassawakeag, déployer ses bras telles deux ailes enflammées et s'envoler dans la brume. Le bureau du shérif diffusa un avertissement – repris dans *Les Jours sombres* – sur les dangers du vigilantisme. La police assura la population qu'elle recherchait activement l'auteure de la lettre, précisant que personne d'autre ne devait s'en charger.

Grace Creel organisa une réunion au Fish House. Tout le monde y était bienvenu. Grace y assisterait en tant que représentante des services sociaux. Cal Hayes maintiendrait l'ordre et détaillerait les avancées des autorités. Ma mère aussi était censée prendre la parole. Des notes étaient éparpillées partout dans la maison. Elle en discuta avec mon père. Elle se rendit en amont de la rivière pour consulter Moses Jupiter et la Nation Penobscot. Rétrospectivement, je me rends compte qu'elle devait se sentir très seule à ce moment-là.

Un siècle plus tôt, des carcasses de morues de cent quatre-vingts kilos étaient accrochées aux chevrons du Fish House. Blotti sur la digue, le bâtiment avait été reconverti en *diner*. La cuisine et le débarras étaient suspendus au-dessus de la baie. Dix rondins en cèdre plantés de biais dans la digue maintenaient la structure. Peint en quatre teintes de bleu différentes, surmonté d'un toit en asphalte vermoulu, le *diner* semblait perché sur une minuscule soucoupe tremblotante. Les habitants pariaient souvent sur le jour où une bourrasque le précipiterait dans la mer. "Je vais placer un autre pari catastrophe au Fish House", disaient-ils.

En général, le *diner* était désert, hormis une poignée d'hommes aux épaules voûtées qui recrachaient la fumée bleue de leurs cigarettes en se demandant s'ils reprenaient un café. L'après-midi, les commères matinales et les employés du port laissaient place aux pêcheurs venus boire une bière à un dollar avant de rentrer. La plupart du temps, il semblait peu probable que Ruston Garvey, le propriétaire, parvienne à dégager un bénéfice de plus d'une centaine de dollars.

En ce samedi matin exceptionnellement chaud de fin avril, toutes les chaises du Fish House étaient occupées. Deux rangées de tabourets étaient alignées devant le comptoir. Des gens étaient assis sur le bord des tables pliantes où Grace avait disposé le café, les beignets et les pâtisseries préparés avec Garvey et ma mère à l'aube.

Wren et Galen étaient debout derrière Grace. À l'autre bout de la pièce, Link, Simon et moi nous tenions près de notre père. Lorsque nous écoutâmes ma mère justifier sa décision de publier la lettre, je sentis qu'il était fier d'elle. Tout comme moi. Link avait peur des ennuis qu'elle risquait de s'attirer. Simon avait peur tout court. Bientôt, il serait majeur. Je l'imaginais perdu dans sa vie, rêvant de quitter la baie pour faire ses études et devenir celui qu'il souhaitait être en ce monde. Un filet semblait sur le point de nous enserrer entre ses mailles.

— La lettre était un manifeste, dit quelqu'un. Cette fille est une terroriste.

Le mot projeta une onde de haine et de crainte dans l'air.

— Non, rectifia Grace, la lettre était une clarification, peut-être même un appel à la tolérance.

La plupart des personnes présentes s'insurgèrent contre cette idée.

— Et les passages en penobscot ? demanda une femme. Qu'est-ce qui nous dit que c'étaient pas des menaces ?

— Des menaces ?

Ma mère plissa les yeux. La femme parut gênée.

— Oui, madame, bredouilla-t-elle.

— Un choix de mot intéressant. (Le ton de ma mère avait changé ; désormais elle dominait la conversation, reléguant Grace et Cal au second plan.) Vous devriez réfléchir un peu plus.

Simon se crispa. Je parcourus la pièce du regard et vis de l'appréhension. Pourquoi ma mère se montrait-elle si évasive devant un auditoire blessé et inquiet ? Elle avait demandé à Moses de lui traduire les passages en question. Elle savait exactement ce qu'ils signifiaient. Pourquoi ne disait-elle pas la vérité, si celle-ci lui importait tant ? Ce que la plupart considéraient comme un acte radical n'était aux yeux de la fille qu'une tentative pour défendre son ancêtre – la rivière – et faire entendre son peuple, rendu invisible pendant des générations.

— Quand on fait exploser une usine, on est une terroriste, dit quelqu'un d'autre.

— Non, répondit Grace Creel. (Ma mère sembla surprise, presque déçue, comme si elle avait oublié qu'elle avait des alliés.) Il n'y a pas eu de bombe. Ne nous engageons pas sur cette voie.

— Et il n'y avait pas d'usine, renchérit mon père. Juste des bâtiments vides.

— Enfin, Ames !

— Cette fille est surtout recherchée par la police, dit Cal. Restez chez vous, écoutez vos scanners. Arrêtez de battre la campagne avec une carabine et un badge fait main collé sur votre casquette. Laissez-nous faire notre métier.

— Elle devrait se rendre, dit une femme à la voix lasse et bourrue. Pour éviter de nous faire perdre notre temps et notre argent.

Plusieurs personnes acquiescèrent.

— Ne soyez pas bêtes, siffla ma mère.

Je sentis l'assistance se hérisser, prête à mordre.

— Falon…, dit mon père sur un ton qui se voulait conciliateur.

Malgré sa désertion, qui le poursuivait encore tel un nuage noir, mon père était une figure respectée, voire appréciée sur le port, grâce à ses bateaux et à son dévouement à la pêcherie. S'il avait toujours son petit atelier dans les bois, à présent, il possédait aussi un chantier sur le port. Il facturait aux pêcheurs des sommes dérisoires et réclamait aux touristes des montants faramineux qui nous laissaient pantois, craignant qu'il soit ridiculisé et conduit à la ruine. À mesure que grandissait sa renommée, il égrenait des chiffres de plus en plus élevés – 40 000 $, 70 000 $, 90 000 $ – sans la moindre hésitation. Chaque hiver, le téléphone sonnait sans discontinuer. Des agents de change new-yorkais, des avocats bostoniens ou des architectes torontois voulaient un sloop ou un ketch signé Arnoux Ames. Mon père considérait la construction navale comme une forme de prière. "Quand je travaille sur un bateau, je ne suis plus là. Je parle avec mes ancêtres. On pourrait me tirer une balle en plein cœur que je ne mourrais pas." Dans la baie, les états de service dans l'armée ne payaient pas les factures. Une réglementation équitable de la pêche, les transactions de drogue occasionnelles, les touristes argentés et les bateaux de qualité, si.

— Ne commence pas, Arnoux. Ça n'a rien à voir avec toi.

Mon père leva les mains en signe d'abdication. À sa gauche, un homme marmonna quelque chose.

— Lâche, souffla quelqu'un au fond de la pièce.

— Ton numéro de militante commence à être usé, Falon, dit Garvey, qui se tenait près de l'entrée. (Dans son tablier blanc, il paraissait petit et timoré. Je remarquai qu'il évitait de regarder ma mère dans les yeux.) Il serait peut-être temps d'arrêter.

— Tu me connais bien mal, Rus. Si cette fille met le pied dans un journal, un commissariat ou un bureau d'avocat tenu par des Blancs et qu'elle déclare, "J'ai mis le feu à l'usine. Je me rends", elle risque de se faire tuer.

— Ce n'est pas ce que je souhaite, dit Grace.

— Peut-être, mais que dire des autres ? Depuis quand sommes-nous trop idiots pour confondre justice et vengeance ?

En cet instant précis, seul l'emploi du pronom "nous" évita à ma mère de se faire lyncher. Ainsi qu'une nouvelle voix qui fendit la colère.

Lyman Creel venait de mettre pied à terre après avoir passé la matinée sur l'eau. Il pénétra dans le Fish House d'un pas tranquille, un samedi comme les autres. Sa barbe rousse était constellée de glace et son visage à vif, battu par le vent. Il retira une épingle à nourrice de sa manche et s'en servit pour déloger la graisse sous ses ongles. Un silence s'abattit sur l'assemblée. Tous les regards convergèrent vers Lyman. Il remplit une petite tasse bleue de café avant de serrer Grace dans ses bras.

— Salut, chéri, dit-elle en l'embrassant.

— Salut ma belle, répondit-il dans un soupir. Longue journée.

— Sans rire.

L'intimité de leur échange avait quelque chose de touchant. Comme si, en nous ignorant, Lyman nous rappelait ce que cela signifiait, d'être humain. Il traversa le *diner*, une copie des *Jours sombres* sous le bras. Deux hommes se levèrent pour lui céder leur place. Baigné par la lumière liquide qui filtrait à travers la fenêtre, il semblait parfaitement à son aise. Dehors, les mouettes voletaient dans l'air orangé, plongeant en piqué pour attraper les restes sanguinolents que les pêcheurs rejetaient à la mer.

— Tu as bien fait de laisser la fille s'exprimer, Falon, dit Lyman après un temps, au grand étonnement de tous.

Ses paroles dissipèrent la tension qui s'était accumulée dans la salle. Lorsqu'il se tut pour reprendre son souffle, le cliquetis de l'antique système de chauffage était le seul bruit perceptible.

— L'usine était peut-être plus criminelle que l'incendie. Peut-être feignons-nous de ne pas le voir depuis trop longtemps.

Brièvement, son regard croisa celui de ma mère avant que chacun détourne les yeux. Je sentis mon père se raidir.

— Je ne sais pas quoi ajouter.

Il posa ses mains sur ses genoux et contempla les zébrures calleuses sur ses doigts épais. Puis il haussa les épaules, se concentrant sur son café. Ses enfants le rejoignirent. Galen lui tendit un beignet. Wren retira son manteau – qui, dans ce contexte, paraissait minuscule – et le drapa sur les larges épaules voûtées de Lyman, encore humide après une journée à se battre contre la mer pour une poignée de dollars, à peine de quoi payer l'électricité, les courses, l'hypothèque de la maison.

Aucun de nous ne savait quoi ajouter.

II

5

DÈS QUE L'HOMME entendit les premiers oiseaux se percher, il ajouta du bois dans le feu. Les petites bûches crépitèrent dans la lumière grise. Construire un feu assez discret pour éviter de se faire repérer mais assez chaud pour passer la nuit était tout un art. En ce mois d'avril, malgré le soleil éclatant, la température ne dépassait pas les 5° C et la neige s'amoncelait sur le campement. L'homme repoussa les braises dans le feu, au centre duquel chauffait une pierre plate. Il y déposa deux filets de poisson, écoutant grésiller le gras.

Plongé dans l'ombre de Bald Hill, le campement était entouré d'une forêt épaisse. Ils avaient recouvert la tente de feuilles, isolé l'intérieur avec du foin, toutefois ce n'était ni un foyer ni un endroit où l'on pouvait s'attarder. Adam Greenwind était penobscot et trouvait terriblement étrange le fait de s'interroger sur sa vie devant un feu de début de printemps, à deux pas d'une ancienne route migratoire.

Deux semaines plus tôt, en pleine nuit, dans le couloir de leur petite maison, il avait vu Molly, sa fille de quatorze ans, faire ses bagages à la hâte. Elle avait levé les yeux sur lui, une expression terrifiée sur le visage. Par la fenêtre, il distinguait la silhouette du wigwam qu'ils avaient commencé à construire en automne pour un projet tribal sur l'héritage familial. Ils avaient dressé l'ossature en bois, la revêtant d'écorce de bouleau, mais ils n'avaient pas réussi à terminer le wigwam avant l'hiver. Tout au long des mois de février et de mars, au petit déjeuner, il avait évoqué le projet avec entrain, répétant qu'ils devraient s'y remettre, hélas l'enthousiasme de Molly s'était étiolé. Le matin, son regard se posait sur les factures et les mises en demeure qui s'accumulaient sur la table. Lorsqu'il avait rangé le tas sur sa commode afin qu'elle ne l'ait plus sous les yeux chaque jour, elle l'avait remis au centre de la table. Ainsi était Molly. Elle refusait de tirer le rideau sur les problèmes. Il avait recommencé à enfiler son bleu de travail au lever, même si, hormis des petits boulots de-ci de-là, il était sans emploi depuis presque deux ans, quand l'usine avait fermé. Cela n'avait fait qu'accroître l'anxiété de Molly. "Tu n'arriveras pas à me faire croire que tout va bien, papa. Je t'abandonne pour aller à l'école et toi, tu passes la journée ici, seul. Je déteste ça."

Il n'y avait pas un bruit dans la maison, sinon le tic-tac de la vieille horloge du salon. Dehors, Adam avait cru entendre des cerfs et des ratons laveurs détaler. Il avait imaginé Cricket, la jument de Molly, blottie dans son corral, à l'affût des mêmes bruits nocturnes. Pensant percevoir le hurlement d'une sirène au loin, il avait senti sa propre peur se réveiller. Dans deux heures, le soleil se lèverait. La lumière risquait de compliquer leur situation. À son tour, il avait préparé son sac, un paquetage léger mais fonctionnel.

Molly s'était arrêtée net.

— Tu ne peux pas venir.

— Tu ne peux pas m'en empêcher.

Elle avait paru sur le point de pleurer, puis son visage avait tressailli tandis qu'elle refoulait ses larmes.

— J'ai commis une erreur.

— On en commet tous, ma chérie.

— Ne sois pas si indulgent, papa. Arrête de la jouer cool. Ça ne te ressemble pas.

— Dans ce cas, raconte-moi ce qui s'est passé.

Elle lui avait dit la vérité. Désormais, plus rien ne serait comme avant.

L'incendie avait pratiquement réduit l'usine en cendres. Comment Molly était-elle parvenue à accomplir cet acte sans aide ? Il n'avait pas élevé sa fille pour qu'elle courbe l'échine et demeure invisible. "C'est trop facile, d'être une Indienne invisible, répétait-il souvent. C'est trop facile, de leur donner exactement ce qu'ils veulent." Il lui avait appris à être forte et à défendre les opprimés. Il ne lui avait pas enseigné la violence et la destruction – la voie de la colère, la voie du pis-aller. À présent, il se demandait si l'incendie était de sa faute. Presque toute sa vie, Molly l'avait vu rentrer de l'usine si fatigué qu'il n'était plus capable de réfléchir. Il avait essayé de se retenir, toutefois il était bavard et n'avait personne d'autre à qui parler. Molly l'avait écouté se plaindre du traitement que l'usine réservait à ses employés, augmentant leur charge de travail, lésinant sur la sécurité, torpillant les heures supplémentaires. À la fin, même le café gratuit dans la salle du personnel avait été supprimé. Adam avait fulminé contre les produits toxiques, le gaspillage et les ravages de l'industrie. Il avait confié à Molly combien il trouvait difficile d'avoir reçu la terre en héritage et d'exercer un métier qui la détruisait. Si les relations de cause à effet étaient complexes, elles n'en étaient pas moins indéniables.

Au loin, Adam arrivait presque à discerner la colline sablonneuse qui avait donné son nom à cet endroit. Quand il était petit, sa grand-mère lui racontait des histoires sur les guerriers penobscots qui faisaient la course dans les sables mouvants de Bald Hill. L'épreuve était dangereuse – une chute, une jambe ou une cheville cassée, un glissement de terrain, tels étaient les risques encourus par les guerriers. Elle requérait force et endurance, intelligence et stratégie. Les femmes aussi participaient à la course et la remportaient souvent. La première fois qu'il avait montré la colline à Molly, elle devait avoir cinq ou six ans. Il lui avait transmis les histoires de sa grand-mère. Quand il avait évoqué les guerrières victorieuses, le regard de sa fille s'était durci. Elle n'était ni choquée ni surprise. Par une coïncidence étrange, ils étaient venus se cacher ici, de manière presque instinctive.

Adam dressa l'oreille et n'entendit rien, un mensonge qui le fit sourire. De jeunes frênes écorcés étaient empilés près du feu. Molly les avait coupés la veille pour construire un barrage à poissons. Elle dormait encore dans la tente. Adam savait qu'au réveil, elle assemblerait les bâtons avant de les envelopper avec un filet. Il faillit se lever puis se ravisa. Il avait du mal à laisser plus de vingt minutes s'écouler sans vérifier qu'elle allait bien. Comme au tout début, quand elle était encore bébé. Il avait passé la première année de la vie de sa fille à osciller entre panique et ravissement, fasciné qu'une créature si petite puisse exister et terrifié que son cœur et ses poumons minuscules cessent de faire ce qu'ils étaient censés faire, l'arrachant ainsi à lui.

Quelque part à l'ouest, une brindille craqua.

— Inutile de prendre ce genre de précaution, dit Adam sans lever les yeux. *kk^{w}ey*, Moses.

Une silhouette émergea des bois. Un homme de grande taille. Une tortue en pierre pendait à son cou et ses cheveux gris étaient rassemblés en une natte. Son pas était léger malgré son âge et le sac volumineux sur son dos.

— La brindille était un faux pas, pas une politesse.

— Tu es là depuis combien de temps ?

— Probablement aussi longtemps que tu le penses. (L'homme lui rendit son salut.) *kk^{w}ey*, Adam.

Adam souffla sur ses mains pour les réchauffer et désigna le sac de Moses.

— Je ne t'ai rien réclamé.

— Tu n'es pas le seul à devoir manger.

Adam ne lui demanda pas comment il les avait trouvés. Il savait que quelqu'un viendrait, et il savait que ce quelqu'un serait Moses, qu'il avait connu toute sa vie.

— Sacré pétrin, pas vrai ?

Adam éclata de rire. L'expression était surprenante, de la part d'un homme qui parlait au moins quatre langues.

— Je ne sais pas. (D'un geste de la tête, il montra le poisson en train de cuire dans le feu.) On a de quoi manger et se réchauffer. Pas de trous dans la tente.

— Ni de menottes, à ce que je vois.

Adam sourit.

— Pourvu que ça dure.

— Je suis d'accord. Molly ?

— Elle dort.

Le vieil homme s'approcha du tas de frêne, saisit un bâton et l'examina, retournant le bois sombre entre ses mains.

— Où compte-t-elle l'installer ?

— Je n'en sais rien. Quelque part où il y a du poisson.

— C'est un bon barrage.

— Rien d'étonnant. C'est toi qui lui as enseigné cette technique. (Adam sentit crépiter une amertume inattendue dans sa voix.) On en apprend, des choses, quand on traîne avec un vieil Indien révolutionnaire. Moi, j'étais trop occupé à gagner ma vie.

— Je vois.

Adam se tut et retourna le poisson, s'efforçant de ravaler sa colère.

— *Wəliwəni*, dit-il après un temps, gêné de s'être montré si irrespectueux. Pour les provisions et la compagnie.

— De rien. (Moses agita la main dans la lumière diffuse.) Qu'est-ce que je peux faire d'autre pour toi ?

La précision de la formule n'échappa pas à Adam. Pas "De quoi as-tu besoin ? ni "Comment puis-je t'aider ?" mais "Qu'est-ce que je peux faire d'autre pour toi ?" "Quel est ton plan ?" Voilà la première question que lui auraient posée la plupart des gens. Adam était reconnaissant à Moses de l'avoir évitée.

— Je ne veux pas te mêler à nos problèmes.

— Tu n'as pas à t'inquiéter pour moi, Adam. *Mòsa sakeləkéskihkač*. La fierté n'a pas sa place ici. Arrête tes bêtises.

Adam prit une profonde inspiration. La franchise de la réprimande l'avait revigoré. Enfant, sur la réserve, il réparait tout ce qui lui tombait sous la main : les cannes à pêche, les radios, les canoës, les climatiseurs des voisins. Moses et les autres aînés l'avaient surnommé "Adam aux mille remèdes". Pour plaisanter, mais aussi parce qu'ils l'admiraient : aucun mécanisme ne lui résistait. S'il n'était pas occupé à rafistoler quelque objet, Adam jardinait. Plonger les mains dans la terre, étudier sa manière d'absorber l'eau et le soleil, sa capacité à produire des nutriments pour ses enfants, sa propension à guérir et à perdurer – là était sa plus grande joie. Parfois la vie vous détourne de votre voie. Il se remémora ses années sombres, à l'époque où il frissonnait avec Nonie et Molly dans une chambre louée sur l'île. Souvent sans chauffage, toujours sans voiture. Jeunes, fauchés, affamés. En colère l'un contre l'autre, parce que le monde semblait n'avoir assez de rien pour eux. Et cette usine en aval, avec ses portes grandes ouvertes, une bouche béante, une promesse d'argent, les conforts du monde blanc : *ressources, opportunités.* Moses s'assit à côté d'Adam, qui contemplait ses paumes. Il craignait que la situation soit hors de la portée de ses mains, leur capacité à réparer, détordre et ressusciter.

— Tu pourrais nous retrouver devant la maison dans une semaine, au crépuscule ?

— Vous allez rentrer ?

— Il n'y a plus de retour possible.

Moses posa la main sur l'épaule d'Adam.

— Mais il y a la famille.

Adam hocha la tête.

— Prends ton pick-up et un support de fixation pour le van de Cricket. Il lui faut un nouveau foyer.

— Je connais des gens. Discrets, bienveillants. Quoi d'autre ?

Avait-il seulement un plan ? À l'usine, son don pour régler les problèmes lui avait aussitôt valu le respect de ses collègues. Réfléchis, Adam. Tu as été charpentier. Tu démontes les radios, les voitures et les magnétophones depuis que tu sais marcher. Tu as été soudeur et dessinateur. Tu as été contremaître et superviseur de la sécurité. Tu as peut-être perdu ton emploi, mais tu as une vie entière de savoir pratique dans le ciboulot. Quel est ton plan ? Rester hors de vue aussi longtemps que possible. Attendre que l'effervescence retombe. Protéger Molly. Essayer d'avoir une vie normale à nouveau, peu importe le temps que cela prendra. À vrai dire, il espérait quelque chose qu'il n'était pas tout à fait capable de formuler. Que la colère passe. Que la terre les protège. Que le pardon les attende au bout du chemin.

— Il n'y a pas que Cricket, dit-il. On a besoin d'un abri où rester un moment.

Il ne voulait pas emporter ses ennuis en amont, vers la réserve, expliqua-t-il. L'abri devait se trouver en aval, à l'embouchure de la rivière, où migraient leurs ancêtres durant la saison chaude, délaissant leur village pour pêcher sur la côte en prévision de l'hiver.

— On ne peut pas se rendre. (Il était prêt à tout pour que Molly n'atterrisse pas en prison ou dans une famille d'accueil, ce qui, pour les Indiens, revenait au même.) Sinon je ne la récupérerai peut-être jamais.

À cette idée, il s'empourpra et dut se détourner. Moses Jupiter essuya les larmes sur les joues de son ami, puis il le serra dans ses bras.

— Je sais, Adam. La situation finira par s'améliorer. *Ménakač pečikati-sakámwihaso*. N'oublie pas d'allumer un feu près de l'eau. N'oublie pas de chanter et de danser. Tu as emporté un tambour ?

D'un geste de la tête, Adam montra la tente, où le tambour de sa grand-mère était enveloppé dans une couverture en laine et en crin.

— Embrasse Molly pour moi. Dis-lui que j'apporterai des gaufres la prochaine fois. Le poisson grillé ne suffit pas, quand on a quatorze ans. *Minač kənamihol.*

Une semaine plus tard, Molly et son père quittèrent la forêt en pleine tempête de neige. Le mauvais temps rassurait Molly. Au moins, les routes et les pistes seraient désertes. Elle avait d'abord refusé de se mettre à découvert, criant que c'était trop dangereux. Son père n'avait rien voulu savoir. En d'autres circonstances, elle aurait respecté sa fermeté. Dans le jardin, des bourrasques sifflantes soulevaient des plaques épaisses de neige. Molly entendit un pick-up remonter la longue piste menant à la maison, mais elle ne vit pas Moses avant qu'il ne sorte du véhicule et se tienne devant elle.

Adam salua le vieil homme et regarda Molly.

— Tu veux entrer ? demanda-t-il en montrant la maison, qui se dressait au sommet d'une colline boisée.

— Plus maintenant.

Ce n'était pas un mensonge. Lorsqu'elle avait traversé la forêt, talonnée par une odeur de feu à laquelle elle semblait ne pouvoir échapper, elle avait poussé la mince porte d'entrée et contemplé la cuisine, les meubles à placage marron, le linoléum usé, le vieux réfrigérateur vert qui crachotait dans un coin, la collection hétéroclite de salières et de poivriers sur le rebord de la fenêtre, un hommage et un rappel – Adam les avait hérités de son arrière-grand-mère : deux représentations hautement racistes d'Indiens vêtus de leurs plus beaux atours ; le roi et la reine d'*Alice au pays des merveilles* ; un couple de macareux en tenue bariolée de clown. Soudain, elle avait compris qu'elle ne franchirait peut-être plus jamais le seuil avec insouciance.

— Ça va, papa.

Adam acquiesça et s'emmitoufla dans son manteau, puis il disparut dans la neige pour attendre. Un instant plus tard, elle entendit claquer la portière du pick-up. Quand le vent faiblit, elle vit son père se frotter les mains dans l'habitacle, le regard perdu au loin. Molly préférait le froid.

Moses Jupiter n'appréciait pas plus le temps qu'Adam, toutefois il était heureux de voir Molly debout dans le jardin enneigé. Elle était ce qu'il avait de plus proche d'une fille ou d'une petite-fille. Même si elle ne le montrait pas, elle devait être frigorifiée. Elle avait enveloppé ses tennis dans des sacs plastiques, les scotchant autour de ses chevilles pour protéger ses pieds de l'humidité. Elle n'avait pas beaucoup changé. Un peu plus mince, peut-être. Grande pour son âge, et dégingandée. Les bras et les jambes comme des cordes. Son jean était trop large et son sweat-shirt à capuche pendait sur ses épaules, pareil à une voile. Il n'était pas aisé de l'étreindre, parce qu'elle était tout en angles. Pourtant, songea Moses, son visage laissait entrevoir une certaine bienveillance, une certaine foi en la bonté humaine.

— Molly.

— Seskahsen, rectifia-t-elle.

— Je n'ai pas oublié. J'ai aidé à choisir ton prénom. Tu te souviens de sa signification ?

— La lumière, un truc dans le genre.

— Non. Une lumière radieuse et ininterrompue. Une lumière éternelle.

Molly eut envie de se cacher, mais elle n'avait nulle part où s'abriter, hormis la maison ou l'habitacle avec son père.

— Je ne me sens pas vraiment radieuse, en ce moment.

Radoucie, elle s'approcha de Moses et le serra dans ses bras. Il ne voulait pas la lâcher.

— Ne prends pas ton nom à la légère, chuchota-t-il à son oreille. C'est un don que l'on ne doit pas remettre en question.

Discrètement, elle leva les yeux au ciel. Son geste n'échappa pas à Moses. Avec réticence, il s'écarta d'elle et leva les mains.

— Je sais, je suis juste un vieux bonhomme amateur de proverbes à la con.

— Non. Je suis heureuse que tu sois là. C'est juste que je suis contrariée et que j'ai peur.

— *čkəwi*. Marche avec moi.

Moses se dirigea vers le paddock. Cela faisait deux semaines qu'il veillait sur Cricket, depuis l'incendie et la fuite d'Adam et de Molly. Il avait appelé le lycée et s'était fait passer pour le grand-père de Molly, disant qu'il était malade et que sa petite-fille s'occupait de lui. Pour l'instant, personne n'avait mis ses paroles en doute, mais hélas, dans les petites villes, les grands mensonges ne tiennent pas longtemps. Les habitants finiraient par se demander où étaient passés Molly et Adam. Inévitablement, ils feraient le rapprochement entre le feu et leur disparition.

Derrière lui, Molly n'avait pas bougé.

— Si tu sautes cette étape, tu t'en voudras, lança-t-il.

Dans le paddock, Molly se blottit contre Cricket et huma son odeur, absorbant cet amour taciturne et indéfectible dont seuls les animaux sont capables. Le van était garé dans l'allée. Molly scruta les alentours. À l'ouest par-delà la neige se trouvaient la vallée et le centre-ville. Plus loin, il y avait la rivière. Plus loin encore, à l'ombre des blocs d'hématite, des montagnes vertes et de Bald Hill, une petite tente était dissimulée sous les fougères et les broussailles. Ancien foyer, nouveau foyer, pensa-t-elle en secouant la tête devant l'absurdité de leur situation. Leur petite maison avait des murs fuchsia, un toit en tôle bleu ciel. Comme son père, Molly adorait ces couleurs excentriques. C'était sans doute la maison la plus moche du Maine. "Si Bob Dylan and the Band peuvent vivre dans une maison rose*, alors nous aussi", répétait souvent son père. Molly savait que la vraie raison pour laquelle ils n'avaient jamais repeint la maison était que sa mère en était tombée amoureuse, avant de s'en aller bâtir une vie ailleurs. Molly n'interrogeait plus son père sur le départ de sa mère, mais elle continuait d'imaginer cette dernière en *skwéwtəmohs*, une femme des marais. Molly était petite la première fois que Moses lui avait parlé de ces créatures légendaires. Elles vivaient seules dans la nature, venant en aide aux chasseurs et aux voyageurs égarés. Depuis qu'ils se cachaient dans les bois, Molly aurait pu jurer que sa mère les observait, voire même qu'elle les guidait. Au fond d'elle-même, l'adolescente savait qu'il ne s'agissait que d'une histoire pour enfants destinée à surmonter une douleur terrible.

Elle s'était mise à faire des rêves étranges, aussi. Chaque nuit, elle découvrait un monde enneigé, sculpté par des falaises plantées de pins immenses. Leurs cimes balafraient le ciel, leurs rameaux sauvages s'agitaient dans la neige. Des corbeaux dansaient parmi les branches, ils semblaient être les seuls habitants de cette forêt profonde. Au matin, Molly

* Bob Dylan and The Band ont enregistré *The Basement Tapes* dans une maison rose à West Saugerties, New York.

vérifiait qu'elle n'avait pas de fièvre, inquiète des conséquences que pourrait avoir une maladie sur leur cavale. Ici, il n'y avait ni hôpital ni épicerie. Les bois regorgeaient de remèdes, mais suffiraient-ils à la guérir ? Après s'être assurée que son front était frais, elle passait la journée à essayer de rassembler les visions en un tout cohérent, comme si elle complétait un puzzle. Les pins gelés craquaient sans répit dans la brise. Le bruit semblait rendre les corbeaux plus frénétiques encore. Il faisait dangereusement froid, bien en dessous de zéro. Parfois, quand la neige faiblissait, Molly distinguait une montagne au loin. Une petite chaise dorée en bois noueux était perchée sur une saillie baignée d'une lumière bleue. Tantôt, un petit garçon était assis dessus ; tantôt, c'était un homme massif. Sa présence était si sombre qu'elle semblait absorber la lumière alentour. Il était chauve, vêtu de fourrures. Lorsqu'il souriait, ses dents étaient si blanches que Molly en avait mal aux yeux. Parfois, la chaise avait disparu, remplacée par un arbre aux fruits rouge vif.

Elle commençait à *voir*. Ce monde rêvé n'était pas destiné aux humains. Les rivières y étaient torrentielles, les arbres colossaux. En une autre saison, Molly était sûre que l'air aurait bourdonné d'insectes. C'était le monde tel qu'il était avant que chaque arbre ait été abattu, chaque parcelle de terre minée, chaque rivière exploitée.

Il y avait aussi de la musique, une mélodie douce portée par le vent. Depuis plusieurs jours, Molly s'efforçait de compiler les bribes de cette mélopée. Elle aurait tant aimé pouvoir se rendre à l'église catholique pour jouer sur le piano que ses doigts aimaient depuis qu'elle était petite. Un jour, son père lui avait lu une citation d'un philosophe juif affirmant que l'on devait considérer sa vie comme une œuvre unique. Aux yeux de Molly, l'incendie était un coup de pinceau crucial. Elle avait cru savoir combien lui coûterait son acte. Elle s'était trompée. Elle avait tant perdu. Elle se demandait à quoi étaient occupés ses amis. Les reverrait-elle un jour ? Les repas médiocres de la cantine scolaire, ses néons aveuglants lui manquaient. Les portes des casiers dont les claquements la faisaient sursauter. L'odeur de moisi qui montait du bec des fontaines à eau. Les voitures qui se ruaient hors du parking sitôt que retentissait la dernière sonnerie.

La veille, le rêve avait changé. Le paysage était le même, isolé et neigeux, cependant Molly était près de la mer. Elle apercevait la côte de son enfance, hérissée de rochers. La rivière Penobscot serpentait vers le nord. Deux aigles blancs, l'un petit, l'autre beaucoup plus grand, tombaient du ciel. Ils tombaient et tombaient encore. Elle criait pour les alerter. Sans émettre aucun bruit en retour, ils poursuivaient leur plongeon en silence. Au réveil, son père la serrait dans ses bras. Au cours des deux dernières semaines, il semblait avoir vieilli de vingt ans. Elle ne pouvait pas lui parler de ses rêves. À présent, le seul but d'Adam était de rester caché, de rester en sécurité, de rester vivant. Molly détestait voir les conséquences de ses actes rejaillir ainsi sur son père, et sur Moses, aussi. Même Cricket semblait plus âgée. Molly effleura les poils gris autour de ses naseaux, puis elle caressa ses oreilles.

— Tu vas l'emmener où ?

— Chez des gens fiables qui la traiteront bien.

— Tu ne veux pas me le dire.

— *Mèhsəma*. En temps voulu.

— Quand je ne serai plus en danger. (Elle soupira.) Mon père refuse que je me rende, pourtant la communauté mérite de savoir ce qui s'est passé. C'est pour ça que j'ai envoyé la lettre.

Moses balaya le jardin du regard. Dans l'habitacle, Adam les observait à travers le pare-brise en soufflant sur ses mains.

— Ce n'est pas la lettre qui m'attriste. (Il se mit à parler en penobscot et de la colère affleura dans sa voix.) *Sákewəso awapálihle. Ni wəči-ahta wəlitəhasiwi.*

L'âpreté de ses paroles affecta plus Molly que la morsure du froid. Moses insinuait qu'elle avait péché contre elle-même en trahissant leurs valeurs. À vrai dire, chaque matin, elle était surprise de se réveiller dans la tente, loin de son lit. Elle se rappelait les épis de maïs abénakis suspendus dans la maison, leurs grains bleutés dans la lumière. Les bocaux de haricots secs et les courges aux formes variées sur les comptoirs. Les citrouilles sur les marches, pareils à des bébés dodus. Son père montrant la boîte à graines en frêne noir héritée de sa grand-mère, un sourire aux lèvres : “Faire pousser sa nourriture avec les graines de ses ancêtres au lieu d'aller au MacDonald's est un acte de résistance.” À mesure que s'estompaient ces images, le souvenir de la journée qui les avait conduits ici se faisait plus pressant. Un an plus tôt, à l'arrêt de bus, un groupe d'adolescents blancs avait évoqué l'usine tandis qu'ils piétinaient dans la neige fondue d'avril.

— Il va falloir que quelqu'un s'occupe de la terre, déclara l'un d'eux.

— Et des arbres, renchérit un autre.

Molly voulait qu'ils se taisent. Leur fanatisme juvénile, leur rage, leur conscience environnementale en toc, leur angoisse existentielle creuse, si typique de leur âge – elle en était presque gênée, tant leurs propos étaient un ramassis de clichés. Et leur ignorance de l'histoire la rendait plus furieuse encore.

— Certains s'en occupent déjà, dit-elle d'une voix timide.

— Ouais, ouais, répondit avec désinvolture un garçon plus âgé que les autres. (Il était en dernière année; Molly ne comprenait pas pourquoi il traînait avec des élèves plus jeunes.) Les chercheurs, les écolos, je sais.

Tu ne sais rien. Sur le moment, elle n'osa pas le dire au garçon, dont le scepticisme détaché semblait empreint de toute l'autorité du monde. Plus tard, elle comprit à quel point il se trompait. *Tu ne sais rien du tout.* Des cultures entières. Des tribus. Des communautés dont tu connais à peine l'existence. Depuis toujours, nous prenons soin de la terre. Nous la choyons. Nous l'aidons. Nous la voyons pour ce qu'elle est : un foyer, un être vivant.

— Toi, c'est Molly, non ?

Elle plissa les yeux, s'imaginant le gifler en plein visage. Il savait très bien comment elle s'appelait. En même temps, elle dut se retenir pour ne pas acquiescer avec un enthousiasme hystérique tant elle était heureuse que quelqu'un la remarque. Elle prit une profonde inspiration afin de se maîtriser. *Je m'appelle Seskahsen,* pensa-t-elle. *C'est un prénom penobscot. Je suis la gardienne du monde que ton monde est en train de détruire. J'appartiens au peuple qui n'était pas censé survivre.*

— En personne.

Le garçon hocha la tête, le regard perdu au loin.

— Molly, la question que je me pose, c'est : est-ce que c'est suffisant ? Toutes ces études, ces rapports… Toutes ces conneries que personne n'écoute. Est-ce que ça suffit ?

Elle resta muette.

— Parfois, il faut s'attaquer au mal par la racine. Comme ces militants en Californie qui font exploser les bulldozers et sabotent les exploitations forestières.

— Tu parles de crimes violents, là.

— Non, je parle d'actes de compassion pour autre chose que nous.

La compassion. Ce mot dans la bouche d'un Blanc. Ces paroles dans la bouche d'un Blanc. Son audace la rendait malade. Et s'il avait raison ? Quand allait-on trop loin ? En faisait-on seulement assez ?

— Parfois, la violence est indispensable au changement. C'est compliqué.

Molly ne l'écoutait presque plus. Les yeux rivés sur la silhouette sombre de l'usine derrière lui, elle prit conscience que c'était ce qu'elle avait toujours pensé.

Elle passa l'été et l'automne à explorer l'usine, à étudier la disposition des bâtiments, la topographie des lieux, quelles matières brûlerait et comment. Elle échafaudait un plan. Son but ne se limitait pas à l'incendie ; elle voulait une véritable renaissance. La nuit, elle assaillait son père de questions sur les plantes et le jardinage. Il répondait avec jubilation – un homme venant de retrouver un vieil ami. S'enfonçant toujours plus profondément dans l'enceinte de l'usine, elle semait des graines qui seraient stimulées par le feu partout où elle pensait le sol fertile. Molly se délectait de l'acte de guérilla consistant à glisser un morceau d'ADN vivant sous la terre d'une immense usine dont elle savait les jours comptés. Pendant que le reste du monde somnolait devant les actualités, redoutant l'heure de retourner au travail, Molly plantait des noyers blancs dans les espaces verts entre les hangars et les quais de chargement. Malgré tous ses préparatifs, la plupart du temps, son idée lui semblait ridicule. Mais chaque fois qu'elle envisageait d'abandonner, elle revoyait le garçon pérorer à propos de changement, avec sa peau blanche, son air blasé. Quand vint l'hiver, elle se prit à imaginer le paysage qu'elle s'évertuait à créer. Qui savait quelles graines germeraient, nourries par le feu, ainsi que l'était la flore depuis des millénaires ? Quelles graines succomberaient aux flammes ? Les pins rigides, les chênes de Banister, les mélèzes et les saules. Les plumes du Kansas, les lupins et les épilobes. S'ils poussaient, ils tisseraient la toile d'une vie nouvelle née des cendres de l'usine.

Maintenant qu'elle avait accompli sa mission, elle ne pouvait partager tout cela avec l'homme à ses côtés, qu'elle aimait pourtant comme un proche.

Moses se racla la gorge.

— Ton père aurait peut-être trouvé un emploi là-bas.

— Justement. J'ai déjà perdu ma mère. Cette usine tue.

Elle avait été persuadée que son père réintégrerait l'usine sitôt que celle-ci rouvrirait.

— La pauvreté aussi.

Molly tressaillit.

— C'est à cause de moi que mon père a quitté l'île. Il voulait bricoler et jardiner. Pas travailler dans une usine.

— Arrête de t'apitoyer sur ton sort. C'est toi que ton père voulait.

Moses disait la vérité, bien sûr. Mais l'adolescence se nourrit autant d'amertume et de rancœur que d'amour et d'imagination. Molly appuya sa tête contre l'encolure de Cricket.

— Tu te rappelles le surnom que tu me donnais avant ?

— Évidemment.

— Petit être rapide. Je souris chaque fois que j'y repense. Après le départ de ma mère, je me promenais tout le temps avec Cricket et je pensais, "Je suis Petit être rapide, je n'ai pas le droit d'être triste."

— Certains chagrins ne peuvent être pris de vitesse.

— Je commence tout juste à le comprendre. Quand j'ai déclenché l'incendie, pour la première fois depuis longtemps, j'ai cessé d'éprouver de la colère. Maintenant, j'éprouve juste de la tristesse.

— Le feu… Tu n'es pas la première à avoir ce genre d'idée.

Molly se remémora les actes de résistance de Moses, ces histoires qu'elle avait entendues toute sa vie : la lutte des Penobscots pour obtenir le droit de vote ; l'occupation pacifique d'Alcatraz en Californie ; la saisie de la réplique du *Mayflower* à Boston ; la marche spirituelle pour la souveraineté autochtone ; l'occupation de Baxter State Park pour réclamer la restitution du Mont Katahdin ; la victoire du Maine Indian Claims Settlement Act* – Jimmy Carter avait signé un bout de papier, et soudain, la Nation Penobscot était le sujet numéro 1 aux actualités.

— Je suis allée trop loin ?

— Ce n'est pas à moi d'en juger. Il est temps de rejoindre ton père, Petit être rapide. Cricket sera en sécurité.

Molly sortit une carotte de sa poche.

— *Kkəvseləməl.*

Avec ses dents carrées, Cricket accepta l'offrande, un adieu plein de gratitude et, Molly en était convaincue, d'amour. À l'autre bout du jardin, dans le pick-up, Adam Greenwind détourna les yeux, de crainte que son cœur ne se brise.

* Loi sur le règlement des revendications des Indiens du Maine.

6

AVEC PRÉCAUTION, Lyman Creel remonta le bras de rivière. Le chenal ouest s'étirait devant lui, ses eaux dorées se brisant sur le fond de Verona Island. Il ralentit, hésita. Le bateau tanguait légèrement dans la houle. Lyman savoura la sensation d'être en mer. Il pénétrait dans un monde de contradictions. Il était à la fois sur l'eau et sur la terre. Tantôt les flots apaisants le berçaient, tantôt les vagues enflaient et le ballottaient.

Lui aussi était une contradiction, un pêcheur de la baie qui relevait des pièges en amont. Pas inconcevable, mais peu fréquent. Et peu apprécié. Il s'agissait juste de quelques casiers, voilà ce que s'était dit Lyman. Un simple test.

Il s'étira et se frotta les yeux. Levé depuis une heure à peine, le soleil embrasait l'horizon. Une autre sensation que Lyman savourait, celle d'être dans le monde lorsque celui-ci s'animait à nouveau. Il prenait plaisir à voir la lumière, la chaleur, les bruits et les odeurs venir à lui, au lieu du contraire. Ainsi, tous les matins, il buvait un café avec Grace, puis il nourrissait les corbeaux et embarquait à l'aube.

Grace était au courant de sa petite expérience. Il n'était pas du genre à lui faire des cachotteries.

— Personne ne pêche là-bas, s'était-il justifié la première fois qu'ils avaient évoqué le sujet.

— Ça ne signifie pas que tu dois le faire.

Les limites étaient floues. Où s'arrêtait la rivière, où commençait l'océan ? C'étaient les mêmes eaux : elles dévalaient l'État pour se jeter dans la mer et remontaient la rivière avec les marées. Les mêmes eaux. Une piètre excuse. Grace avait raison, bien sûr. D'habitude, il évitait le chenal : le territoire, c'était sacré. On n'exploitait pas les zones des autres. Pourtant, il était là.

Ce matin, avant de l'embrasser, Grace lui avait décoché un drôle de regard par-dessus son café.

— Fais attention, là-bas. Ne sois pas trop gourmand.

Il prit quatre cachets d'aspirine et les broya entre ses molaires. L'amertume lui souleva le cœur. Aujourd'hui, ses genoux le faisaient souffrir. Et son épaule droite avait tendance à se bloquer lorsqu'il remontait un casier. Ce travail était trop éreintant, mais quel travail ne l'était pas ? Au sortir de l'hiver, il avait eu l'idée de pêcher dans la rivière, au lieu d'aller au large. Peut-être s'agissait-il simplement de paresse. Deux semaines plus tôt, il avait posé une demi-douzaine de pièges dans le chenal. Il s'était attendu à des représailles de la part des pêcheurs d'Eastport. Rien n'était venu. Peu à peu, ses doutes et sa culpabilité avaient laissé place à un sentiment de légitimité.

Lyman but une tasse de café boueux pour faire descendre les aspirines. L'acidité du mélange le fit tressaillir et il se demanda si le résultat en valait la peine. Un mauvais corps, de mauvais médicaments, du mauvais café, de mauvais repas : les journées en mer se suivaient et se ressemblaient, une ligne ininterrompue. Et puis soudain, le ciel se nimbait d'une lumière à couper le souffle, un jeune phoque s'ébrouait dans le sillage du bateau, un casier remontait plein à ras bord. L'espoir renaissait, au lieu de danser juste hors de portée, ainsi qu'il avait coutume de le faire. Ignorant son malaise, Lyman accéléra, rasséréné par l'embardée familière de la coque, le relent de l'essence, la force salvatrice du courant.

À une dizaine de mètres du premier casier, quelque chose attira son œil. Un barrage à poisson était installé à l'entrée du chenal. Aveuglé par le soleil, Lyman ralentit pour étudier le piège de plus près. Quand le bateau dériva le long de la structure, il aperçut un éclair au loin. Près de la première bouée, une silhouette dans un canoë remontait un de ses casiers.

Aussitôt la colère le submergea, une réplique à une insulte sinistre.

— Hé ! cria-t-il. (Évidemment, sa voix ne porterait pas jusqu'au canoë.) Hé toi ! Qu'est-ce que tu fous, putain ?

Il fit hurler le hors-bord et fonça tout droit sur le soleil. La fureur infusait ses veines comme de l'essence.

Plissant les yeux dans la lumière, il frémit. La douleur dans ses genoux et ses épaules se propagea à son crâne. La silhouette l'avait repéré. Ses gestes s'accélérèrent. Lyman n'aurait su dire si elle vidait le casier ou si elle le remettait à l'eau. Alors qu'il s'approchait, il prit conscience qu'il avait affaire à une fille. Il se rappela le barrage, nota le canoë, la peau mate de l'adolescente et pensa aux restes carbonisés de l'usine en amont. Quel culot. Poser un barrage à poissons et braconner des casiers à quelques kilomètres de la scène du crime. Il était presque sur le canoë, persuadé que la fille allait couper l'orin. La solution la plus rapide. Pourtant elle n'en fit rien.

Moins d'un mètre. Il se rendit compte qu'il risquait de tuer la fille en emboutissant son embarcation. Il décéléra et braqua le volant. Le gros caseyeur surfa sur la crête des vagues, presque perpendiculaire à l'eau. Lyman dut s'accrocher de toutes ses forces pour éviter de passer par-dessus bord. La houle soulevée par le bateau poursuivit sa trajectoire et fit chavirer le canoë. La fille et le casier basculèrent dans l'eau.

— Merde, marmonna Lyman en stabilisant le bateau.

Il saisit la gaffe et se précipita sur le passe-avant. Les flots noirs bouillonnaient autour de la coque. Lyman vit la fille s'agiter, disparaître, réapparaître. Il se demanda si elle savait nager. Il parvint à accrocher son sweat-shirt et la tira à lui tandis qu'elle hurlait des insultes.

— Qu'est-ce que tu foutais avec mon casier ? cria-t-il en essayant de la hisser sur le pont.

Il voulut l'attraper, mais elle se déroba et chercha à entailler ses mains avec un canif qu'elle avait sorti de ses habits trempés.

— Tu te fiches de moi ? J'essaye de t'aider.

Elle éclata de rire, recracha de l'eau et bredouilla quelque chose qu'il ne comprit pas. Ses yeux étaient pleins de rage, son menton couvert de sang. À nouveau, elle le menaça. Lyman fit un bond en arrière, évitant de peu le couteau. Cette fois, les mouvements de la fille l'entraînèrent sous l'eau. Lyman la rattrapa avant qu'elle puisse se noyer ou s'enfuir. Fatigué par ce jeu, il la souleva et arracha le couteau de sa main pendant qu'elle se débattait. Ensuite, il l'attrapa par la gorge. Aussitôt, elle s'immobilisa. Il la plaqua sur le pont et pressa la paume contre son cou. Comme écraser une bouteille en plastique, si facile, une simple pression suffisait. Il la sentit respirer sous sa main. Vit ses narines se dilater, pareilles à celles d'un animal. Elle tendit le cou, le défiant d'en finir. Des années plus tard, il serait choqué de se rappeler combien, l'espace d'un bref instant, il avait eu envie de broyer la trachée d'une enfant.

— Ce n'est pas à toi, parvint-il à articuler, le souffle court.

Il relâcha son étreinte.

— Ni à toi, siffla-t-elle en retour.

Soudain, le rugissement d'un deuxième moteur emplit l'air. Quelqu'un se dirigeait vers eux depuis l'autre extrémité du chenal. À la forme de la coque, Lyman reconnut le bateau de Moses Jupiter. Une déflagration retentit, grave et sonore. Lyman mit plusieurs secondes à comprendre qu'il s'agissait d'un coup de feu. Moses Jupiter lui tirait dessus. Il conduisait le bateau d'une seule main, un fusil en équilibre sur la vitre du poste de pilotage. Une deuxième détonation éclata. Lyman s'abaissa vivement. Il sentit le souffle de la balle et crut entendre un craquement.

— Putain de merde.

Il se baissa encore, oubliant la fille. Il essayait d'atteindre la cabine, où était rangé son petit canon scié, quand une troisième balle ricocha sur l'eau, juste devant l'étrave. Quelle folie. Moses Jupiter l'avait coincé sur le pont de son propre bateau.

La fille était imperturbable. Debout à la proue, elle se tenait droite, l'air détaché. Lorsque Lyman croisa son regard, il aurait pu jurer qu'elle s'amusait. Impuissant, il la vit prendre son élan et courir. Sans ralentir, elle sauta et fendit l'eau avec une force hallucinante. Dix secondes plus tard, elle refit surface, nageant avec une rapidité exceptionnelle. À nouveau, elle plongea. Cette fois, elle émergea sous le canoë. Elle redressa l'embarcation en se propulsant à bord d'un seul et même mouvement fluide. Lyman n'avait jamais rien vu de tel. Un quatrième tir l'arracha à sa transe. Moses ralentit et manœuvra de sorte à placer son bateau entre Lyman et la fille, qui ramait en direction de la côte. Au moment d'attraper sa radio, Lyman s'aperçut que l'antenne avait été emportée par une balle – ce n'était donc pas de simples tirs d'avertissement. Assourdi par le grésillement de la ligne et les battements frénétiques de son propre cœur, il fit demi-tour. Sous l'effet de l'adrénaline et de la peur, sa main qui avait serré le cou de la fille était parcourue de tressaillements dont il craignait ne jamais pouvoir se débarrasser.

Au journal, les rumeurs se succédèrent, l'une après l'autre, tout au long du printemps. Plusieurs personnes avaient aperçu un homme et une fille dans les bois. Des cerfs avaient été abattus hors saison. On avait trouvé des pièges et des barrages à poissons dans les ruisseaux et les marais. En soi, le braconnage n'était pas rare. La faim, la survie, le manque d'argent, de temps et de nourriture – autant de raisons que nous comprenions tous. Mais un lien ne tarda pas à être établi entre l'incendie et ces maigres indices. L'aspect le plus troublant du duo était sa nature élusive. Il n'existait qu'un témoignage crédible de contact. Une employée de l'agence de conservation de la faune étudiant les colonies de chauve-souris près du coude inférieur de la rivière s'était retrouvée nez à nez avec eux alors qu'elle sortait d'une grotte avec un sac de guano. Surpris, l'homme avait écarquillé les yeux. La fille s'était positionnée devant lui, comme si elle voulait le protéger, bien qu'elle ne soit encore qu'une enfant. La femme avait posé le sac par terre et levé les mains. Avant qu'elle puisse prononcer le moindre mot, ils avaient disparu, s'évaporant dans l'air ou se fondant dans les bois. Le témoignage ajouta une strate au fait divers qui nous obnubilait tous : la fille qui avait déclenché l'incendie, s'il s'agissait bien d'elle, n'était pas seule.

Le mystère que les gardes forestiers, les guides de chasse et les journalistes telle ma mère n'arrivaient pas à résoudre – l'identité des fugitifs –, Link et moi entreprîmes de le percer nous-mêmes.

Quand vint le mois de juin, j'étais convaincu que l'homme et la fille étaient des créatures affamées qui se transformaient en êtres humains la nuit pour chercher de la nourriture. L'explication était tirée par les cheveux, toutefois elle me semblait l'hypothèse la plus plausible. Seules des créatures nées de la terre pouvaient ingérer les os, les nerfs et la peau d'un animal avant de s'évanouir sans laisser de traces. Une partie de moi demeurait sceptique – il y a la magie, et il y a l'impossible –, mais c'était l'été, la saison de l'émerveillement. Chaque matin, je scrutais les bois par la fenêtre de ma chambre, m'attendant à voir deux silhouettes se détacher du tronc d'un chêne rouge ou d'un cèdre blanc, mes arbres préférés.

Selon Link, l'homme et la fille vivaient pareils à des hors-la-loi dans une des grottes de Hatchet Mountain, le territoire des rapaces et des ours. Des années plus tôt, Link et moi avions découvert un couple de gerfauts sur la montagne. Reggie nous avait accusés de raconter des bêtises, disant qu'on ne trouvait plus de gerfauts si loin au sud. Nous lui avions proposé de l'emmener au sommet pour prouver nos dires. "Je préfère rester ici, empli de fierté à l'idée que mes neveux racontent déjà des histoires à dormir debout", avait-il répondu en secouant la tête. Quant aux gerfauts, jamais je n'avais vu d'animaux si splendides. Dès que le temps le permettait, après l'école, nous allions les observer. Leur plumage d'un blanc éclatant était constellé de taches brunes en forme de larme. Une fois déployées, leurs ailes étaient aussi larges qu'une voiture. Lorsqu'ils s'élançaient depuis les falaises, l'air glissait sur leurs plumes. Pour une raison inconnue, ils s'étaient éloignés des provinces maritimes plus au nord. Trois ans de suite, sous nos yeux émerveillés, le couple majestueux avait rejoint son nid sur la falaise. Un jour, les gerfauts disparurent, sans doute tués par un pêcheur ou un fermier. Au fil du temps, leur nid était devenu énorme, un mètre et demi de profondeur, trois mètres de large. Trouvant immoral de le laisser à d'autres après qu'il eut abrité des créatures si remarquables, nous entreprîmes de le désassembler, brindille par brindille. Reggie consentit tout de même à nous attendre au pied de la montagne. Il nous aida à empiler les bâtons sur le plateau de son pick-up. "Je ne vais pas vous présenter mes condoléances, dit-il. Tout le monde sait que les faucons continuent de voler, même après la mort." Nous roulâmes jusqu'à Prospect, là où la rivière s'enroule autour de Verona Island, et laissâmes la Penobscot emporter le nid, une offrande aux faucons défunts. "Pourquoi le chenal ?" demanda Link. L'endroit était empreint d'une qualité que je n'aurais su définir : l'eau qui se précipitait dans la gorge étroite plantée de pins et d'épicéas, les rochers bleu-vert polis par le courant, les poissons qui bondissaient pour attraper les éphémères dans l'infinie lumière orangée de l'après-midi. "Certains lieux sont les portails de l'éternité, dit Reggie. Quand on regarde autour de soi, on comprend que le monde est immortel. Que l'on existe hors du temps. Le chenal est peut-être un de ces lieux."

Une réponse typique de Reggie : à la fois profonde et déroutante. Il vivait dans une petite maison tapissée de livres. Si sa singularité était parfois troublante, il était une source inépuisable de chaleur, de sagesse obscure et d'injures savoureuses. Après la mort de ses parents, il avait flirté un temps avec le droit avant de se consacrer à la théologie. Au bout d'un an, il avait développé une fascination pour l'eschatologie qui l'avait poussé à abandonner ses études pour se lancer dans la production de pommes. Ainsi avait démarré sa longue carrière plus ou moins respectable d'excentrique.

Mon oncle n'était pas un prophète hystérique présageant l'Apocalypse, mais il était captivé par l'idée de la fin du monde. Il ne croyait pas qu'une vie pouvait se terminer aussi cruellement que le prétendait le christianisme, avec, en guise d'expérience ultime, un jugement suivi d'un étrange verdict divin : le paradis pour les uns, l'enfer pour les autres. Non, il était convaincu que toute fin était synonyme de réunion avec le divin, qu'il s'agisse d'un simple retour à la terre ou d'un incroyable voyage céleste dans une autre dimension régie par une entité grandiose dont l'existence resterait à prouver. À ses yeux, loin d'une prémisse terrifiante, la mort, du moins la cessation de la vie telle que nous la connaissions, était le premier pas vers ces retrouvailles.

Pour autant, il arrivait que sa bizarrerie soit problématique. Un jour, il avait tiré sur un téléviseur débranché avec une carabine Winchester parce qu'il craignait que les voix monocordes des publicités aient trouvé un moyen de continuer à transmettre leur signal même quand l'appareil était éteint. Puis il s'était passionné pour l'horloge de l'Apocalypse créée par le *Bulletin of Atomic Scientists** après la Seconde Guerre mondiale. L'horloge suivait la progression des dangers auxquels s'exposaient les hommes à cause de leurs cerveaux biaisés et violents en utilisant l'analogie du décompte vers minuit, heure fatidique à laquelle surviendrait une catastrophe planétaire dont l'espèce ne se relèverait pas.

En ville, il était connu pour informer les passants de l'imminence du cataclysme à venir. Dans les années 1980, mon oncle avait les nerfs à vif, les yeux rougis par le gin et les insomnies. Aux actualités, on ne parlait que de la guerre froide. Les États-Unis et la Russie amassaient les têtes nucléaires. Un samedi en juin, sans crier gare, Reggie avait débarqué chez nous et allumé un feu de joie dans le jardin, brûlant une cargaison entière de détritus et de pommes pourries. Ensuite, il s'était assis dans le salon. Enveloppé d'une odeur pestilentielle d'après-feu, il nous avait annoncé que l'horloge indiquait "minuit moins trois, alors mieux vaut arrêter les conneries, bordel". J'avais sept ans et j'étais terrifié. Secrètement, j'éprouvais de la gratitude, aussi. Si le monde allait s'effondrer, je préférais être prévenu. Conscient que la mort était peut-être proche, cet été-là, je décidai de mémoriser chaque instant. Je m'asseyais face à la forêt, le

* Revue basée à Chicago.

dos pressé contre les bardeaux tièdes et râpeux de la remise. Le jardin sentait la vase et la sciure. Lorsque j'appuyais les mains sur le sol, mes ongles s'enfonçaient dans un tapis spongieux de mousse. Du lilas pourpre poussait près de la remise, ainsi pouvais-je lire à l'abri des regards ou rêver de la préhistoire, quand les mammouths et les castors géants arpentaient la terre. L'air se chargeait d'humidité avec la marée, puis s'asséchait au moment où la mer refluait. Je m'endormais, je me réveillais les pieds chauffés par le soleil, je me rendormais. J'entendais ronronner la scie et chanter le cœur de ma mère. Mes frères jouaient avec un pistolet à capsules. Ils étaient tous avec moi. Sous les lilas, je fermais les yeux, sachant que je n'avais besoin de rien d'autre. C'est toujours plus ou moins le cas. Mes parents ne voyaient pas les choses du même œil. Ils avaient interdit à Reggie de nous rendre visite tant qu'il ne serait pas sobre. Ce fut la seule période de ma vie durant laquelle notre porte resta fermée à mon oncle. Un an plus tard, il ne buvait plus. Il vendit sa pommeraie et fit l'acquisition d'un hôtel-bar dans le centre-ville, à côté du journal et du chantier. Le temps était venu de sortir des bois, dit-il, et d'être un peu moins seul.

L'été après l'incendie, je passai le plus de temps possible à l'hôtel, au chantier ou au journal. Je savais qu'en ces lieux, je ne pouvais perdre ma mère de vue. Parce qu'elle s'éloignait, happée par cette histoire de feu.

Si elle annonçait, "Je vais en ville", nous savions qu'elle allait au journal. Personne ne devait la suivre. Même dans les locaux, que nous étions libres de fréquenter après les cours et durant les vacances, nous étions en sursis. Les étagères couvertes de vieux livres et de linotypes anciens, l'équipement d'impression terni, le poids du papier et de la poussière, les carrés de lumière filtrant par les fenêtres anciennes – tout conspirait à nous rappeler notre statut d'intrus. Ma mère n'avait jamais été douce ; désormais, elle n'était même plus notre mère. Un jour, j'ai broyé un verre dans mon poing pour voir si elle réagirait. Elle n'a pas bougé de son bureau. Ses lunettes sur le bout de nez, elle a continué de travailler tandis que le sang suintait entre mes doigts. Dans ces moments-là, quand un sujet éclipsait le reste du monde, je pensais qu'il nous revenait de la soutenir.

Tandis que s'intensifiaient les rumeurs et que grandissait l'obsession de ma mère, contre toute attente, le site de l'incendie se mit à verdir. Des pousses de saule surgirent de la terre noircie. Des colonies d'épilobes aux pétales d'un pourpre ardent fleurissaient un peu partout. Des petits groupes de noyers blancs transpercèrent l'humus. Du lupin jaillit le long des sentiers maculés de cendres jadis empruntés par les camions de livraison et les chariots élévateurs. D'autres plantes ne tardèrent pas à faire leur apparition. Le paysage qui, pendant plus d'un siècle, avait été une zone industrielle grise et austère, devint luxuriant. Pendant que la communauté, en quête de réponses et de justice, continuait de poursuivre la pyromane, les arbres, indifférents à l'agitation, se contentaient de pousser. Les habitants du coin furent les premiers à remarquer le changement. Ensuite, ce fut au tour des journalistes. Enfin, des touristes affluèrent des quatre coins de l'État. "Il fallait qu'on voie ça", disaient-ils. "Quelque chose est en train de se passer ici", déclara un couple du Nouveau-Brunswick dans une interview. "Ne détournez pas les yeux. La nature reprend ses droits. Celle qui a déclenché l'incendie avait un plan."

La plupart employaient le terme *pèlerinage* pour décrire leur voyage, ne sachant comment le définir autrement. “On s’est sentis appelés.” Le même refrain revenait sans cesse dans les restaurants, les supermarchés et les stations-service, chez les coiffeurs et les barbiers, sur les plages, dans les parcs et les marchés aux puces d’Eastport.

Ma mère avait souligné combien ce genre d’acte était rare. “Les hommes blancs posent des bombes, pas les Amérindiennes.” Elle avait raison. Si une gamine penobscot commettait un crime allant à l’encontre de tout ce qu’on lui avait appris, elle devait avoir une bonne raison de le faire. Par une chaude journée de fin juin, Link et moi étions dans les locaux, occupés à nous informer sur les saules qui, comme par hasard, purifiaient les sols en absorbant les dioxines et les métaux lourds.

— Imagine, dis-je. Des arbres qui guérissent la terre.

Link était sur le point de me répondre lorsque Cal Hayes pénétra dans le journal, un crâne de cerf sous le bras. Le soleil avait blanchi les os, mais quelques lambeaux de chair sanguinolents étaient encore accrochés à la mâchoire.

— Ils ont recommencé, Falon, lança-t-il en traversant la pièce.

Quand il nous croisa, il tourna le crâne de sorte que le cerf nous scrute toute la durée de la conversation qui suivit. Cal était l’homme le plus petit que nous ayons jamais vu. De loin, on pouvait le confondre avec un enfant.

Notre mère avait passé la matinée à préparer un article traitant des effets de la pollution sur les aigles de la rivière.

— Ce petit jeu m’ennuie, Cal, dit-elle dans un soupir. Je n’ai pas le temps de m’occuper d’un crâne de cerf. Tu aurais pu le nettoyer, au moins. L’odeur est atroce.

— Je croyais que tu m'en voudrais. Finalement c'est le contraire.

— Pourquoi ?

— À cause des photos. Avec du sang, c'est plus accrocheur. Du coup, j'ai évité de trop manipuler le crâne. Si tu as un feutre rouge, on pourrait le rendre encore plus dégueu.

Cal plaisantait bien sûr, pourtant notre mère était furieuse.

— Je ne verse pas dans le sensationnalisme de bas étage.

— Je n'étais pas sérieux, Falon.

Ma mère le somma de décamper, mais elle accepta le crâne, qu'elle photographia sur la terrasse, avec le soleil et l'océan en arrière-plan. Cal tourna les talons d'un air satisfait, nous adressant un coup d'œil entendu. Il n'était pas facile d'obtenir une réaction de Falon, hormis un coup d'œil dédaigneux par-dessus ses lunettes. Cal, par le truchement d'un crâne ensanglanté, y était parvenu de manière magistrale.

— Il était où ? demandai-je.

— Sur les berges de la rivière, près de Snub Point.

Link alla à une table sur laquelle des cartes USGS* de la baie et de la section inférieure de la rivière étaient étalées parmi un fouillis de fil, de punaises et de Post-it. Des annotations indiquaient les différents endroits où l'homme et la fille avaient été aperçus.

— Environ vingt-cinq kilomètres en amont, dis-je.

— Ça fait un moment qu'on ne les a pas vus là-bas, fit remarquer notre mère.

* *United States Geological Studies* : Institut d'études géologiques des États-Unis.

— Tu crois qu'ils se dirigent vers la baie ? demanda Link.

Soudain, notre mère parut distraite, une expression lointaine sur le visage

— Je suis occupée, dit-elle sur un ton sec. J'ai des délais à tenir. Allez jouer. Soyez des enfants.

Elle s'enferma dans son bureau, nous laissant seuls avec les cartes et la puanteur du cerf.

Link partit et je restai une heure de plus, à étudier les cartes. Le monde autour de moi se dissolvait dans des visions de la rivière. D'après une légende penobscot, il y a très longtemps, une grenouille géante s'était approprié la rivière, provoquant une famine terrible. Les hommes mouraient en masse. Le monde était plongé dans l'obscurité. Ne supportant plus de voir son peuple à l'agonie, Gluskabe, le grand héros penobscot, fit tomber un arbre sur Akəlópemo, la grenouille géante. Alors, sous les yeux sidérés de Gluskabe, les feuilles et les branches se changèrent en eau, formant le bras principal de la rivière ainsi que ses nombreux affluents. Assoiffés, des Penobscots plongèrent dans les flots. Ils devinrent poissons, tortues, diverses créatures aquatiques, liant ainsi de façon inextricable les Penobscots à la rivière et ses animaux.

Des milliers d'années plus tard, les Blancs ont construit des barrages, étouffant la rivière à nouveau. Puis un événement sans précédent dans l'histoire des États-Unis est survenu : en vertu du Maine Indian Claims Settlement Act, mille deux cents kilomètres carrés ont été restitués aux tribus et 81,5 millions de dollars leur ont été versés pour développer leur territoire. Les Penobscots ont obtenu une reconnaissance fédérale qui les a libérés du joug étatique et rapprochés de l'auto-gouvernance – quoique pas encore assez selon certains : l'État continuait de gouverner les tribus comme des municipalités, au lieu de les considérer comme des entités souveraines. Le gouvernement a rendu les îles et les eaux aux Penobscot, reconnaissant leur droit d'y chasser et pêcher à leur guise. De petites victoires amères, mais des victoires néanmoins.

À présent, deux d'entre eux parcouraient ces terres, chassant et pêchant où ils le souhaitaient. Personne ici n'avait jamais assez, alors les Français détestaient les Irlandais, les Irlandais détestaient les Anglais, les Anglais détestaient les Penobscots. Tout le monde détestait ceux qu'ils estimaient plus chanceux qu'eux. De l'avis de ma mère, l'homme et la fille n'étaient pas des braconniers, puisque la rivière leur appartenait. Certains étaient d'accord : en tant que Penobscots, l'homme et la fille étaient habilités à exploiter leurs terres ancestrales. Selon d'autres, ils étaient des fugitifs tirant profit d'une lacune dans la loi.

Longtemps, j'examinai ces deux points de vue, ressassant l'histoire de la région. Ne vous y trompez pas : le but a toujours été l'annihilation d'un peuple. En 1755, Spencer Phips, le gouverneur de Massachusetts Bay, avait déclaré les Penobscots ennemis de la couronne et appelé “les sujets de la Province à saisir toute opportunité de poursuivre, capturer, tuer et détruire les Indiens susmentionnés.” Une injonction qui, je le craignais, restait d'actualité dans l'esprit de nombreux habitants.

Aujourd'hui, lorsqu'on traverse les petites villes du Maine, on voit des stations-service, des écoles, des fronts de mer idylliques, des bibliothèques prestigieuses et des galeries d'art joliment éclairées. La plupart des touristes ignorent la vérité : par exemple, dans un poste de traite sur la rivière Sheepscot, les négociants anglais offraient quarante livres pour le scalp d'un homme penobscot, vingt-cinq livres pour le scalp d'une femme et vingt livres pour le scalp d'un enfant de moins de douze ans. À l'époque, les colons gagnaient moins de cent livres par an, aussi le choix s'est-il vite imposé : regarder ses enfants mourir ou déchiqueter, estropier, mutiler et assassiner les enfants des autres.

Quand ma mère et moi rentrâmes à la maison, Moses Jupiter nous attendait dans le jardin avec un cheval. Une grande jument gris pommelé. Interloqués, nous observâmes l'animal à travers le pare-brise. Nous connaissions peu les chevaux.

Moses avait amené la jument dans un van. À présent, il marchait à ses côtés. Il la fit trotter, puis il ralentit et décrivit quatre larges boucles dans le jardin.

— Je la prépare à faire votre connaissance.

La jument s'arrêta à l'orée des bois pour grignoter les baies d'un buisson d'hamamélis, dont elle devait apprécier les qualités fortifiantes. Je ressentis aussitôt de l'affection pour la bête, qui semblait avoir bon goût en matière de flore. Derrière nous, à l'extrémité du chemin dans la forêt, les scies de mon père chantaient et vrombissaient. La voiture de Simon n'était pas dans le jardin, et Link n'était nulle part en vue.

Moses nous rejoignit et sortit une carotte de sa poche.

— Je crois qu'elle commence à s'adapter. Ça fait des heures que je l'acclimate.

Sans lui prêter attention, ma mère entreprit de décharger les courses et les dossiers qu'elle avait rapportés du journal.

— Vous êtes dans notre jardin depuis des heures ? demandai-je.

Moses haussa les épaules.

— Personne ne m'a accueilli et personne ne m'a renvoyé.

D'une manière ou d'une autre, je savais mon père conscient de la scène en train de se déployer dans le jardin. À nouveau, Moses haussa les épaules.

— Elle s'appelle Cricket, parce qu'elle est plus rapide que le vent et aussi discrète qu'un insecte. (Il se tourna vers moi, la carotte à la main.) Elle ne parle presque jamais.

— Vous n'avez pas fait ça ? (Ma mère lui décocha un regard noir par-dessus le toit de la voiture.) Vous ne nous avez quand même pas amené un cheval ?

Moses marqua une pause, le temps de rassembler ses esprits. Je compris qu'il choisissait ses mots avec soin, cherchant une manière plus positive de présenter la situation.

— Les mensonges ne sont pas mon fort, dit-il enfin. Vous voulez cette carotte, ou pas ?

— Arrêtez ça. (Ma mère prit la carotte et la jeta dans les arbres. La jument ne réagit pas.) Où est Arnoux ?

— Pas ici.

Mon père avait dû jeter un œil par la fenêtre nord-est de l'atelier et voir le pick-up de Moses cahoter sur la route avec un van en remorque. Il avait probablement souri avant de s'absorber à nouveau dans son travail. Lorsqu'il avait entendu la voiture de ma mère, il avait eu la sagesse de ne pas sortir. Rentrer et trouver un cheval dans le jardin était une chose. Rentrer et trouver mon père à côté d'un cheval dans le jardin en était une autre.

— Le cheval, c'est une fille ? demanda ma mère.

— Oui, madame.

— Dieu merci. Dans ce cas, je veux bien la garder. Cette maison est envahie par les mâles et les bourrins.

— Attends, dis-je. T'es sérieuse ?

— Pas d'inquiétude, j'ai des carottes en rab.

J'étais fasciné que Moses puisse se permettre de taquiner ma mère ainsi. Elle l'avait toujours apprécié.

— *Wəlamto áhahso*. C'est une bonne jument, Falon. *Pálskw awo*. Fière. Et farceuse juste ce qu'il faut. Elle mangera vos tomates, mais elle chiera à côté du perron, au lieu de viser la marche. N'oubliez pas qu'elle est indienne. Si elle ne vous obéit pas, évitez de vous énerver. C'est juste la barrière de la langue.

— Pourquoi vous l'abandonnez ? demandai-je.

— Je n'ai pas dit que cette jument de qualité était la mienne. Elle appartient à un ami qui ne peut plus s'en occuper.

J'essayai de me rappeler si les personnes qui avaient contacté le journal à propos de l'homme et de la fille avaient aussi mentionné un cheval.

— Où est cet ami, en ce moment ?

— T'es un sacré petit journaliste. Il tient de plus en plus de vous, Falon. (Le regard de Moses se posa sur les tsugas dans le jardin. Il leva la main, agita les doigts.) Difficile à dire. Dans les arbres, dans le vent… Ici et là, je suppose.

Le soleil glissa vers l'ouest, derrière un arbre de trente-six mètres qui surplombait la maison. Je tendis la main. Cricket vint se blottir contre ma paume. Dans la lumière, ma main était verte et la jument était verte. Le sang pulsait sous sa peau tiède. Je sentis se dissoudre la frontière entre les mondes, animal et humain, naturel et artificiel. Son sang battit plus fort. Mon sang battit en retour. Elle était emplie de rivières invisibles. Elle était majestueuse.

— Falon, dit Moses, la voix altérée, il faut qu'on parle.

Soudain, j'eus peur. Cricket aussi sembla percevoir le changement : un long frisson parcourut son corps.

— Oui.

Dans la cuisine, ma mère s'assit à la table. Moses entreprit de préparer du café. Bientôt, l'odeur âcre des grains flotta dans la pièce. Dans le bois, les scies s'étaient tues. Mon père avait dû partir chercher Link en ville. Moses s'immobilisa et nous fit face.

— Il y a deux jours, Lyman a surpris une gamine penobscot avec un de ses casiers. Elle avait installé un barrage à poissons près de la bouée. J'imagine qu'elle se demandait ce que faisait un casier de la baie dans la rivière.

Ma mère se tourna vers moi. Elle était sur le point de parler, mais Moses l'interrompit :

— Mieux vaut qu'il reste.

— D'accord. Continuez.

— La fille était dans un canoë. Lyman l'a rattrapée avant qu'elle atteigne la côte. Il la tenait par la gorge quand quelqu'un lui a tiré dessus pour le faire lâcher prise.

— Où, exactement ?

— Juste au-dessus d'Odom Ledge, près de Verona Island.

— Dans le chenal. (Ma mère visualisait l'endroit où avait eu lieu l'altercation, qui pêchait dans cette zone, où étaient disposées les bouées.) Qu'est-ce qu'il faisait en amont ?

— Difficile à dire. L'appât du gain n'est pas rare chez les Blancs.

Ma mère se leva et abattit son poing sur la table.

— Quel enfoiré !

— N'émettez pas un jugement expéditif pour la simple raison que vous ne l'appréciez pas.

— Je n'ai rien contre lui.

— Je sais que votre histoire est compliquée.

— Elle ne vous regarde pas.

— *Ačéliboso*. Lyman est incapable de se contrôler, Falon. Je crains qu'il ne soit pris dans un cercle vicieux.

Ma mère contempla les bois.

— Le chenal est… Le casier était dans l'estuaire, pas dans la baie. La gamine était en droit de se servir.

Moses grimaça.

— Peut-être. Je ne suis pas venu débattre de questions territoriales. Je suis là pour vous prévenir qu'une enfant a été agressée. Les rumeurs vont bon train, je voulais exposer les faits à une personne raisonnable. Lyman n'aurait pas dû poser ses casiers dans la rivière, mais la gamine n'aurait pas dû y toucher. C'était stupide et dangereux. Je doute que cette fille soit stupide. Elle a peur. Elle est en colère. Pas stupide.

— Suffit de couper l'orin.

La voix de mon frère était calme et froide, chargée de cette bravade affectée si typique des adolescents américains. Il était dans le couloir attenant à la cuisine avec Reggie et mon père. Je ne les avais pas entendus arriver.

— Pas si on meurt de faim, dit mon père, les yeux rivés sur le sol.

— On n'a pas le droit de poser un casier à moins de cent mètres d'un barrage à poissons, dit Reggie, nous surprenant tous. Alors la vraie question, c'est : qu'est-ce qui était là en premier, le barrage ou le casier ?

— Peu importe, dit Link. La fille aurait dû couper l'orin. Plus de casier, plus de problème.

— Le meilleur moyen de se prendre une balle, dit mon père.

Il tourna les talons, en proie à une colère que je n'étais pas sûr de comprendre.

Reggie m'agrippa l'épaule. Quand il vit ma mère hocher la tête, il m'entraîna dehors. Les poings serrés, mon père arpentait le jardin. Il s'immobilisa devant Cricket. Nous regardâmes la jument lover sa lourde tête contre son cou. Je voulus les rejoindre, mais Reggie me retint.

— Attends un peu.

Quelques instants plus tard, mon père éclata d'un rire sonore et embrassa Cricket. Il ramassa la carotte que ma mère avait jetée.

— Ne fais pas attention à ton frère, chuchota Reggie avant de relâcher son étreinte.

Depuis toujours, je pensais que la terre était la terre. L'eau était l'eau. Une île était une île. Rien de tout cela n'appartenait aux humains. Rien de tout cela n'était destiné à être colonisé, exploité, ravagé. Lorsque le vent fouettait les arbres, j'essayais de distinguer les formes dessinées par la brise dans les branches. Le matin, je passais la main dans l'herbe humide jusqu'à ce que ma soif soit étanchée. Les odeurs n'étaient pas juste des odeurs, mais des compositions créées avec amour, pareilles à des tableaux. Brindilles sur feuilles sur mousse sur terreau sur terre sur racine sur pierre sur os sur basalte. Dans la forêt, je sondais le temps. Les feuilles anciennes sous les feuilles neuves. Les aiguilles sèches au pied des pins. Lorsque je les remuais du bout de ma chaussure, des moucherons voletaient dans la lumière, affluant vers une senteur nouvelle. Je glissais les pommes de pin entre mes lèvres. Je pressais l'oreille contre le tronc des cèdres anciens pour sentir battre le sang que je devinais sous l'écorce. J'étais dans le monde parce qu'il était vivant.

Et voilà que le monde me rappelait combien j'étais ignorant de ses usages. À un moment ou un autre, tout avait été volé par quelqu'un. Ces appropriations injustifiées, ces vieilles blessures continuaient de sourdre d'une génération à l'autre, semant la tristesse et la violence.

Effrayé, je passai de plus en plus de temps au journal avec ma mère. Deux jours après que Moses nous eut présenté Cricket, je revenais du Fish House, où j'étais allé chercher notre dîner – une boîte en polystyrène remplie de pain brioché et de saucisses piquantes nappées d'une sauce épaisse – quand j'aperçus Lyman Creel, la démarche chancelante, le visage rougi par le vent. Sans prêter attention à la circulation, il traversa la route, manquant se faire renverser. Il pénétra dans le journal et déposa une feuille sur le bureau de ma mère.

— Je veux que tu publies ça.

À l'évidence, il n'avait pas dormi depuis l'incident avec la fille. Il puait le whiskey et la transpiration. La fumée, la crasse et les aiguilles de pin. Moses avait vu juste. L'acte dont s'était rendu coupable Lyman avait rapidement fait le tour de la baie. Le dégoût éprouvé par la communauté à l'idée que l'un des siens ait pu s'attaquer à une enfant avait supplanté la colère suscitée par l'incendie. Dès que ma mère comprit dans quel état se trouvait Lyman, toute trace d'hostilité disparut de son visage.

— Lyman. Tu vas bien ?

— Je veux juste que tu publies ça. (Du bout du doigt, il tapota la feuille froissée.) C'est une lettre d'excuses. Pour la gamine que j'ai brutalisée. Non, rectifia-t-il, pour tout le monde.

— Ce n'est pas comme ça que ça marche. Mon journal n'est pas un confessionnal.

Avec ses mains rougies, Lyman se pinça l'arête du nez.

— Prends-la, Falon. Lis-la. S'il te plaît.

— Non.

— Je t'ai défendue, au Fish House.

— Ton ego et ta culpabilité t'ont conduit ici. Ces problèmes ne concernent que toi. Ce bout de papier ne m'intéresse pas.

Lyman vacilla puis releva la tête, plissant les yeux sous les néons.

— Tu es devenue cruelle.

— Je l'ai peut-être toujours été.

— Il faut que les gens sachent ce qui s'est vraiment passé. Personne ne veut m'écouter. Toi, tu sais comment c'était. À l'époque. Toi, tu me connais.

À l'époque. Falon savait, en effet. La nuit où Billy mourut, elle était sur la falaise. Elle avait dix-sept ans, elle était en terminale. Un mercredi soir à la mi-mars, elle se trouvait au bout du monde avec deux garçons et une bouteille de vin. Elle entrevoyait déjà l'enfer qui se profilait. Ils la désiraient tous les deux. Ils l'idolâtraient. L'idée de détenir un tel pouvoir la grisait. Le vin la grisa un peu plus, elle bascula dans l'arrogance : voilà ce que devaient ressentir les hommes, pensa-t-elle. Quelques jours plus tôt, ils lui avaient chacun offert un bouquet de muguet acheté à l'épicerie. Billy lui avait donné les fleurs en premier. Le lendemain, Lyman avait débarqué chez elle avec un bouquet identique. Il le lui avait donné dans le jardin, adressant un salut timide à Reggie et à sa mère, qui étaient à la fenêtre, avant de remonter dans la grosse Cadillac de son père. La performance avait beau être ringarde – la chemise et le jean repassés, la voiture tape-à-l'œil, le symbole du bouquet –, elle était aussi touchante. À l'évidence, il était si nerveux qu'il avait choisi de se concentrer sur la mise en scène pour ne pas penser à ce qu'ils se diraient. Falon avait posé le bouquet à côté de celui de Billy, puis elle avait vaqué à ses occupations, se demandant soudain : jusqu'où iraient-ils ? Elle détestait Pâques, les offrandes creuses et les fleurs bon marché, pourtant elle s'était mise à les fréquenter tous les deux. Elle grimpait dans leur voiture et buvait leur vin, fascinée par le tour étrange qu'avait pris sa vie : voilà qu'elle était convoitée par deux garçons dont elle était convaincue qu'elle se souviendrait à peine sitôt que sa vraie vie aurait démarré, loin de cette ville. Elle regarda Billy et Lyman chahuter au bord de la falaise. Ils avaient commencé à rassembler du bois puis ils s'étaient lassés, entonnant des chansons des Grateful Dead. À présent, ils dansaient ensemble, une valse maladroite et alcoolisée, deux pseudo-amants à un mauvais mariage. Elle songea à la sensation d'être désirée, cette euphorie dangereuse. Ensuite, elle éprouva de la colère à l'idée qu'ils l'aimaient seulement pour son corps. Par ailleurs, ils présumaient qu'ils pouvaient se saouler ce soir, comptant sur elle pour prendre soin d'eux. Elle saisit la bouteille et but jusqu'à sentir une brûlure sur sa langue. Peut-être devrait-elle plutôt les encourager à être amis ? Lorsqu'elle regarda la falaise à nouveau, Billy n'y était plus.

À peine quelques secondes plus tôt, il tanguait dans les bras de Lyman. Maintenant Lyman hurlait en courant le long de la saillie, les yeux rivés sur l'eau. Aux premières lueurs, une équipe de pompiers bénévole extirpa le corps brisé de Billy des rochers. Trois mois plus tard, Falon partait en Californie pour essayer d'oublier et Lyman s'envolait pour le Vietnam, la tête pleine de rêves de pêcherie.

— Je n'aime pas repenser à cette nuit, dit Falon.

— Ils me haïssent à cause de cette nuit et de ma famille.

— Tu n'es pas une cible.

— Facile à dire, ce n'est pas toi qu'on surnomme le Tueur d'Indien. Il y a un passé entre les Penobscots et moi.

— Tu es parano, Lyman. Je ne te supporte pas, dans ces moments-là.

— Mon arrière-arrière-grand-père est un des premiers à avoir endigué la rivière. Selon Billy, ce barrage a été le début de la fin pour les Penobscots. La grenouille géante était de retour, bloquant la rivière et les poissons, avalant les eaux. Tout ce folklore à la con. J'ignorais que la gamine était penobscot. J'ai vu quelqu'un toucher à mes casiers et j'ai pété un plomb.

— Le problème, Lyman, c'est que ce n'était pas "quelqu'un". C'était une enfant. Tu l'aurais tuée si Moses n'était pas intervenu.

Lyman rougit, les yeux rivés au sol. Il ignorait quoi répondre. Par où commencer ? *Non, Falon, ce n'était pas comme ça.* La mort de Billy était un accident. Il avait essayé de bâtir une bonne vie ici. Voilà qu'il était rattrapé par de vieux souvenirs de violence et de mésaventures. Longtemps, il avait refoulé le passé, tuant son corps à la tâche pour continuer coûte que coûte. Le jour où il avait pris cette gamine par le cou, le mur qu'il avait érigé avait commencé à s'effriter. Lorsqu'il avait croisé son regard, rempli non pas de peur mais de défi – *J'ai survécu à pire, tu as fait pire, tu feras pire* –, le mur s'était écroulé. Puis Moses avait surgi d'un méandre avec un fusil. Peut-être lui avait-il sauvé la vie. Peut-être leur avait-il tous sauvé la vie. Lyman était rentré chez lui en tremblant de rage. Quand Grace avait voulu l'enlacer, lui demandant ce qui n'allait pas, il l'avait repoussée. Quand elle avait posé les mains sur son bas-ventre, glissé les doigts sous sa ceinture et saisi sa verge en mordillant son cou, puis qu'elle avait voulu l'entraîner dans la chambre pour le baiser jusqu'à ce que son angoisse disparaisse, il avait pris la fuite. Il était passé sans rien dire devant Wren et Galen, qui jouaient au foot dans le jardin. Il n'avait pas osé croiser leur regard. Il s'était enfoncé dans la forêt. Au-dessus de sa tête, le ciel constellé d'étoiles tourbillonnait trop vite. Il avait erré parmi les arbres, allant et venant dans le temps. Au crépuscule, il avait entendu des engoulevents. Leur cri le terrifiait. A priori, les engoulevents avaient disparu de la région, ils étaient pourtant partout. Il n'avait rien mangé et dormi à même le sol tapissé de mousse, à l'ombre des épicéas et des tsugas. Jamais il n'avait été si proche de la folie. Trop proche. Le deuxième jour, il se demanda s'il faisait une dépression nerveuse. Enfin, la chaleur desserra son étau ; la pluie froide et grise s'abattit sur lui comme autant de clous. Dans le creux d'un arbre, il trouva une bouteille de whiskey que des jeunes avaient abandonnée là. Il essaya de ne pas la boire. Il la scruta pendant des heures. Hélas sa volonté avait dû s'écrouler en même temps que le mur. La pluie tombait en continu, ponctuée par les zébrures des éclairs et les roulements de tonnerre sur la côte. Dans un moment de lucidité, une décision s'imposa à lui, la seule solution pour éviter le chaos : il devait s'excuser. Une solution simple, peut-être trop, pourtant elle le soulagea. Soudain il se sentit empli d'une assurance désespérée, euphorie propre à l'adolescence, certitude que tout pouvait s'arranger, que tout *allait* s'arranger. Le monde était un endroit sûr et bienveillant. Il rentra griffonner son explication sur un des cahiers de sa fille avant de gagner le centre-ville. À présent, debout dans les locaux poussiéreux du journal, le corps parcouru de frissons, les yeux injectés de sang, il se sentait ridicule.

Falon observait Lyman en silence. Elle essayait de retrouver le garçon qu'elle avait connu.

— De quoi veux-tu t'excuser, Lyman ? J'ai l'impression qu'il ne s'agit pas seulement de cet épisode avec la gamine penobscot. Avoir rejeté l'argent de ta famille ne t'absout pas de ses péchés, tu sais.

— Cela ne fait pas non plus de moi un coupable.

— Peut-être.

— C'était il y a vingt ans.

D'un geste brusque, ma mère repoussa des papiers sur son bureau.

— Espèce d'enfoiré. (Elle rit.) Tu viens me parler du passé, de ton innocence, tu joues aux incompris. Si je faisais dans le pathos, je serais en train de me saouler au Fish House. On a tous souffert. Et on continue de souffrir.

Avant que Lyman puisse répondre, elle se tourna vers moi. Je suivais leur échange avec la sensation désagréable d'être le témoin d'une scène qui ne me concernait pas.

— Ne deviens jamais comme lui. Sous aucun prétexte. Il n'y a rien de pire qu'un homme désespéré. Rentre chez toi, Lyman.

Il plongea la main dans sa poche et en sortit une boule jaune. Nous mîmes plusieurs secondes à comprendre qu'il s'agissait d'un citron. Lyman ouvrit un couteau suisse et coupa le fruit en deux. Ensuite, il préleva une tranche fine qu'il glissa dans sa bouche. Sans quitter ma mère des yeux, il saisit la lettre et s'en servit pour emballer le reste du citron.

— Avant, tu susurrais mon nom d'une voix toute douce, dit-il, le citron dans la bouche, la langue plaquée contre l'écorce. Je parie que t'hésiterais pas à recommencer.

Ma mère le fusilla du regard, évitant de s'attarder sur le citron dans sa main. Elle refusait de détourner le visage du sien.

— Juste assez douce pour te faire oublier ton petit couteau. Juste assez longtemps pour te le prendre.

— Je vois que t'as tout prévu.

— Exactement, Lyman. Une entaille, une torsion, une secousse. Il n'en faudrait pas plus pour t'arracher la langue.

— Selon Billy, t'étais qu'une pute. Dommage qu'il ait dû mourir pour que les autres s'en aperçoivent.

Lyman posa le citron sur le bureau et fit volte-face. Il disparut dans le crépuscule tandis que les mouettes tournoyaient dans le ciel. Furieux, je m'élançai à sa poursuite.

Falon savait qu'elle venait d'engendrer un monstre, elle pouvait le sentir qui arpentait la pièce, vengeur et plein de hargne. Elle devait l'anéantir avant que son fils ne franchisse le seuil et soit perdu à jamais.

— David Almerin Ames. Rassieds-toi tout de suite et dès cet instant. On a des saucisses à manger et un article à publier.

La formule me surprit juste assez pour m'arrêter. *Tout de suite et dès cet instant* – la phrase était tout à l'image de ma mère, à la fois grandiose, théâtrale et redondante. Je me rassis et ouvris les boîtes en polystyrène.

La porte était restée ouverte. La haine qui rampait sur les murs traversa la pièce. Trop tard, Falon la vit contourner son fils et se ruer dehors. Elle en eut le souffle coupé. “Qu’est-ce qu’il y a, maman ?” Elle fut incapable de répondre. La haine était libérée. Falon la regarda s’envoler dans les airs, pareille à une brume rouge. Elle sourit avant de se fondre dans le vent sur la rivière. Ce même vent qui insufflait la vie à leur monde.

III

7

Depuis l'altercation dans le chenal, Molly était nerveuse. Moses était venu les voir à deux reprises. Une première fois pour prendre des nouvelles de Molly, au prétexte de leur apporter des provisions dont ils n'avaient pas besoin, puis une seconde pour leur annoncer qu'il avait trouvé un abri. Fière, têtue, Molly avait à peine daigné lui parler. Ou le regarder. Moses ignorait ce qui la contrariait le plus : le fait qu'il l'ait sauvée, ou que Lyman l'ait prise en flagrant délit.

La blessure à son menton avait guéri, mais une croûte noire subsistait à l'endroit où elle avait heurté le canoë quand celui-ci avait chaviré. Après l'incident, elle avait passé presque deux jours à vomir. La fureur de son père n'avait d'égale que son inquiétude. Parfois, la nuit, elle se réveillait le souffle court. Tout au long de la journée qui suivait, elle sentait des mains d'homme autour de son cou, pareilles à un collier invisible.

Lors de sa deuxième visite, Moses leur dit de se préparer à partir. La sommation poussa Molly à sortir de son silence.

— Tu aurais pu me tuer, sur l'eau.

— Je ne tue pas ce que je ne vise pas. C'étaient des tirs d'avertissement.

— Tu pilotais un bateau.

— Et toi, tu faisais une scène.

Sa propre colère prit Moses par surprise.

— Il allait me tuer.

Moses haussa les épaules : *peut-être que oui, peut-être que non.*

— C'est pour ça que j'ai tiré.

— Et tu aurais pu me tuer.

— Voilà qui aurait été dommage.

Moses tourna les talons.

Trois jours plus tard, il gara son pick-up aussi près du campement que possible, sur une route de service près d'un poste électrique. Presque aussitôt, Adam et Molly surgirent des bois, un paquetage sur le dos. Moses repoussa une bâche verte. Il avait rempli le plateau de feuilles et de branches de pin.

— C'est ça, ton super plan ? siffla Molly.

— Molly, dit Adam.

Il jeta son paquetage sur le plateau et grimpa à bord. Molly l'imita, à contrecœur. Moses s'efforça de les dissimuler sous les feuilles et les branches avant de rabattre sur eux la bâche, qu'il avait agrémentée de trous d'aération. Ce n'était pas un enterrement, se rappela-t-il en fixant les attaches. Leur histoire n'était pas encore terminée.

— Tu plaisantes, j'espère, déclara Molly quelques heures plus tard, lorsqu'elle aperçut la maison sur les hauteurs qui dominaient la baie. On a quitté les bois pour cette ruine ?

Moses avait laissé son pick-up à quelques kilomètres de la bâtisse, sur le terrain d'une famille blanche de sa connaissance. Molly et Adam le suivirent aveuglément à travers les bois tandis qu'il avançait en silence sur des menées anciennes. À l'évidence, il savait exactement où il allait, toutefois il prenait son temps et gardait un œil sur les environs, aux aguets. Parfois, il rebroussait chemin pour tracer une piste secondaire. Les grives chantaient. Le vent secouait les pins. Personne à des kilomètres à la ronde. Molly se délectait de l'aventure. L'espace de quelques heures, elle sentit se dissiper la peur et la tension accumulées au cours des semaines passées.

À présent, cachés parmi les arbres, ils observaient l'imposante demeure. Entourée d'un porche, surplombée d'une mansarde, la maison blanche de style colonial se dressait au sommet d'une colline où la nature reprenait peu à peu ses droits. Les herbes avaient envahi l'allée. La forêt alentour s'étirait à perte de vue. Chaque surface de la maison était tordue, difforme, affaissée.

Quand elle vit la longue allée sinueuse, couverte de broussailles mais praticable néanmoins, Molly fut submergée par la colère.

— On aurait pu prendre le pick-up.

— On aurait pu faire un tas de choses qui nous auraient valu la prison, rétorqua Moses.

Molly le fusilla du regard.

— Cette maison n'est pas à nous.

Elle contempla la propriété. Abattre des centaines d'arbres pour construire ce monument de vanité était un acte criminel. Elle en était malade.

— Non. (Adam s'avança dans la clairière dorée.) Elle n'est plus à personne, à ce stade.

— C'est la maison d'une personne riche et blanche, répondit Molly. *Awenóhčəwahki.*

— Et probablement le dernier endroit où ils penseront à chercher deux Indiens hors-la-loi. (Deux Indiens hors-la-loi. L'idée plaisait à Molly. Elle dut se mordre la lèvre pour éviter de sourire.) Vous y serez en sécurité, conclut Moses.

Il en avait assez du ressentiment qui persistait entre sa filleule et lui. Les chiens enragés se montraient plus aimables entre eux.

— On va en faire un foyer, dit Adam d'une voix déterminée qui les défiait de le contredire.

— Pendant combien de temps ? demanda Molly.

— Aussi longtemps qu'elle voudra de nous. Au moins jusqu'à la fin de l'hiver, j'espère.

Aussi longtemps qu'elle voudra de nous. La formule réconforta Molly. Son père traitait toujours les objets inanimés comme des entités vivantes. Molly n'y avait rien vu d'inhabituel avant d'aller à l'école et de découvrir que les autres pères étaient différents. Elle avait été maussade et renfermée pendant des semaines, jusqu'à ce que son père lui tire les vers du nez.

— Pourquoi tu fais ça ? avait-elle demandé.

— Je ne sais pas. Je l'ai toujours fait. Je crois que ça m'aide à être plus attentif. Ça m'a appris à être bienveillant.

Elle aurait préféré une autre explication. Elle ne voulait pas que son père soit incertain ou bienveillant, elle voulait qu'il soit fort et déterminé, courageux comme les guerriers légendaires de son enfance. Toutefois elle avait compris qu'il était sincère. Peu à peu, elle avait accepté sa vulnérabilité. Avec le temps, cette acceptation s'était muée en fierté : Molly avait fini par comprendre que le courage pouvait revêtir différentes formes.

— Il y a des gens qui vivent dans des conditions bien pires, dit Adam.

Moses se frotta nerveusement les cuisses et scruta les bois.

— Je ne pourrai plus vous rendre visite quand il neigera. Trop de traces. Mais je viendrai aussi longtemps que possible. Si vous êtes d'accord, bien sûr.

— Tu seras toujours le bienvenu, Moses, dit Adam.

Molly acquiesça de mauvaise grâce.

Ce soir-là, ils campèrent près de la clairière. Le lendemain, ils exploreraient la maison. Adam offrit deux livres à Molly. Le premier racontait les tribulations d'un groupe de colons malchanceux cherchant à franchir Donner Pass, dans les montagnes californiennes. Après avoir lu la quatrième de couverture, Molly comprit ce que son père entendait par “des conditions bien pires”. Le deuxième était un dictionnaire de poche. Aux deux tiers du volume, une page était cornée. Molly parcourut les entrées et tomba sur le mot “squatteur”.

— On t'a beaucoup insultée dans ta vie, Molly. Je voulais que tu saches de quoi on allait nous traiter, désormais. Le temps est venu de réfléchir à ce que tu es, ainsi qu'à ce que tu n'es pas, dit son père dans la pénombre.

— On va devenir des voleurs ?

Le comté regorgeait de cabanes isolées et de résidences lacustres aux volets clos. Jusqu'ici, ils n'avaient pas eu recours à l'effraction pour se nourrir.

— Pas si je peux l'éviter, dit Adam.

Au matin, ils sortirent prudemment des bois. La maison, qui avait un cellier et des fondations en pierre, s'enfonçait dans le sol. Plus rien ne tenait droit. Molly pensa à une énorme créature, si fière qu'elle continuait d'avancer en boitant malgré sa colonne vertébrale brisée. Une dépendance pour entreposer la nourriture, vide et tout en longueur, était accolée à la cuisine.

Derrière la maison se trouvait une grange immense avec des trous béants dans le toit. On aurait dit que les bardeaux se faisaient aspirer les uns après les autres.

— Des chevaux vivaient ici, avant, dit Adam.

Silencieuse, Molly pensa à Cricket et à son ancienne vie.

Lorsqu'ils poussèrent l'énorme porte pour pénétrer dans le bâtiment, au lieu de vieux bardeaux et de chevrons fissurés, ils trouvèrent un tracteur qui ne démarrait plus, une Packard de 1932 réduite à un châssis rouillé ainsi qu'un amoncellement de débris et de machines agricoles. À chaque pas, ils avaient l'impression de traverser un océan d'objets morts et oubliés.

Dans la maison, les lattes avaient été retirées, exposant les solives au-dessus du cellier, un gouffre de terre compactée. Étonnamment, malgré l'absence de lumière, la forêt était parvenue à coloniser la demeure. Du lupin, de la clématite, des plantes grimpantes, de la vigne de Judée et du sceau-de-Salomon s'élançaient à l'assaut des chambres.

Molly ne comprenait pas que la nature ait pu survivre ainsi. Comment se faisait-il qu'une personne riche n'ait pas encore racheté et défriché le terrain ?

— Selon Moses, la maison appartient à un descendant du premier propriétaire, un capitaine de navire, dit Adam, lisant dans ses pensées. Il habite quelque part en Europe. Chaque année, il paye une fortune en impôts pour que les choses restent exactement telles qu'elles sont.

— En ruine ?

— Plus ou moins, répondit Adam avec un sourire.

Dans le salon principal, sous un drap piqué d'humidité, Molly trouva un piano droit teint à la main couleur ébène. Elle regarda son père, qui hocha la tête. Lorsqu'elle repoussa le drap, elle eut le souffle coupé. Le piano dégageait un parfum malgré la poussière qui tourbillonnait dans la pièce. Il sentait la musique. D'une main tremblante, elle retira la housse de protection, craignant que le piano, ce rêve de vieux bois, ne tombe en miettes. Elle caressa les lettres dorées, MEHLIN & SONS, NEW YORK, jusqu'à ce qu'elle puisse les visualiser les yeux fermés. Elle passa le reste de l'après-midi devant les touches usées, imaginant les notes, les arrangeant et les réarrangeant dans sa tête, sans toutefois oser jouer, de peur d'être déçue si l'instrument ne produisait aucun son.

Ils dormaient dans le grenier, enfouis sous des couvertures pour chevaux trouvées dans la grange. Par la fenêtre, Molly apercevait un éclat d'océan bleu entre les arbres. Parfois Adam entonnait de vieilles ballades de cow-boy. Molly faisait alors mine de vomir et lui rappelait qu'il était censé chanter des ballades indiennes. Adam s'empourprait, disant qu'il aurait aimé que la télévision en diffuse plus quand il était enfant. La journée, Molly s'attelait à d'étranges exercices de vocabulaire dans un manuel scolaire apporté par son père, récitait les noms et les caractéristiques d'animaux variés et rédigeait de longues listes recensant les plantes comestibles ou médicinales qui poussaient sur la propriété : le pas-d'âne et la sanguinaire pour les toux, la potentille et l'armoise pour les fièvres, l'hydrastis pour les blessures, le raifort pour la fatigue. Le laiteron, la patience, la moutarde, le plantain, la chicorée, la massette, la bardane et l'épilobe étaient comestibles, en plus d'avoir des propriétés médicamenteuses. La nuit, ils écoutaient le bruissement du vent dans les plantes sous le plancher. Molly en vint à les considérer comme des membres de la famille qui dormaient en silence au sous-sol. Ces nuits-là, le monde semblait exister hors du temps. Elle n'imaginait pas vouloir rentrer un jour.

Quant à Adam, il avait des doutes. Ici, ils menaient une existence austère. Plus ou moins par nécessité, mais aussi par choix. Il connaissait d'autres endroits où leur vie aurait été plus facile, cependant il n'était pas certain qu'il eût été judicieux de s'y rendre. Il se remémora les récits monastiques de sa jeunesse, quand il fréquentait l'école catholique. Si on mettait les conneries doctrinales de côté, le message était le suivant : certaines personnes doivent se détacher du monde afin de trouver la sagesse. Il pensa à saint Benoît. Parmi toutes les figures religieuses dont on lui avait rebattu les oreilles, saint Benoît était sa préférée. Il n'était pas un fanatique. Il n'était pas un rabbin fauteur de troubles comme Jésus de Nazareth, ni un prédicateur zélé comme Jean le Baptiste. Saint Benoît était juste un homme qui ne supportait plus le monde tel qu'il était devenu. La gloutonnerie, l'hédonisme, la débauche qui avaient contaminé la société après la chute de Rome – c'en était trop. Incapable de surmonter sa déception, il avait fui dans les collines et vécu dans une grotte pendant trois ans, où il avait étudié et prié pour que le monde retrouve un sens moral. Quand il était retourné parmi les siens, ses enseignements avaient pris de l'ampleur. Les gens se mirent à aimer leur prochain. Ils cultivaient leur jardin. Ils prenaient soin des pauvres et des malades. Adam songea à la rédemption dans son propre monde. Le jour où ils quitteraient cette maison, que trouveraient-ils ? La colère et la vindicte engendrées par l'incendie auront-elles magiquement été remplacées par autre chose ? L'acte commis par sa fille serait-il encore considéré comme un crime ? Que dire des crimes commis par les directeurs qui, du jour au lendemain, délocalisaient leurs usines, dévastant des communautés entières sans le moindre avertissement ? Que dire des hommes qui construisaient ces monstruosités, asservissant des familles sur plusieurs générations ? Malgré les privations, cette nouvelle vie lui procurait une certaine lucidité. Pour se nourrir, ils devaient faire ceci et pas cela. Pour rester au chaud, ils devaient faire ceci et pas cela. Pour survivre, ils devaient faire ceci et pas cela. Qu'étaient-ils censés faire pour que la société les accepte ? Qu'étaient-ils censés faire pour qu'on les considère à nouveau comme des êtres humains, au lieu de bêtes sauvages ?

Le lendemain, Adam fut réveillé par de la musique. Un vague murmure, à peine perceptible depuis le grenier, mais présent néanmoins. Il ferma les yeux et se rendormit, un sourire sur les lèvres, enfoui sous les vieilles couvertures pour chevaux.

— Tu jouais quoi, ce matin ? demanda-t-il à Molly plus tard.

— Un morceau que j'ai décidé d'appeler “Le Roi de l'hiver”.

— C'est toi qui l'as composé ? (Il était fier et surpris.) J'ai cru que je rêvais. La mélodie était si belle.

— Elle me trotte dans la tête depuis un moment. Depuis l'incendie, je suppose. De temps en temps, je capte des bribes que je me contente de rassembler.

Adam marqua une pause avant de répondre. Ils n'évoquaient presque jamais l'incendie, bien que celui-ci imprègne tout ce qu'ils faisaient.

— Comment ?

— Dans ma tête. Quand je ne suis pas occupée à déterrer des racines ou à fuir des pêcheurs blancs en furie. (Elle sourit.) On peut le garder ? Le piano ?

— Que veux-tu qu'on en fasse d'autre ?

— Tu m'as parlé de cette famille sur l'île. Lors d'un hiver particulièrement froid, ils ont retiré les portes et les panneaux de garnissage dans toutes les pièces pour les brûler. Ils ont même brûlé les meubles de la cuisine.

Adam fouilla sa mémoire : c'était arrivé à des amis de sa grand-mère, avant la construction du pont qui reliait la réserve au continent. À l'époque, une famille penobscot avait le choix entre mourir de faim ou se noyer en allant à l'épicerie.

— Oui, répondit-il, laissant remonter les histoires anciennes. Bien sûr.

Il pensa à la musique et à la notion de bonheur. Parfois, même les notes les plus tristes peuvent être joyeuses, si elles sont jouées d'une certaine manière.

La saison des pluies laissa place à la clémence du printemps. Les aigles construisaient leur nid dans les pins les plus grands. Au coucher du soleil, les montagnes se paraient d'une teinte violacée. Un matin, Molly descendit à la cuisine et trouva la boîte à graines de son arrière-arrière-grand-mère posée sur leur table de fortune. L'espace d'un instant, elle crut qu'elle rêvait. Puis elle se mit à pleurer. Évidemment, son père l'avait emportée avec lui.

— Le temps est venu de planter.

Adam était debout derrière elle, appuyé contre le chambranle. Il portait un jean et un T-shirt blanc. Ses mains étaient maculées de boue, ses joues rougies par le froid matinal. Il avait les yeux aussi humides que ceux de sa fille.

— La boîte à graines, dit Molly en s'essuyant le visage. Je pensais ne jamais la revoir.

— Et pourtant. (Son père sourit.) Certaines choses sont éternelles.

Ils passèrent plusieurs semaines à défricher une parcelle de terre baignée de soleil au cœur des bois. Bien caché, leur potager faisait quinze mètres de large sur trente mètres de long. Ils plantèrent la moitié du terrain de légumes verts, de maïs, de courges et de haricots, dédiant l'autre moitié aux cultures conservables : betteraves, pommes de terre, navets, carottes et oignons.

Molly et Adam continuèrent de travailler malgré la chaleur, qui vint plus tôt que d'habitude. Cruelle et fumante, elle faisait trembler l'air de juin comme à la fin août. Ils s'occupaient du potager. Ils recueillaient l'eau de pluie dans des tonneaux et des abreuvoirs. La sécheresse s'intensifia, au point qu'ils avaient l'impression de voir le soleil cuire l'air sous leurs yeux. Pour autant, ils ne relâchèrent pas leurs efforts. Ils ne se laissèrent pas fléchir.

Adam fabriqua une pompe à piston avec des matériaux trouvés sur la propriété. Ils l'installèrent au bord d'une petite mare et construisirent un abri pour la protéger. Moses leur apporta cent vingt mètres de tuyau que Molly l'aida à dérouler entre les jeunes arbres, les souches et les broussailles, de la pompe au jardin. Ensuite, Moses récita une prière de gratitude : *Kchi-niweskw: Wəliwəni nəbi. Wəliwəni wskitkamikw. Wəliwəni wəjawsən. Wəliwəni skwəde. Wəliwəni mə zitte nədalagomak.* Grand Esprit : Merci l'eau. Merci la terre. Merci le vent. Merci le feu. Merci à tous mes parents. Ensemble, ils dansèrent, adressant leurs chants traditionnels aux plantes.

La pompe n'avait pas besoin d'être alimentée par une source d'énergie. Simple système hydraulique, elle se contentait d'exploiter la gravité. Deux valves acheminaient l'eau dans une cuve de pression qui la propulsait jusqu'au potager. Grâce à une pression constante d'environ deux kilos par centimètre carré, ils pouvaient extraire quatre mille litres d'eau par jour sans lever le petit doigt. Molly retourna les seaux de vingt litres qu'elle avait imaginé porter de la mare au jardin et s'en servit comme tambours. Son père se fendit d'un large sourire. Secrètement, Molly était déçue. Elle se voyait déjà peiner sous le poids de l'eau, gagner en muscles et en force, devenir plus rapide encore.

8

Le hors-bord fendait les flots. Link était à la barre ; moi, je repérais les obstacles. On était en septembre, l'air était encore lourd, si humide qu'un filet moite semblait enserrer notre peau. Nous étions entourés d'eau, la nouvelle lune brillait au-dessus de nos têtes, la chaleur bourdonnait dans l'obscurité. Link ralentit et le rugissement du moteur se mua en ronronnement. J'entendis les vagues clapoter contre la coque, mais l'odeur de l'essence et la vibration des sièges dressaient un mur mécanique entre le monde naturel et nous.

— Coupe le moteur.

La discrétion était cruciale et je voulais m'imprégner de la nuit, percevoir chacun de ses sons. Après tout, nous ignorions quels dangers nous guettaient. Link s'exécuta.

— Ses bouées sont orange avec des rayures bleues.

— Comme si je ne le savais pas. J'ai vécu ici toute ma vie.

— Joue pas les durs, Almy. Contente-toi de localiser les rochers.

Les bouées étaient reliées à des filières de casiers pesant chacun trente-cinq kilos – cages en acier tapissées d'algues et de varech. Nous approchâmes d'une bouée. Link accrocha l'orin avec la gaffe et tira de toutes ses forces. Un casier émergea dans un geyser de bulles, recrachant la mer dans la nuit. Link le hissa sur le plat-bord tandis que je me penchais de l'autre côté pour faire contrepoids. Si on se prenait les pieds dans l'orin et que la cage glissait, on risquait d'être entraîné dans les abysses. Dans le casier, cinq homards sombres rampaient les uns sur les autres. Link les rejeta à la mer. Je crus alors notre mission terminée. Le message était passé. Sur le point de pousser le casier par-dessus bord, Link hésita. Je vis miroiter la lame de son canif et j'entendis la friction de l'acier contre l'orin.

— Tu vas trop loin, Link.

— Il l'a mérité

L'orin céda. Link envoya valser le casier d'un coup de pied. Dans le bateau qui tanguait doucement, nous regardâmes couler le gagne-pain de Lyman Creel. Braconner un casier constituait un acte grave. Nous avions pris un malin plaisir à imaginer la colère de Lyman lorsqu'il trouverait ses pièges vides. Mais trancher un orin, couler une cage… Link savait qu'il dépassait les bornes. Moi aussi. Je n'avais rien fait pour le retenir. En le regardant faire, j'avais même ressenti un frisson de joie.

Depuis l'accrochage entre Lyman et ma mère, notre colère avait couvé, s'intensifiant avec le temps. Nous avions essayé d'épuiser notre rage. Je lisais, je me promenais dans les bois, je courais tous les matins. Link avait aidé Simon à retaper sa voiture. Il avait plongé les mains dans le cambouis, changé les courroies, fixé les étriers. Il avait passé une journée sur le chantier avec mon père, à trier les outils, à prendre des mesures, à tracer les traits de découpe sur les planches. Il avait consacré une matinée à construire un gabarit de cintrage pour un cat-boat. À peine avait-il fini que la colère refaisait surface. Deux jours durant, il avait écumé les magasins de la ville dans le but de recueillir des informations pour ma mère, qui pensait les habitants plus susceptibles de se confier à un enfant. Il avait eu droit à des blagues salaces, on lui avait proposé de la bière, on lui avait demandé combien d'hommes notre père avait tués au Viet-nam. Rien ne marchait. Refusant de se laisser apaiser, le cerveau de Link s'était tourné vers la vengeance.

La petite embarcation verte sur laquelle nous naviguions était le premier bateau que notre père nous avait construit. Nous avions six ou sept ans à l'époque. À présent, Link le dissimulait dans les herbes près de Shrike Cove. Pendant une semaine, le soir, nous nous faufilâmes hors de la maison pour aller sur l'eau. À mesure que défilaient les jours, la lune se faisait plus ardente. L'air était chaud, envahi par les moustiques, même la nuit. Parfois, sur la côte, nous apercevions des choses dont nous savions qu'elles ne pouvaient être réelles : des fenêtres éclairées entre les cimes, des colonnes de fumée sans cheminée alentour ; des chevaux fantomatiques aux côtes saillantes sur les rives ; des hommes et des femmes nus, en larmes sous le clair de lune. Nous étions les témoins d'histoires anciennes survenues dans la baie. Sur la falaise, les pommes fantômes nous jugeaient en silence. Nous savions que nous finirions par nous faire prendre, mais nous n'en avions que faire. La peur affûtait nos sens. Nos sens nous donnaient le sentiment d'être invincibles.

Nous cheminions entre les petites îles qui constellaient la baie. L'accélérateur vibrait contre nos paumes. Les vagues nous secouaient dans le poing noir de la mer. Le pollen teintait la lumière d'une riche couleur ocre. Parfois, elle devenait rouge vif, coup de pinceau sur la mer.

Nous étions implacables. Nous n'épargnions aucune bouée orange et bleue. Nous rejetions des douzaines de homards à la mer. Nous attrapions les orins détrempés et nous les tranchions net. Avec chaque craquement triomphal, nous sentions s'envoler une fraction de notre rage. Un autre casier s'en allait rouiller dans les abysses.

Nous beuglions. Nous hurlions. Sitôt que nous quittions la zone de pêche, nous tombions dans les bras l'un de l'autre en poussant des cris de joie. Sur la plage, nous luttions comme des catcheurs, tentant de reproduire les clés de cou et les ciseaux compliqués que nous avions vus dans des séries Z. Nous atterrissions sur le dos, hilares, le souffle court. Nous plongions dans les profondeurs et remontions à la surface, les poumons en feu, battant frénétiquement des jambes. Nous courions et nous dansions. Nous étions deux jeunes rois et, si nos actes n'avaient rien de royal, s'ils étaient loin d'être moraux, à l'instar de tous les jeunes rois, nous étions convaincus du bien-fondé de nos sombres manigances.

C'était inévitable, pourtant nous n'y avions pas pensé. À force de voir ses prises disparaître, son matériel détruit, Lyman finirait par nous tendre une embuscade. Mais d'abord, il devait nous trouver. Il avait des casiers partout dans la baie et l'embouchure de la rivière. Link sortit une carte marine et l'étala sur le plancher de sa chambre.

— Ici, mais pas là.

Il avait méticuleusement marqué l'emplacement de chaque bouée. Sur la carte, les points rouges apparaissaient entre les lignes de sonde, une constellation sanguinolente.

— La nuit dernière, on a coulé celle-là, dis-je.

Sérieux, concentré, Link croisa les bras et se redressa. Puis il fit le tour de la pièce, s'assurant que la porte était bien fermée. Contempla les bois par la fenêtre. Lorsqu'il se pencha sur la carte à nouveau, je fus frappé de constater à quel point il semblait adulte. Son visage était empreint d'une gravité nouvelle. Il n'était plus le garçon avec qui je m'accroupissais dans la boue pour tracer une ligne de démarcation entre les feuilles de différentes couleurs. Dans nos jeux, un côté représentait le bien, l'autre le mal. Les bâtons tenaient lieu de fortifications. Les cailloux et les graviers correspondaient aux campements militaires. Les morceaux de mousse représentaient les hôpitaux, des havres de paix, des lieux chargés d'espoir. Nous jouions tout l'après-midi, faisant brûler des petits tas d'aiguilles autour du champ de bataille tandis que j'évoquais les feux de signalement que la dynastie Han allumait sur la Grande Muraille en cas d'attaque imminente.

— T'es muet, dit Link. J'ai besoin de ton aide, Almy. Tu es doué pour la stratégie.

Un signe d'appréciation infinitésimal de la part d'une personne que j'aimais de tout mon cœur : il n'en fallut pas plus pour me ramener à notre sinistre tâche.

— Ce soir, on ne bouge pas. On se repose, on fait le point. Demain, si le temps s'y prête, on va là-bas.

Sur la carte, je désignai Shadrach's Neck, une langue de terre qui s'avançait telle un long cou dans la mer. Ses côtes étaient dépourvues de criques, pourtant les eaux y étaient souvent calmes. À cinq cents mètres de la pointe se trouvait une petite île. Lyman avait posé cinq casiers dans le passage entre le cou et l'île.

— C'est exposé, dit Link.

— Justement. Le cou mène droit aux pièges. On pourrait prendre le chemin le plus long, mettre le bateau à l'eau et se cacher derrière l'île. De là-bas, on aura une vue sur le chenal et le littoral. Si la voie est libre, on s'élance, on coule les casiers, on retourne s'abriter derrière l'île et on rentre.

Link se fendit d'un large sourire. Il poussa un cri de joie et me donna une tape dans le dos.

— Mon frère. Mec. C'est ce que j'appelle un plan.

— Seulement si le temps le permet.

Son expression se fit sérieuse.

— Seulement si le temps le permet.

Tel était notre accord, notre credo. Nous respecterions les dieux qui patrouillaient dans la nuit, quels qu'ils soient. Nous n'étions pas près de défier la mer. Nous connaissions ses exigences, ses punitions, son goût pour les vies humaines, la rapidité avec laquelle elle pouvait emporter un corps, si celui-ci ne prenait garde.

Selon Homère, dans la confusion du temps, nous devons nous tenir dos à l'avenir, nos visages avides tournés vers le passé. Lors de ces nuits de délinquance, je me demandais parfois si nos parents étaient conscients de notre absence. Leur arrivait-il de sortir pour observer la mer ? Dressaient-ils l'oreille pour guetter le craquement des branches signalant notre retour sains et saufs ? S'ils avaient su, ils auraient exigé une explication, mais ils étaient happés par leurs propres mondes, leurs propres problèmes. J'imaginais ma mère sur le porche arrière, les yeux sur la rivière, alanguie dans la chaleur nocturne. Le simple fait de humer l'océan aurait suffi à la rapprocher de nous tandis que nous glissions sur l'eau, accélérant, décélérant, plantant nos rames comme des poignards dans les flots sombres. J'étais étonné que nos chiens, Sam et Daphne, deux lévriers irlandais qui arpentaient les bois de la rivière tels deux gigantesques sentinelles grises, n'aboient pas, se rendant ainsi complices de notre transgression.

Mon père avait sauvé Sam des années plus tôt. Daphne nous avait rejoints plus tard. Nous participions à un feu de joie près d'une mare non loin de la maison. Ce genre de rassemblement à la magie singulière n'était pas rare en hiver, les soirs de pleine lune. D'énormes brasiers étaient dressés sur les rives des lacs, produisant des flammes de plus de sept mètres. Il y avait des chanteurs, des guitares, des banjos et des mandolines. On éteignait les tronçonneuses, on tombait les manteaux en flanelle. Toute la nuit, les musiciens jouaient une joyeuse mélodie. On dansait, on tournoyait, on valsait et on s'enlaçait. Les adultes comme les enfants lançaient des boules de neige. Certains s'aventuraient sur la glace pour patiner ou faire des glissades. On versait du sirop d'érable dans des gobelets remplis de neige. La bière et le whiskey passaient de main en main.

Le chien semblait avoir surgi des bois. Effrayé par l'intensité du feu, il rôdait aux abords de la mare, là où la végétation était plus dense, la surface plus friable. L'épaisseur de la glace avait été mesurée: trente centimètres d'une rive à l'autre. Elle aurait dû tenir. Quelqu'un lança une boule de neige vers le ciel. Oubliant ses doutes, l'énorme chien voulut la rattraper. Il disparut dans un craquement sonore. Mon père lâcha ma mère, avec qui il était en train de danser, et s'approcha de la rive. Tout le monde lui hurlait de faire demi-tour. Il ne semblait pas éprouver la moindre peur. Il centra son poids et s'avança dans la nuit, persuadé que la fragilité de la glace ne pouvait l'atteindre. Un acte noble et courageux, mais aussi le genre de prouesse qu'il vaut mieux éviter d'accomplir seul, sans équipement de sécurité. Il s'agenouilla au bord du trou, retroussa sa manche (un geste si particulier qu'aujourd'hui encore, lorsqu'un homme retrousse ses manches, je revois mon père, la moustache parsemée de glace, son haleine formant des nuages au-dessus de son écharpe) et plongea une lampe torche dans l'eau frigide. Le chien courrait au moment de sa chute, peut-être son élan l'avait-il entraîné par-delà le point d'entrée. Mon père espérait que la lumière donnerait un repère à l'animal. Après quelques instants, le lévrier réapparut, les yeux écarquillés de terreur. Arnoux le hissa hors de l'eau.

Sur le chemin du retour, le chien nous suivit. Mon père lui cria dessus. Ma mère le somma de filer. Simon, Link et moi restions silencieux. Mon père finit par jeter une pierre en direction de l'animal, qui hésita et s'assit dans la neige. Mon père baissa la tête, honteux. Il nous dit de continuer sans lui. Le lendemain matin, je fus réveillé par le bruit de la hache s'abattant sur le bloc. Mon père fendait des bûches de frêne dans la lumière de l'aube. À l'extrémité du gravier, le lévrier l'observait. Il avait quitté ses anciens maîtres et nous resterait à jamais dévoué.

Un an plus tard, une vieille dame dans un pick-up remonta notre allée. Elle était sous oxygène, à peine capable de conduire. Un lévrier l'accompagnait, plus petit et plus foncé que Sam, ainsi que nous avions baptisé le chien sauvé de la glace.

— Elle s'appelle Daphne, dit la femme à notre mère. Je ne peux plus m'en occuper. J'aimerais que vous l'adoptiez. J'ai entendu parler de ce qu'a fait votre mari l'hiver dernier.

— C'était stupide.

— Oui. Mais j'ai tout de suite su où j'emmènerais ma chienne quand le temps serait venu.

La femme se tourna vers Daphne et regarda Sam trottiner vers elle pour l'accueillir.

La nuit était calme, plus froide que les précédentes. Partout, l'automne se faisait sentir. Comme d'habitude, nous embarquâmes à Shrive Cove. Ensuite, nous glissâmes sur la mer. Il fallait longer la côte sur environ trois kilomètres pour atteindre le cou. Le ciel était constellé d'étoiles. Nous gagnâmes l'île sans nous presser. Ne voyant rien venir, je hochai la tête. Link démarra le hors-bord.

Lorsque nous atteignîmes la première bouée, nous hissâmes un casier sur le plat-bord. Soudain, un faisceau de lumière explosa sur l'eau. Il balaya la deuxième bouée, à quinze mètres du bateau, traçant un sillon blanc dans les flots sombres avant de rebondir vers nous.

— Vire de bord ! parvins-je à crier de justesse.

Priant pour que le faisceau éclaire seulement le dos courbé de silhouettes non identifiables, je tournai la tête : hébété, Link était debout près du plat-bord, baigné d'une lumière jaune vif.

— Merde, sifflai-je. Link.

Mon frère se ressaisit. Il envoya valdinguer le casier et démarra le hors-bord. Le bateau fit une embardée, manquant me projeter dans l'eau. Link braqua la barre et décrivit une large courbe dans un rugissement de moteur. De l'eau glaciale éclaboussa les plats-bords. Je dérapai puis repris ma place à la proue, guidant Link du mieux que je pouvais. J'avais peur de regarder en arrière, j'étais persuadé d'entendre un autre moteur, un engin puissant qui engloutissait goulûment l'essence.

Nous fonçâmes en direction de l'île. Link serra la côte, contournant les récifs et les rochers. Il s'abritait dans les criques et ressortait sitôt que la lumière s'estompait. Au loin, un deuxième moteur continuait de vrombir. J'étais persuadé que nous allions nous échouer. Link était concentré, le regard froid et sombre. Je ne l'avais jamais vu ainsi. Il avait hérité de notre père sa capacité rare, dangereuse et potentiellement salvatrice à contrôler sa peur en toutes circonstances.

Le faisceau jaillissait tantôt sur notre gauche, tantôt sur notre droite. Des écueils surgissaient dans un rayon doré avant d'être ravalés par la pénombre. Au nord de l'île, tandis que la lumière continuait de ricocher au-devant du bateau, nous fîmes volte-face et rejoignîmes Shrive Cove.

Cette fois, il n'y eut ni joie ni cris. Notre liberté retrouvée avait le goût de la peur. Celle-ci faillit nous submerger lorsque nous parvînmes au littoral. Quand Link lâcha la barre, sa main tremblait tant qu'il dut l'immobiliser avec son autre main. Je me penchai par-dessus la proue pour vomir.

— Charmant. (Debout sur la rive, Wren Creel nous observait.) Passe-moi le bout. Vite, dit-elle sur un ton sec. Ramasse-le et lance-le.

Ces ordres nous arrachèrent à notre torpeur. Je lançai le bout à Wren, qui nous tira doucement à terre.

Elle désigna un endroit à cinq mètres de la rive, plaça mes mains sur la proue, celles de Link sur la poupe, et nous dit de soulever le bateau, glissant ses bras sous la coque. Ensuite, elle nous mena à la cachette qu'elle avait choisie. Elle avait coupé des branches de pin blanc et rassemblé un tas de brindilles qu'elle étala sur la coque, jusqu'à ce que les bois l'engloutissent.

— Imbéciles, lâcha-t-elle. Les garçons ne réagissent jamais assez vite. Ils ont trop peu à perdre.

— Merci, tu peux rentrer maintenant, grogna Link, vexé.

— Pas encore. On va aller dans la forêt et surveiller le bateau un moment. Si la voie est toujours libre, on l'emportera ailleurs.

Sur l'eau, la lumière avait disparu. On n'entendait rien hormis le bruit du ressac sur la plage.

— Pourquoi tu nous aides ? demandai-je.

— Tais-toi. Il vous a reconnus ?

— Non, répondis-je. (Link évita mon regard.) Je doute qu'il nous ait vraiment vus.

— Mais il nous attendait, dit Link.

— Bien sûr qu'il vous attendait. Tout à l'heure, je l'ai vu sortir. J'ai tout de suite deviné qu'il allait vous attraper, espèces d'idiots.

— Comment tu savais qu'on serait là ? demandais-je.

— Peu importe. Je ne dirai rien à personne.

— Tu veux quoi, alors ? demanda Link.

— Venir avec vous, la prochaine fois.

J'étais stupéfait.

— Il n'y aura pas de prochaine fois. C'est fini.

— Lyman est ton père, ajouta Link.

Wren secoua la tête.

— Sans rire.

— Alors tu comprends que nos actions te font aussi du tort, dis-je.

— Il y a un quart d'heure, je t'ai sauvé la peau. Ne t'avise pas de me traiter comme une idiote.

Le regard de Wren me coupa toute envie de discuter. Elle baissa la tête et prit une profonde inspiration.

— Je ne supporte pas ce qu'il a fait à cette fille sur la rivière.

— Il sait où on cache le bateau ?

Wren secoua la tête.

— Alors on va le laisser là. (Galvanisé par le désir de vengeance de Wren, Link avait retrouvé son expression déterminée.) On va faire une dernière sortie. Dans une semaine. Dès que les choses se seront tassées.

9

TROIS JOURS après cette fameuse nuit, Lyman Creel nous rendit visite, une carabine Winchester serrée contre la poitrine. Certains événements de votre jeunesse vous marquent à jamais. Des détails dont vous ne devriez pas vous souvenir vous reviennent avec une netteté dérangeante. Parfois ils vous hantent. Parfois ils vous réconfortent. Parfois, c'est les deux à la fois.

Pour trouver notre maison, il fallait quitter la route et tourner à gauche sur une vague piste en gravier envahie par les fougères plume d'autruche, les verges d'or, les asters et le sumac vinaigrier. Si vous rouliez à bonne allure devant l'embranchement, il se pouvait que, sans savoir pourquoi, vous jetiez un coup d'œil à gauche et aperceviez un rayon de soleil diaphane dans les bois. La piste était irrésistible. Elle sinuait entre les arbres sur un kilomètre et demi avant d'atteindre la rivière. Parce qu'elle était irrésistible, mon père avait installé un portail à mi-chemin sur lequel un panneau indiquait : PROPRIÉTÉ PRIVÉE. ÉLEVAGE DE MOCASSINS D'EAU. Le portail n'était jamais verrouillé, mais peu de personnes s'aventuraient jusqu'à nous. Lorsqu'un inconnu curieux s'y risquait, mon père lui faisait visiter les lieux avec une affabilité débordante, lui offrant une bière avant de l'inviter à partir. Les autres – Reggie, Moses, les amies de ma mère – allaient et venaient à leur guise. À mes yeux, mes parents étaient de drôles d'ermites.

De grands chênes et des tsugas se courbaient sur notre passage. La canopée était si dense que nous n'apercevions pas le soleil lorsque nous allions en ville. Près de la rivière, la piste se rétrécissait en un chemin menant à l'allée que mes parents avaient défrichée.

Lyman vint un samedi. Link et moi étions à l'étage, Simon et mon père étaient au rez-de-chaussée. Notre mère lisait sur le porche arrière. À moins d'être en bateau, il était impossible d'approcher de la maison sans être vu. Sam et Daphne se mirent à aboyer frénétiquement. Simon se leva et fit un signe de tête à mon père. À croire qu'ils savaient déjà ce qui se tramait. Lyman remontait l'allée. Sur le coup, je fus surpris par la nonchalance de son attitude. Il sifflotait, tournant la tête de-ci de-là pour suivre le vol des oiseaux. Il tenait sa carabine aussi amoureusement et innocemment que s'il était venu nous offrir une miche de pain. Plus tard, je compris qu'il était un acteur né, un maître de l'artifice capable de simuler la camaraderie ou l'agressivité avec une aisance égale.

Notre père regarda Lyman avancer jusqu'à ce qu'il ne soit plus qu'à quelques mètres du perron. Sans se presser, il termina sa tasse de café, la rinça et la mit à sécher sur un torchon. Puis il passa le gros pull noir qu'il aimait porter le matin dans l'atelier, avant de nous déposer à l'école et de se rendre au chantier. Il enfila ses chaussures et les laça avec soin. Enfin, il ouvrit la porte.

— Arnoux.

— Lyman.

Lyman était debout dans le soleil, sa carabine à la main. Face à lui, mon père était sans défense. La cordialité de leur échange avait quelque chose d'absurde. J'observai la scène, tétanisé. J'étais fasciné par la manière dont Lyman tenait son arme : sous le bras, comme s'il s'apprêtait à viser, au lieu de laisser reposer le canon contre son épaule ou sa jambe.

— Ce sont tes garçons qui devraient sortir. Ils ont coulé mes casiers.

L'infinitésimale perte de contenance que je crus déceler chez mon père n'était pas due à la peur, mais à la honte foudroyante qu'il ressentit alors.

— C'est fini, maintenant. Laisse tomber et rentre chez toi.

— Tu étais au courant ?

— Non.

— Dans ce cas, appelle tes gosses.

— Hors de question, répondit mon père sur un ton posé.

Je pensai à la façon dont, dans la forêt, il fallait s'accroupir en se retenant de respirer pour éviter d'effrayer les cerfs. Rester calme, se faire tout petit. Plus on est discret, mieux on réfléchit, répétait souvent notre père.

— Je travaillerai pour toi un an en te facturant uniquement le coût des matériaux. Histoire de compenser tes pertes.

— Tu feras quoi, exactement ?

— De la construction, de l'entretien, de l'hivérisation, de la réparation. Tout ce que tu jugeras nécessaire pour effacer la dette. Toutes les dettes.

Lyman cala sa carabine sur son épaule, puis il se ravisa et l'abaissa à nouveau. Mon père fit un pas vers lui.

— Tu ne peux pas nier que c'est un marché honnête.

Lyman contempla les arbres au loin. Il semblait préoccupé, comme s'il lisait dans les bois quelque chose qu'il était seul à voir. J'étais surpris qu'il ne lève pas les yeux sur les fenêtres.

— C'est un marché intéressant.

— Maintenant, tu fais demi-tour. Et tu ne remets plus jamais les pieds ici.

La paix qu'ils semblaient avoir trouvée se fissura à nouveau. Ainsi en allait-il entre Lyman et notre père.

— Tu serais assez fou pour menacer un homme armé ?

— La seule menace ici, c'est toi. Moi, j'essaye juste de profiter de mon samedi à la maison, avec ma femme et mes enfants.

Il m'arrive encore de rêver du jour où Lyman est venu. Je me revois à quatorze ans, par une matinée de septembre fraîche et piquante. Depuis ma chambre, j'ai vue sur tout ce qui m'était le plus cher à l'époque, les bois, la rivière, la silhouette pâle des montagnes. Mes oreillers sont à la même hauteur que la fenêtre ; au réveil, il me suffit de rouler sur le côté pour glisser hors du sommeil et contempler ces autres mondes. La maison aussi est remplie d'êtres chers, mais que j'ai tendance à prendre pour acquis : mes parents et mes frères, Sam et Daphne. Un bruit retentit au-dehors, un crissement. Je vais à la fenêtre qui donne sur l'allée. Le visage pressé contre le carreau, j'aperçois un homme.

Dans mes rêves comme dans la vie, mon père n'éprouve aucune peur. Dans tout conflit se joue un rapport de force tacite. Occupé à pulvériser une carotte de tabac avec sa mâchoire dure et carrée, Lyman en était conscient. S'il avait insisté pour nous parler au lieu de tourner les talons, mon père l'aurait peut-être tué. À nos yeux, il était un charmant fripon, avec ses histoires à dormir debout, ses récits de métamorphoses, ses décisions financières sans queue ni tête et ses mots d'amour griffonnés sur des bouts de bois. Mais il était aussi un homme dur, un soldat qui avait consenti à une vie de violence pour survivre. Il avait beau avoir quitté cette vie avant qu'elle ne le consume, elle subsistait quelque part en lui. Certains jours, il était distrait. Irritable. Le plus petit bruit le noyait de panique ou le poussait aussitôt à l'action. La moindre menace, réelle ou imaginaire, était susceptible d'embraser ses pires craintes.

Pendant que mon père était dans le jardin, Simon se rendit dans ma chambre. Autant mon père était d'un calme inquiétant, autant Simon tremblait de peur.

— Ne bouge pas, bredouilla-t-il.

Une porte claqua à l'extrémité du couloir. Simon se détourna, s'immobilisant devant l'escalier. Link se dirigeait droit sur lui.

— Pousse-toi, Sy.

— Retourne dans ta chambre.

— Arrête tes conneries, t'es pas papa.

Voyant que Simon ne bougeait pas, Link lui emboutit la poitrine. Link était petit et trapu. Simon était grand et mince, mais il avait quatre ans de plus que nous. Il résista à l'impact, déséquilibrant Link. Leurs corps roulèrent l'un sur l'autre dans le couloir étroit. Je craignais qu'ils tombent dans les marches.

Simon chevaucha Link et le plaqua contre le plancher. Je ne l'avais jamais vu se comporter ainsi, lui qui d'ordinaire était si doux, un peu distant, même.

Link parvint à dégager un bras et poussa le menton de Simon, qui lui asséna deux coups de poing rapides et puissants de chaque côté de la mâchoire. Link essaya de se libérer en plongeant vers l'escalier. Simon le frappa une troisième fois. Le nez de Link émit un craquement qui résonna dans toute la maison. Le sang afflua tel une vague, resta suspendu un instant sur sa lèvre, puis coula de part et d'autre de sa bouche.

Simon avait le souffle court.

— Arrête, implora-t-il. Je taperai plus fort si tu m'y obliges.

Les dents blanches de Link étincelèrent entre ses gencives enflées. Autour de nous, l'air se fit aigre, métallique.

— Pourquoi ? demanda-t-il avec un sourire, comme s'il se délectait de son visage ravagé.

— Putain de merde, Link. (Simon retira son T-shirt, le roula en boule et se pencha pour éponger le sang.) Parce que je t'aime.

De manière quelque peu théâtrale, Link s'assit au milieu du couloir. Il croisa les jambes et plaqua les mains sous ses fesses tandis que le sang dégoulinait sur son menton et sa chemise.

— Je sais, Sy. Moi aussi, je t'aime.

Notre père tremblait lorsqu'il entra dans la maison. Simon était en train d'appliquer de la glace sur le nez cassé de Link.

— Je vois que j'ai élevé de sacrés voleurs.

Dans sa colère, je perçus la peur d'une perte potentielle. Il avait survécu à la guerre et bâti un minuscule sanctuaire dans les bois, en partie pour nous protéger. Voilà comment nous le remerciions.

Sans ajouter un mot, il disparut dans les profondeurs de la maison, nous laissant plus honteux que s'il nous avait réprimandés. J'étais blessé par son geste, et désemparé aussi. Bien sûr qu'il nous avait mieux élevés que ça, quel que soit le sens de cette expression. La façon dont Lyman avait traité notre mère n'excusait rien.

Il existe des péchés pour lesquels même les enfants ne sont pas pardonnés. Leur nature varie selon l'endroit où ils sont commis. Ils sont souvent liés à l'honneur, à la loyauté, aux moyens de subsistance. À Seal Point, braconner des prises et couler des casiers constituait une offense impardonnable. Peu importait que Lyman ait fauté lui aussi. Nous avions volé le gagne-pain d'un autre et rendu sa vie plus difficile, un acte qui, mon père en était conscient, ne serait pas oublié de sitôt.

L'école reprit. Quelques jours après la rentrée, par une matinée pluvieuse, j'étais en cours de lettres quand Cal Hayes fit irruption dans la classe et me somma de sortir. La pluie fouettait les fenêtres. Les couloirs étaient froids et humides. Cal retira son manteau et l'essora au-dessus d'une fontaine à eau.

— Dégueu.

— Je ne t'ai pas demandé ton avis.

— Donc on en est là.

— Je suppose.

Cal soupira avant de renfiler son manteau.

Il avait soigneusement minuté l'heure de son intervention, sachant que la sonnerie retentirait quelques instants après que nous aurions quitté la classe. Autour de nous, les élèves affluèrent dans les couloirs. Je soutenais le regard de ceux qui nous dévisageaient, sans toutefois oser lever les yeux sur Cal, dont l'amitié avec mes parents datait d'avant ma naissance.

Dans l'aile est du bâtiment, il m'attira près des casiers.

— Attends-moi là. Ne t'enfuis pas comme dans les films. Inutile de faire une scène. Ne sois pas stupide. Comporte-toi comme tes parents te l'ont appris et patiente en silence.

Il pénétra dans une salle et en ressortit avec Link. Ensuite, Cal nous fit avancer devant lui et nous ordonna de monter à l'arrière de sa voiture de patrouille.

Nous restâmes une demi-heure dans son bureau, à faire une déclaration non officielle sur notre crime. Personne n'avait porté plainte, mais Cal nous expliqua qu'il avait besoin de savoir ce qui s'était passé. Il y avait trop de tension, quelqu'un risquait de finir blessé. Nous racontâmes tout en détail, hormis l'intervention de Wren. Pendant que Cal consignait nos propos pour ses archives, un adjoint passa la tête dans l'embrasure. Plus tôt dans la matinée, il avait reçu un appel à propos d'un potager dans les bois, près de Loomis Hill. Cal leva les yeux.

— Et ?

L'adjoint haussa les épaules, l'air contrit.

— L'incident a peut-être un rapport avec l'incendie ?

Cal soupira et nous regarda tour à tour.

— Tout semble avoir un rapport avec l'incendie en ce moment. Je vais y jeter un œil.

À nouveau, nous montâmes dans la voiture de patrouille. Cal s'engagea sur Douglas Road et traversa la forêt en direction de Loomis Hill. Il semblait apprécier notre compagnie. Une fois sur place, nous vîmes un grand manoir jaune et décrépit que le terrain environnant engloutissait peu à peu. A priori, le potager se trouvait dans les bois jouxtant la propriété. Un siècle plus tôt, un capitaine du nom de Park Loomis avait fait construire la maison au sommet d'une colline offrant une vue splendide sur la mer dans laquelle il finirait par s'abîmer. Cinquante années de mauvaises herbes avaient eu raison de la vue. Dans cinquante années de plus, les bois auraient happé la demeure. Jusqu'en 1970, des gens venaient encore y fricoter, prendre des photos et fumer de l'herbe. Puis l'accès était devenu trop difficile et la bâtisse était tombée dans l'oubli.

La pluie fouettait le pare-brise et martelait le toit de la voiture. Je scrutai l'allée : un long ruban d'asphalte envahi par les ronces et la boue. Nous distinguions à peine la maison à travers la brume et les gouttes. Cal coupa le moteur.

— Vous avez compris le message, j'imagine. Celui que j'ai voulu vous faire passer en venant vous chercher devant vos camarades ?

Une nuée d'étourneaux vola d'un érable à l'autre, une vague parfaitement formée qui déferla sous la pluie. Link haussa les épaules. Je répondis par l'affirmative.

— Éclaire-moi, tu veux bien ?

— Arrêtez de vous comporter comme des crétins.

— Bravo.

Cal regarda les étourneaux disparaître dans les ombres.

— Les oiseaux nichent sûrement dans cet arbre-là.

Il enclencha la marche arrière.

— Vous ne sortez pas de la voiture ? Pour trouver le potager ?

— Non. Je risque de m'embourber ou d'abîmer la carrosserie, on est à deux doigts de la grêle et votre bêtise m'a épuisé. Personne ne vient plus ici. On a sauté le déjeuner. Vous avez faim ?

Je n'étais pas sûr de pouvoir manger, pourtant Cal se dirigea vers le port. Il se gara derrière le Fish House et s'engouffra dans l'entrée latérale. Un quart d'heure plus tard, il réapparut avec deux grands sacs en papier à la main.

— Je n'ai jamais été doué pour jouer les méchants.

Dans la voiture, nous dévorâmes des cheeseburgers dégoulinants de gras accompagnés de frites brûlantes et salées. Il pleuvait sur la mer embrumée. La voix de Stevie Ray Run s'échappait de l'autoradio réglé sur une station de blues basée à Bangor.

— Cette histoire finira par se tasser. N'empêche, vous avez vraiment déconné.

Cet après-midi-là, lorsque nous rentrâmes sous la pluie faiblissante, un brasier rugissait dans le jardin. Au centre des flammes orangées, nous aperçûmes les restes de notre bateau. J'étais déconfit. Link serra les poings si fort que ses ongles creusèrent des demi-lunes sanguinolentes dans ses paumes. À l'extrémité du jardin, Cricket, baignée par la lueur du feu, baissa la tête sur son poitrail.

Notre père aussi était debout dans le halo. L'espace d'un instant, il nous parut fait de flammes.

— Mes bateaux sont destinés à de nombreux usages. Ils ne sont pas faits pour voler des casiers. Regardez-le brûler jusqu'à ce qu'il n'y ait plus rien. La pluie éteindra les cendres.

Il tourna les talons et pénétra dans la maison. Link et moi restâmes immobiles, les yeux rivés sur le feu. Nous n'échangeâmes pas un mot. Une heure plus tard, quand notre père ressortit dans le crépuscule pour vider un seau de vingt litres sur le feu, nous n'avions pas bougé.

— J'ai préparé le dîner. (Dans sa voix mal assurée, je crus déceler une pointe de regret.) Allez rincer la fumée sur votre peau.

Je m'approchai du paddock pour caresser Cricket à travers les barreaux en cèdre. Je demeurai près d'elle un long moment, incapable de regarder les cendres. Puis je frottai la suie sur mes joues et suivis mon père pour me laver, manger, commencer à expier.

10

UNE ENFANCE, c'est un peu comme une forêt. Quand vous venez au monde, les arbres, les rochers, les ruisseaux, les clairières et les recoins sombres vous attendent déjà. Je savais que la tension entre mon père et Lyman – la violence latente, la crainte de ce qui arriverait ensuite, la volatilité de ces deux hommes paranoïaques qui croyaient leur famille en danger, l'aspect désespéré de la situation – avait à voir avec la guerre. Des décennies s'étaient écoulées depuis qu'elle avait pris fin, pourtant ils la portaient encore en eux.

Par ailleurs, je commençais tout juste à mesurer combien l'existence de mon père avait été rude avant notre naissance. Je n'avais pas connu ses parents. Je n'avais jamais visité la ferme de son enfance dans l'est du Maine, où l'aube touche la terre en premier. Là-bas, le regard tourné vers Quoddy Narrows, il assouvissait son besoin de maintenir les choses en vie sur les chèvres, les chevaux et les bâtards et s'efforçait de réparer les tracteurs et les avions pulvérisateurs. Il vivait avec son oncle Harlan. À la mort de ce dernier, mon père a vendu la ferme et s'est installé à Seal Point, dans la baie de Penobscot. Il devait se sentir terriblement seul, avant. Une vie de fils unique à des kilomètres de la ville la plus proche, à l'extrémité de la pointe la plus à l'est des États-Unis, où l'eau et le vent étaient si oppressants que l'on avait envie de hurler. Ses parents étaient encore plus ou moins des enfants quand il est né. Durant son temps libre, son père était paraît-il un constructeur de canoë habile. En réalité, il passait la majeure partie de son temps à étaler du goudron sur les routes rurales. L'histoire est cruelle, vieille comme le monde : deux gamins tombent éperdument amoureux. Deux mondes que tout oppose. Un enfant qui n'a sa place nulle part. La famille de la fille ne connaît ni le pardon, ni la tolérance. Le garçon n'a d'autre choix que de disparaître. Une nuit, la fille roule le long des falaises dans la voiture de son père et rate un virage. Sur le visage de l'orphelin, les grands-parents retrouvent les longs cils de leur fille, ses yeux noisette pailletés d'or. Ils ignorent les traits sombres et ciselés que l'enfant a hérités de son père. Il n'est pas beau, il est magnifique, une vraie poupée, le genre d'enfant qui d'ordinaire suscite une adoration sans limite, des caresses constantes. Rongés par la culpabilité, les grands-parents sont incapables de le prendre dans leurs bras. Ils ne peuvent ni le consoler ni lui donner un jouet ni projeter une ombre chinoise sur le mur pour l'amuser, de crainte de s'effondrer. Ils ne font rien. L'enfant est confié à un oncle qui, s'il est bourru, prodigue plus d'amour que de haine.

Mon père a choisi de croire que son histoire commençait avec nous : la rivière, la baie, notre mère, notre monde. Il aurait fait n'importe quoi pour nous protéger. Le peu que je savais de son passé, Reggie me l'avait appris au fil des ans, aussi me tournai-je vers lui en cette période sombre, à la recherche de réponses peut-être, de réconfort surtout.

Après que Cal Hayes fut venu nous chercher à l'école, après que notre père eut réduit notre bateau en cendres, je me dirigeai vers l'hôtel, certain d'y trouver mon oncle. C'était un jeudi après-midi, la veille d'un week-end de quatre jours. J'étais soulagé à la perspective de ne rien faire et d'éviter tout le monde. Les ventilateurs au plafond tournoyaient dans l'air lourd. Les portes et les fenêtres étaient grandes ouvertes pour pallier l'humidité. Octobre, la fin de la saison du tourisme. L'hôtel était vide, autre détail que j'appréciais.

L'hôtel de trois étages était accolé à un bar construit avec les mêmes briques délavées. Un vieux panneau en bois surplombait chaque bâtiment, THE S.L. ROBBINS TAVERN d'un côté, E.H. COOMBS HOTEL de l'autre. Au tournant du siècle, quand Seal Point était un port à bois ainsi qu'un centre de construction navale florissant, le bar appartenait à un dénommé Sutton Robbins et servait aussi de magasin de prêt-à-porter pour femmes. Emmitt Coombs dirigeait l'hôtel voisin. Conscients que les ivrognes étaient aussi des pensionnaires, les deux hommes avaient abattu un mur et installé une porte entre les deux enseignes. Leur partenariat avait prospéré pendant plusieurs années avant de prendre fin brutalement en 1907, quand Coombs avait surpris sa femme avec Robbins derrière le rideau d'une cabine d'essayage. Plus tard dans la journée, Coombs avait déboulé dans le bar armé d'un Colt Single Action et tiré une balle dans la gorge de Robbins. Reggie ne s'était jamais donné la peine de remplacer les panneaux. Persuadés que les lieux étaient hantés, mon oncle et moi avions mis au point un rituel afin de nous prémunir contre les fantômes. Lorsque je pénétrais dans le bar, je choisissais une table autour de laquelle je demandais à Reggie de tracer un cercle avec du sel. Il devait ensuite franchir le cercle, prouvant ainsi qu'il était bien mon oncle, non pas un esprit malveillant. Alors je me détendais, je commandais un soda au raisin et je restais attablé jusqu'à ce que Reggie me ramène ou que mes parents viennent me chercher. Peut-être le rituel était-il un peu exagéré, voire ridicule ou immature, toutefois c'était le nôtre.

Ce jour-là, lorsque mon oncle s'approcha avec une salière, je l'arrêtai d'un geste.

— Pas aujourd'hui, Reggie.

Il haussa les épaules et s'assit à côté de moi.

— Tu te rappelles quand je voulais devenir avocat ? J'ai passé un été en Louisiane, je militais pour les droits civiques et je vivais dans un hôtel miteux sans clim qui puait le chat et le cendrier.

— Je n'étais pas né, Reggie.

— Ça ne veut pas dire que tu ne peux pas t'en souvenir. (Sur le coup, je ne compris pas ce qu'il entendait par là.) Bref, je faisais des rêves bizarres. J'étais dans le Sud. C'était la première fois que je m'aventurais aussi loin de chez moi et de mon histoire. Les rêves étaient trop intenses. J'imagine que je les ai noyés dans l'alcool, parce qu'ils ont cessé pendant un bon bout de temps. Ils sont revenus quand j'ai arrêté de boire et que j'ai acheté ce gouffre à fric. (Il gesticula en direction de l'hôtel et du comptoir.) Les rêves n'étaient pas en anglais. Ils semblaient venir d'une autre vie que la mienne. C'est ce qui me faisait le plus peur.

Je fouillai mes propres rêves et n'y trouvai aucune trace de langage. Il y avait des lieux, des personnes, des animaux. Je les sentais communiquer, parfois, je les voyais remuer la bouche, mais j'étais incapable de me rappeler le moindre son, la moindre parole. Au réveil, dit Reggie, les rêves étaient trop flous pour qu'il puisse en identifier le langage. Il supposait avoir affaire à une langue algonquienne de la branche orientale.

— Mais il faut faire gaffe. Je suis juste un Blanc. Et un Blanc qui ouvre sa gueule peut vite devenir un connard.

Un de ses ancêtres avait eu deux enfants avec une femme malécite sur la rivière Allagash, près de Telos Cut. Il pensait que les enfants avaient survécu aux guerres indiennes avant d'être recueillis par des cousins appartenant à la génération suivante.

— Les rêves venaient peut-être d'eux. Quand j'ai arrêté de leur résister, tout s'est amélioré.

— Comment pouvaient-ils être à l'origine de tes rêves ?

— Je crois que nos ancêtres nous transmettent des talents dont nous devons prendre soin. Un trait ou une tradition, par exemple. Parfois c'est évident. Arnoux construit de merveilleux bateaux. Tu as hérité de ses mains. Peu importe ce que tu en feras. Lever du pain, poser des briques, devenir médecin et sauver des vies. L'idée, c'est d'offrir son talent aux générations futures. Ces enfants avaient peut-être besoin de transmettre quelque chose à quelqu'un.

Je contemplai mes petites mains plissées qui, c'était vrai, étaient rapides et agiles pour un adolescent de mon âge. Elles savaient fabriquer un piège à oiseaux, claquer trois doigts, jouer du piano et lancer une balle avec une précision sidérante. Je ne les avais jamais imaginées sauver des vies. L'idée me plaisait, mais elle me terrifiait, aussi.

Je me levai et saisis la salière derrière le comptoir pour tracer une ligne épaisse autour de la table. Puis je franchis la ligne et m'attablai devant mon soda. Reggie arqua un sourcil.

— Vraiment ? J'étais content de ne pas avoir à passer le balai, pour une fois.

— C'est une tradition. Impossible de me sentir à l'aise tant que je ne l'avais pas honorée.

— Drôle de truc, pas vrai ? Rentre te reposer, Almy. Serre tes frères dans tes bras. Embrasse ta mère. Dis à ton père qu'il est un trou du cul d'avoir brûlé ton bateau. Demain, on se lève tôt.

— Quoi ?

— J'ai besoin de toi ce week-end. Et comme tu te planques à l'intérieur d'un cercle de sel et que tu fais tout ton possible pour faire durer ce putain de soda, j'ai l'impression que toi aussi, tu as besoin de moi.

Ce soir-là, je m'endormis en pensant à ce qu'avait dit Reggie sur la famille, le talent, les dons que l'on devait préserver afin de les offrir aux autres. Je me réveillai aux aurores. La maison était silencieuse. Dans le jardin, Reggie regardait le soleil se lever dans les bois, assis sur le capot de son pick-up.

— Tu aurais pu entrer.

Il secoua la tête et se laissa glisser au sol.

— Va faire des bagages. Ne prends pas trop d'affaires.

J'avais la sensation d'avoir la tête trop pleine. Une douleur aiguë pulsait derrière mes yeux. Je voyais la lumière verte du jour s'intensifier dans les bois, j'entendais pépier les oiseaux, je sentais dans la brise une odeur de sciure et de gravier.

Une bâche bleue était tendue sur le pick-up. Je m'attendais à une expédition dans les bois, quelques jours de camping et de pêche, loin du chaos que Link et moi avions semé. Lorsque Reggie repoussa la bâche, une vérité tout autre s'imposa à moi : des bardeaux en cèdre et des parpaings de vingt-cinq kilos étaient empilés sur le plateau.

— Sacré poids. (J'effectuai un rapide calcul, une méthode que m'avait enseignée mon père.) Tu risques d'abîmer ton pick-up.

Reggie haussa les épaules, ajusta quelques bardeaux et rabattit la bâche.

— Peut-être. Va te préparer avant qu'il nous lâche, alors.

Reggie et ma mère possédaient une cabane sommaire sur la rive de East Grand Lake, dans le Nouveau-Brunswick, près de la frontière. Perchée sur une saillie boisée, la cabane était entourée de neuf hectares de forêt. Soixante-dix-sept marches en pierre la séparaient de la rive. De l'autre côté, une piste en gravier longue d'un kilomètre rejoignait une route de campagne. La cabane était posée sur des pilotis qui commençaient à pourrir. Reggie voulait la soulever, niveler le sol et poser des fondations en parpaing. Ensuite, il comptait rabaisser la cabane avec un palan à levier. L'étape finale consisterait à revêtir la façade nord de bardeaux, une tâche aisée par comparaison. Je me retins de citer l'évidence : avec l'aide de mes frères, ou même de mes parents, le plan serait infiniment plus réaliste, quoique moins romantique.

Nous roulâmes pendant quatre heures dans les forêts du Maine, en direction du nord puis de l'est. East Grand Lake faisait trente-cinq kilomètres de long, avec une largeur maximale de six kilomètres. De nombreux visiteurs étaient attirés par son abondance de saumons et sa grande variété de truites. Moi, j'étais fasciné par sa beauté, son aura mythique. La frontière traversait le centre du lac, aussi pouvait-on s'élancer depuis la côte américaine et chevaucher la ligne de démarcation une heure plus tard, tandis que résonnaient les appels fantomatiques des huards entre les pins. Mes frères et moi passions des après-midi entiers à maintenir notre canot à l'endroit où se rencontraient le Canada et les États-Unis. À une quarantaine de mètres au-dessous de nous, le fond grouillant nous observait. Nous avions étudié des cartes. Mené notre enquête. Interrogé des experts locaux sur la géographie du bassin. À mes yeux, le lac échappait au monde connu. On y était à la fois partout et nulle part.

Enfin, Reggie et moi nous engageâmes sur une allée pare-feu menant à une clairière près de la rive américaine du lac. Les verges d'or et les asters éclaboussaient le paysage de jaune et de pourpre. Un grand canot attendait sur la plage. La coque d'un blanc éclatant était montée à clins. Je reconnus aussitôt une création de mon père. À la poupe et à la proue, le splendide axe central s'élevait vers le ciel avant de s'aplanir au centre de l'embarcation. Une version plus petite mais tout aussi majestueuse des vieux drakkars vikings que j'admirais dans les livres d'histoire.

Sur la rive opposée se dressait une épaisse falaise en granit. La cabane reposait au sommet, nichée parmi les arbres.

— On est du mauvais côté.

Je regardai autour de moi, conscient soudain que le but était d'accomplir un travail éreintant, peu importait l'efficacité de la méthode.

— Attends un peu. Tu veux qu'on traverse le lac avec plusieurs kilos de bois et de parpaings, et qu'ensuite, on les hisse jusqu'à la cabane ?

— Plus ou moins.

— Une route permet d'accéder au terrain.

— Inondée il y a deux ans. Personne ne s'est donné la peine de la réparer. De toute manière, je déteste changer de pays en voiture. Ce genre de voyage se fait sur l'eau. C'est la tradition.

— C'est marteau, oui.

— Je ne te demande pas de devenir un trappeur français et d'avancer à cinquante coups de rame par minute avec cent vingt kilos de fourrures sur le dos. N'en fais pas toute une histoire.

— J'aimerais autant ne pas mourir noyé en accomplissant une corvée stupide avec mon oncle avant même d'avoir obtenu mon permis de conduire.

— Écoute. T'es un rêveur. (Ce n'était un secret pour personne : j'étais un gamin amorphe, perdu dans ses pensées, coupable de trouver la fiction plus réelle que la réalité et trop souvent occupé à étudier les autres ou à imaginer d'extravagantes histoires d'échecs et de triomphes.) Ruminer sans rien faire ne te mènera nulle part. T'as besoin d'exercice. Tu dois épuiser ton corps pour maîtriser ton mental. Tu sais combien de gens ont osé entreprendre ce genre de mission avec un canot ? Tu seras une légende.

— À condition de survivre.

Si je remettais rarement en question les décisions de Reggie, à ce moment précis, j'aurais préféré rester chez moi. Je voulais savoir s'il y avait du nouveau concernant l'incendie. Je voulais savoir à quoi étaient occupés ma mère, Link, mon père et Lyman. Surtout, je voulais revoir Wren, à qui j'avais à peine parlé depuis qu'elle nous avait sauvés, cette fameuse nuit sur l'eau.

— J'ai l'impression de fuir.

Reggie m'agrippa l'épaule.

— S'absenter quelques jours ne revient pas à fuir, Almy. On a le droit de respirer un peu, des fois.

À court d'arguments, je descendis du pick-up pour me mettre au travail. Le canot de quatre mètres pouvait contenir une charge de trois cent soixante kilos. D'après nos calculs, trois traversées seraient nécessaires pour tout acheminer. Nous décidâmes de commencer par les parpaings, réservant le répit que représenteraient les bardeaux pour la fin de cette folle aventure. À midi, le premier chargement était prêt. Nous mîmes le canot à l'eau. Le temps était dégagé, l'air calme et tiède. Une fois mes premières craintes dissipées, mon corps s'absorba dans le rythme agréable de la rame. Non contents de survivre au voyage, peut-être y prendrions-nous aussi plaisir. À mi-chemin, l'attitude de Reggie changea. Il arrêta de ramer, saisit une paire de jumelles et scruta les arbres un long moment.

— Quoi ?

Il rangea les jumelles et reprit les rames, plongeant les pales sous la surface.

— Rien. Continue.

Plus loin, je l'aperçus aussi : un mouvement derrière les fenêtres.

— Il y a quelqu'un.

— Ça arrive. Des randonneurs de passage.

— Pourquoi t'as l'air si nerveux ?

— J'ai toujours l'air nerveux. Parlons moins, ramons plus. On est repérés, autant avancer.

Lorsque nous pénétrâmes dans la cabane, un homme nous attendait dans la minuscule cuisine. Comme si de rien n'était, Reggie passa devant lui, ouvrit la glacière et saisit un bidon d'eau calé entre des bouteilles de bière. Personne ne parlait. Le silence rendait plus palpable la sensation de menace imminente. Mon cœur battait à tout rompre. L'homme avait laissé peu d'indices de sa présence, néanmoins certaines traces subsistaient – deux, trois habits devant le poêle, un sac de couchage enroulé dans un coin, quelques assiettes propres empilées près de l'évier. J'eus l'impression que nous étions les intrus. À croire que nous avions débarqué dans son monde sans crier gare.

Reggie se décala vers la gauche, de sorte à se placer entre l'inconnu et moi.

— Vous vous êtes occupé de la glace, au moins.

Un sac marin kaki était posé près de la porte. Reggie le montra du doigt tout en buvant au goulot.

— Forces spéciales ?

— Il y a longtemps.

Solidement bâti, l'homme avait la peau noire, les yeux bleu foncé. Il balaya tranquillement la pièce du regard et nous observa, consignant chaque détail.

— Je ne suis pas armé.

— Hormis la bière. Paraît que l'armée produit des sacs de qualité.

L'homme n'esquissa pas un sourire. Il ne bougea pas d'un cil. Son impassibilité était glaçante.

— T'aimes bien te donner en spectacle, je me trompe ?

— Une mauvaise habitude. (Reggie s'empourpra légèrement de se voir ainsi percé à jour.) Je suis né pour faire le bouffon. Je te propose un marché. On a deux cent vingt-cinq kilos de parpaings à décharger d'un canot. Les bons squatteurs font de bons travailleurs. Qu'est-ce que t'en dis ?

(Il tendit le bras.) Je m'appelle Reggie. (L'homme resta immobile.) Lui, c'est David, mon neveu. On le surnomme Almy. C'est l'être humain le plus formidable qu'il te sera jamais donné de rencontrer, simplement il ne le sait pas encore. Mon beau-frère aussi a déserté.

— Qui a parlé de désertion ?

Impossible de manquer la tension qui affleurait dans la voix douce de l'homme.

— Je viens de le faire.

— C'est très présomptueux de ta part.

Le mot crépita dans l'air comme un claque, brusque et dur. Je crus que Reggie allait abaisser sa main, pourtant il n'en fit rien. Après un temps, l'homme consentit à la serrer.

— Commençons par ton nom, dit Reggie. Tu veux qu'on t'appelle comment ?

— Quand je la joue franc jeu, Roman Fitch. Si je suis d'humeur grandiloquente, un patriote.

— D'humeur grandiloquente… (Reggie eut un petit sourire.) Je crois que tu me plais, Roman.

— Alors, ce fameux beau-frère, dit Roman en se tournant vers moi, c'est ton père, Monsieur l'être humain formidable ?

J'acquiesçai en rougissant. J'aurais pu rester une éternité ainsi, à chercher mes mots d'un air embarrassé.

Nous passâmes le reste l'après-midi et une partie de la soirée à transporter le cèdre et les parpaings d'une rive à l'autre. Le lendemain, nous entamerions les travaux. Le malaise de notre première rencontre avec Roman se dissipa, laissant place à l'agréable sentiment de camaraderie que procure le travail collectif. À la fin de la journée, je m'assis, la tête vide, les muscles douloureux, et regardai Roman de près pour la première fois.

— Tu veux ma photo ?

— Désolé.

Sa peau était aussi noire que le dos des Penguin Classics sur les étagères du bureau de ma mère.

— T'as pas à t'excuser. Tu me regardes comme le font la plupart des gens dans le pays le plus blanc du monde.

— Je peux être franc ?

— À voir.

— Je trouve que vous ressemblez au dos d'un bouquin. Les vieux Penguin Classics.

— Au dos d'un bouquin ? OK, baisse les yeux. C'est n'importe quoi. Je retire ce que j'ai dit. Ne t'avise plus de m'observer.

Nous apprîmes que Roman Fitch était né à la périphérie de Cincinnati. Il avait grandi dans le comté de Jackson, Kentucky. Une belle région, verte et luxuriante, de la musique, la chaleur des montagnes. Pas un mauvais endroit, somme toute, mais vindicatif. À dix-neuf ans, il avait été appelé sous les drapeaux. À vingt-trois ans, il avait déserté. Ensuite, il avait vécu à New York, où il avait enseigné l'objection de conscience ainsi que des formes constructives de dissension, jusqu'à ce que son couple se brise et que le comité de clémence de Gerald Ford offre une possibilité de rédemption aux citoyens ayant contourné la conscription, mais fasse des déserteurs de pires parias qu'avant. Roman nous confia avoir fui une situation terrible. Il doutait que sa punition, aussi injuste soit-elle, prenne fin un jour. À force de boire et de fréquenter d'autres femmes, il avait détruit son mariage, imputant son comportement à une trop grande proximité avec la mort durant la guerre. En réalité, ses incartades étaient dues à la honte et à la culpabilité. Depuis, il ne restait jamais longtemps au même endroit. La ruse, la peur, le mouvement étaient devenus ses principes directeurs. Seuls les moments de camaraderie spontanée tel celui que nous étions en train de vivre et Khali, sa fille de neuf ans qui vivait à Hell's Kitchen avec sa mère, lui permettaient de garder foi en ce monde.

— Pourquoi t'es venu ici ? demanda Reggie. (Toute la journée, la question nous avait taraudés.) Qu'est-ce qui t'a amené là ?

— Le Nord était un vieux fantasme. Synonyme de liberté et de sécurité. C'est peut-être vrai. C'est peut-être des conneries. Pendant la guerre de Sécession, beaucoup d'insoumis sont venus se cacher ici. Ils ont fondé une communauté sur la falaise, Musquash. On les surnommait les *skeddadlers** et le lieu où ils vivaient, Skedaddle Ridge. Ils y sont restés une décennie. C'était une espèce d'utopie collective. D'autres personnes les ont rejoints. Des déserteurs. Des objecteurs de conscience. Une quinzaine de familles vivaient là. Il y avait même un petit bureau de poste et une école. Puis ils ont disparu. Je voulais voir ce qu'il en restait. J'ai atterri ici.

Reggie se tut le temps d'absorber ces informations.

— La désertion, dit-il enfin. Y a pas pire raison pour virer un homme de l'arche.

— Je suis désolé d'avoir squatté votre cabane.

Reggie haussa les épaules.

* Les décampeurs.

— Je ne verrouille jamais la porte et je laisse la batterie solaire allumée. C'est presque une invitation. Reste aussi longtemps que tu voudras.

— Je ne suis pas du genre à m'attarder.

Cette nuit-là, je réfléchis aux dissonances entre l'expérience de Roman et celle de mon père. Je veillai tard, tourmenté par l'idée que les deuxièmes chances étaient un des grands mensonges du rêve américain. Vingt-cinq ans s'étaient écoulés depuis la fin de la guerre, pourtant elle continuait de hanter Roman. Mon père aussi avait fui, mais il était parvenu à bâtir une vie que la plupart qualifieraient de bonne. Pourquoi certaines personnes sortaient-elles grandies de leurs épreuves, alors que d'autres voyaient les épreuves se succéder, culminant en une vie ravagée par le chagrin ? L'exode de mon père l'avait conduit à Seal Point. Son retrait du monde avait donné naissance à notre minuscule famille. Dès l'instant où Roman Fitch avait déserté – un acte que beaucoup assimilaient à une trahison –, sa couleur de peau l'avait empêché d'accéder au genre de bonheur dont jouissait mon père. Grâce à son charisme et à la valeur de son travail, Arnoux était toléré. Peut-être même serait-il pardonné un jour. Mais Roman Fitch vivait dans une Amérique cruelle. Elle lui avait accordé la seule forme de pardon dont elle l'estimait digne. Elle avait autorisé son corps noir à survivre tant bien que mal, d'abord en tant que fils et enfant, puis en tant que jeune adulte, exigeant un sacrifice en retour : le service. Roman Fitch l'avait remerciée en fuyant. Suite à son acte de défiance, mon père avait eu droit à une deuxième chance. Roman Fitch resterait à jamais un traître.

À l'intérieur, la chaleur était oppressante. Reggie dormait dehors. Attristé par l'état du monde, je me levai et humai l'odeur figée de la cabane – les livres reliés en cuir sur les étagères de guingois, le moulin à café, la cuisinière en fonte, les lattes en pin patinées. J'étais souvent venu ici. La cabane demeurait le havre de sécurité et de confort rustique qui m'avait tant séduit enfant. Ce lieu était unique. Ici, tout avait sa place. Rien ne changeait ni ne diminuait. Les bottes et les vieux chaussons devant le poêle à bois. L'énorme bocal en cuivre rempli de pennies. Les vestes et les chemises de travail élimées à carreaux bleu et violet que l'on enfilait à des moments spécifiques pour accomplir des tâches spécifiques. Les cartes et les peaux de bêtes sur les murs. Il se dégageait de ces objets un ordre particulier capable d'arrêter le temps.

Le grenier était disposé en arc de cercle autour du petit escalier. La moitié nord abritait un lit japonais que ma mère avait construit quand elle était adolescente, avec du pin blanc ramassé pendant un été. S'y trouvait également une commode et une coiffeuse ayant appartenu à ma grand-mère, ainsi que deux malles de voyage en acajou remplies de vêtements d'hiver et de couvertures en laine. La moitié sud comportait une alcôve vitrée donnant sur les conifères de la rive opposée. Elle était meublée avec simplicité. Un petit bureau à cylindre. Quelques bougies dans des bocaux. Deux matelas escamotables. Une passerelle étroite permettait de passer d'un côté à l'autre.

J'étudiais la bibliothèque à l'étage quand Roman me rejoignit.

— Celui-là est bien, dit-il.

Je n'avais pas fait attention. Mon doigt reposait sur *Parabole*, de William Faulkner.

— Des hommes décident de poser leurs fusils et d'arrêter de se battre. Dommage qu'il s'agisse d'une fiction.

— Je ne comprends pas. Qu'y a-t-il de mal à refuser de faire un truc horrible ?

— Tu es aussi naïf qu'un enfant. Le truc, c'est que tu n'es plus un enfant.

Je me sentis blessé, bien que je n'aie aucun argument à lui opposer.

— Tout le monde voulait déserter. Seuls quelques-uns d'entre nous ont eu le courage de le faire, couvrant de honte les bons citoyens des États-Unis d'Amérique. On m'a traité d'ordure, de nègre, de lâche, de cafard, de renégat, de traître, entre autres injures que je ne répéterai pas. Il faut bien briser le cycle un jour, même si c'est au prix de sa vie.

À son tour, Roman examina les livres.

— Essaye donc celui-là, à l'occasion. (Il montra *La Destruction de la civilisation noire*, de Chancellor Williams.) Et celui-ci. (*Les Formes multiples de l'expérience religieuse,* de William James.)

— Ils parlent de quoi ?

— De ce que ça fait d'être complètement timbré.

Le silence emplit l'air tiède autour de nous. Les vieux murs poussiéreux semblèrent se rapprocher, comme si nous étions dans un poumon en bois très ancien. Je prélevai les deux volumes sur l'étagère. J'étudiai leur poids, leur aspect, m'imprégnant de leur odeur et de leur toucher.

— Ton oncle est un drôle de type.

— Oui, je suppose qu'on peut dire ça.

— Je n'aurais pas dû être aussi sec, au début. Je croyais que le Canada était un endroit sûr. Mais trouver un endroit sûr ne signifie pas qu'on a le droit de se comporter comme un con.

— Il y a vraiment des endroits sûrs ?

Roman haussa les épaules.

— Certaines personnes passent leur vie à se faire écraser. Parfois, la pression se relâche, juste assez pour qu'ils puissent respirer un peu.

Mes pensées se tournèrent vers la baie, l'agression commise par Lyman Creel, la manière dont Link et moi nous étions vengés, prouvant ainsi que nous ne valions pas mieux que lui.

— Je suis fatigué. Il fait trop chaud là-haut. Je vais aller dormir dans le canot.

Roman tourna les talons.

— Je les lirai, lançai-je alors qu'il s'éloignait. Les livres.

Il hocha vaguement la tête, sans prendre la peine de se retourner.

— Ce sera un bon début.

Nous cohabitâmes quatre jours avec Roman Fitch, le temps de monter les fondations, de déplacer la cabane et de revêtir les murs. Le jour de notre départ, au moment de nous serrer la main, il nous assura qu'il ne comptait pas rester longtemps. Jusqu'à la fin de l'automne. Il ferait de son mieux pour laisser le terrain en meilleur état qu'il l'avait trouvé.

Lors de notre dernière soirée, les muscles douloureux après une journée à clouer des bardeaux, nous avions été en ville, un entrelacs de chemins cahoteux et de cabanes à appâts. Il y avait aussi un relais routier sinistre et un *diner* où les serveuses alternaient entre le français et l'anglais, selon la langue la plus susceptible de leur rapporter un pourboire, ou la moins susceptible de leur attirer des ennuis : la région comptait autant de touristes empotés que de bûcherons portés sur la boisson et la bagarre.

Roman voulait aller au relais, un bâtiment trapu en béton. Les murs suintaient le vieux tabac. Le sol était perpétuellement humide et collant, résultat de bières trop souvent renversées et sommairement nettoyées. Nous avons réussi à atteindre le comptoir – une feuille de contreplaqué posée sur deux tréteaux – avant que le barman me remarque et secoue la tête, un doigt braqué sur la porte.

— Hors de question, Reggie, dit-il d'une voix nasillarde où pointait un léger accent du Sud.

Il portait un tablier de forgeron et son long catogan argenté était retenu par un cordon en cuir.

— Vraiment, Tripp ? T'as attendu que je me pointe avec mon neveu pour respecter la loi ?

— Faut bien poser ses limites un jour.

Tripp s'engouffra dans une pièce derrière le comptoir et réapparut avec un plateau de sandwichs au haddock frit, qu'il déposa sur une table pliante dans un coin de la salle. Il remplit deux verres de bière et un troisième – j'eus du mal à y croire – de lait. Ensuite, il nous regarda tour à tour, d'abord Reggie, puis moi, enfin Roman.

— N'allez pas croire que je vous apprécie. Si un type décide qu'il veut vous abattre ou vous poignarder, je le laisserai faire. C'est déjà arrivé.

Un silence agréable s'abattit sur le bar. Le poisson était cuit à la perfection, nappé d'une épaisse couche de mayonnaise au citron et à l'aneth. Quand je compris que Tripp, à l'instar de la plupart des amis de mon oncle, était beaucoup moins dur qu'il ne le laissait paraître, je ressentis une certaine lassitude à l'idée d'avoir à regarder ces hommes affirmer, soutenir et protéger leur virilité à tout bout de champ. Une fois nos sandwichs terminés, nous nous levâmes pour partir.

— Hé toi, le pote de Reggie, lança Tripp alors que nous approchions de la porte.

La contenance de Roman changea de manière presque imperceptible. Son corps se raidit et il baissa la tête. Il jeta un coup d'œil à gauche, à droite, comme s'il essayait de se soustraire à la scène. Aussitôt après, il redressait les épaules et relevait la tête.

— Merde au Vietnam. Putain de guerre à la con.

Tripp se remit à passer sommairement la serpillière.

11

L'ÉTÉ BRÛLANT suivait son cours. La plupart du temps, Adam et Molly se nourrissaient de leurs récoltes. Parfois, ils pêchaient et ils chassaient, veillant à varier les sites et les chemins pour rentrer. La chaleur était insupportable. Lorsqu'ils ramassaient les haricots, les navets et les carottes, ils dégoulinaient de sueur. Adam remarqua que sa fille semblait ne jamais boire, ni maudire le soleil ou s'attarder sous les arbres. Il travaillait sans relâche, s'inquiétant à propos de la mare dont le niveau, en ce début de juillet, baissait peu à peu. Molly aussi l'avait vu.

— Plus on prélèvera de l'eau, moins on aura de poissons, dit Adam. Bientôt, il n'y aura plus assez d'oxygène.

— On mangera tout ce qui mourra.

— Tous les poissons qui mourront, rectifia Adam. Il s'agit de créatures vivantes. Notre but est de nuire le moins possible.

Ils survivaient. Ils n'avaient pas à se plaindre. Adam était convaincu qu'il s'agissait d'un test. Pas un test de foi conçu par une déité sadique, mais un test de résilience. Bientôt l'automne serait là, suivi de l'hiver. Alors le monde se figerait. Quand il s'animerait à nouveau, ils quitteraient cet endroit. Molly devait reprendre les cours et Adam avait besoin d'un emploi. Personne ne devrait avoir à vivre dans le manoir délabré d'un capitaine mort, à chasser en douce et à s'échiner dans un potager envahi par l'ombre pour manger. Le plus raisonnable serait de franchir la frontière canadienne et de pénétrer en territoire micmac, où les mœurs et les paysages étaient similaires aux leurs. Là-bas, la loi américaine ne pourrait les rattraper. Rien d'extravagant au début. Une chambre louée. Un appartement dans un garage. Un petit boulot de menuisier, tout au bas de l'échelle. L'idée de s'éloigner des terres penobscots lui déplaisait, et puis Molly lui en voudrait, mais il savait que le prochain Blanc à la surprendre avec un casier risquait de la tuer. Quel père prendrait un tel risque ?

Certains matins, des dindons sauvages s'aventuraient hors des bois. Un jour, alors que la sécheresse s'intensifiait, un ours brun affamé descendit des collines et s'immobilisa sur une butte dans la prairie. Sa fourrure était mitée. Il s'affaissa sur son arrière-train et se releva avec lenteur. Les moustiques se jetèrent sur l'animal, qui n'avait plus l'énergie ni de les fuir ni de les chasser. Lorsqu'il leva une de ses grosses pattes pour les éloigner, un banc de nuages apparut dans son dos. Molly trouva la vision étrange : un ours faiblissant découpé contre les nuages.

— Qu'est-ce qu'il a ? demanda-t-elle.

— Il va mourir.

— Pourquoi ?

— Il a la gale. Ne le quitte pas des yeux. Reste ici.

Adam alla dans la maison et revint avec le fusil que Moses lui avait donné.

— Vraiment, papa ?

Adam lui tendit le fusil.

— C'est inévitable. Il souffre et on a besoin de viande.

Molly braqua le canon sur l'animal. L'arme avait été soigneusement polie et huilée. Elle était leur possession la plus précieuse. L'ours agita faiblement la tête. Il se tourna vers les bois et s'effondra sur son arrière-train. Il essaya de grogner, sans parvenir à produire de son. Lève-toi, pensa Molly. S'il te plaît.

— Il nous tourne le dos.

— Il nous faut de la viande.

— Je ne suis pas sûre de l'atteindre.

Elle avait déjà tiré, mais jamais sur un animal.

— Si. Prends une profonde inspiration. Retiens-la. Cligne des yeux et actionne la détente, lentement. Dis-toi que tu la pousses vers l'arrière, au lieu d'appuyer dessus. Tes mouvements doivent être fluides. Pas d'expiration ni de gestes brusques.

Molly suivit les conseils de son père, appliquant une légère pression sur la mince virgule en acier. Elle tira, toucha et tua son premier ours. La balle l'atteignit en plein cœur. Molly se sentit à la fois soulagée et bouleversée. Son père ne chercha pas à la réconforter et elle lui en fut reconnaissante.

Ils prononcèrent une courte prière pour remercier la bête. Puis ils passèrent plusieurs jours à vider la dépouille, glissant le couteau entre la fourrure, la graisse et les muscles. Ils n'en gaspilleraient pas une miette. La fourrure les réchaufferait. La chair les rassasierait. La graisse assouplirait leur peau et lubrifierait leurs outils. Molly n'arrivait toujours pas à déterminer si leur vie ici était belle ou pas.

Par une matinée pluvieuse, alors que les feuilles commençaient à changer, une voiture de patrouille apparut au bout de l'allée. Elle surgit des arbres, de manière aussi inattendue que l'ours quelques semaines plus tôt, et roula sur l'allée broussailleuse avant de s'arrêter. Seule dans les bois, Molly était occupée à chercher des champignons. Elle observa le véhicule avec appréhension. Son père était dans la maison. Plissant les yeux sous la pluie, elle crut l'apercevoir dans le grenier, à travers la grille d'aération. Elle avait emporté le fusil, au cas où elle croiserait une pintade, un faisan ou un dindon. Elle cala la crosse contre son épaule. Les yeux rivés sur le côté conducteur, elle attendit, pétrifiée, que la voiture continue d'avancer. Les nuages s'étaient assombris. Au-dessus de sa tête, une bourrasque secoua la canopée. Une nuée d'étourneaux s'envola dans les arbres. Elle crut entendre claquer le tonnerre au loin. Molly encouragea le monde à rester silencieux, le vent à s'interrompre, les oiseaux à se taire – tout pour éviter d'attirer l'attention de la voiture. Elle se savait incapable de tuer quelqu'un, mais elle était aussi consciente qu'elle ne laisserait personne lui arracher son père. Alors elle posa un genou à terre entre les sapins. Pitié, murmura-t-elle. L'instant se prolongea. Enfin, la voiture fit marche arrière et disparut. Molly pleurait. Submergée par la peur, elle était incapable de bouger. La voiture allait sûrement faire demi-tour. Il s'agissait sans doute d'un piège. Soudain elle sentit la main de son père sur son épaule.

— Tout va bien, Molly. Tout va bien. Donne-moi le fusil.

Ses phalanges étaient blanches à force de serrer la crosse. Son doigt reposait encore sur la détente. Molly laissa son père prendre le fusil et l'appuyer contre un arbre. Ensuite, il l'enlaça et elle lui rendit son étreinte.

— Je suis désolée, je suis désolée, je suis désolée, répéta-t-elle en sanglotant.

Les feuilles séchaient et se détachaient des branches. Il en tombait de plus en plus, chassées par le vent, fouettées par les averses. L'herbe verte de la prairie laissa place à un tapis écarlate et doré. Adam et Molly restaient des jours entiers sans échanger un mot. Un après-midi en novembre, tandis que l'air se faisait de plus en plus sec, une promesse de la neige à venir, Molly se réveilla au son d'une scie à métaux attaquant le bois.

Dehors, la pluie crépitait sur les pins. Molly regarda les gouttes glisser le long des aiguilles. Elles restaient suspendues au-dessus du vide, puis elles s'emplissaient de lumière et bondissaient dans les airs, emportées par une légère brise. Molly avait prévu d'explorer la forêt, qu'elle n'avait pas encore eu l'occasion d'admirer en automne. Lorsqu'elle se leva, elle entendit son père l'appeler. Sa voix, grave et urgente, se détacha telle une nasse du bourdonnement de la scie.

Molly suivit le bruit jusqu'à la dépendance. Lorsque Adam leva la tête, Molly balaya la pièce du regard. Son père avait arraché les lattes ambrées du plancher, qui étaient éparpillées autour de lui. La dépendance reposait sur des parpaings en ciment. Trente centimètres sous les solives mises à nu, Molly aperçut de la terre tassée. Avec un crayon, Adam avait tracé un grand carré sur les solives. À présent, il découpait une ouverture dans le fond de la maison.

— Tout va s'effondrer, dit Molly d'une voix endormie.

— Pas si je fais attention.

— Peut-être. C'est quoi ?

— Un cellier.

— Pour quoi faire ?

— À ton avis, Molly. Sers-toi de ton cerveau.

Sous ses pieds nus, le sol était glacé. Elle peinait à ouvrir les yeux et elle avait envie de pisser.

— C'est pour nous. (Molly remarqua la pelle et la bêche posées dans un coin.) On va creuser.

— À quelle profondeur ?

Elle réfléchit. La grande maison leur servait d'abri. Mais l'espace trop vaste était traversé par les courants d'air et ils ne pouvaient se risquer à allumer un feu en journée. La dépendance était petite, à peine plus grande qu'une remise. Protégée des éléments par la maison, elle était isolée et ne présentait aucune ouverture donnant sur l'extérieur. Les fenêtres étaient intactes, le toit solide.

— Assez profond pour être sous le seuil de gel.

Son père posa la scie et se redressa.

— Continue.

— Si on est sous le seuil de gel, on aura le chauffage gratuit. Toute l'année, la terre absorbe la chaleur, et la neige l'empêche de se dissiper.

— Exactement. (Adam était fier de l'analyse à laquelle venait de se livrer sa fille.) À la surface, la température varie.

Plus on creuse, plus la température est en décalage avec la saison.

— De combien ?

— Tous les un mètre et demi, on perd environ trois mois. Aujourd'hui, par exemple, on est le cinq novembre. Dehors, il fait 8° C. À un mètre et demi de profondeur, il fait la même température qu'au cinq août dernier.

— Si on creuse assez profond, on vivra sous terre comme en été, même en plein hiver ?

— Si on trouve un moyen de lutter contre la déperdition de chaleur, c'est l'idée, oui. Ce sera juste un endroit où dormir, à moins que les conditions ne se détériorent vraiment.

Ils passèrent le reste de la semaine à creuser la fosse. Parce qu'il s'agissait bien d'une fosse : un trou de deux mètres sur deux d'une profondeur de trois mètres. Jamais ils n'avaient entrepris pareil labeur avant. Ils vidaient charretée après charretée de terre dans les bois. Au printemps, dit Molly, il leur faudrait combler la fosse, remplacer les solives et poser un plancher neuf.

— Tous les dommages que nous infligerons à la maison devront être réparés.

Adam était d'accord. Ils utilisèrent du bois trouvé dans la grange pour construire un cadre. Enfin, ils sécurisèrent la structure en clouant des planches à l'horizontale sur les montants. Ainsi, le trou ne risquerait pas de s'effondrer, bien qu'il soit impossible de ne pas l'assimiler à une cage.

— On n'est pas des bêtes, dit Molly.

— On ne vaut pas mieux qu'elles, répondit Adam.

Ils accrochèrent une échelle à l'une des parois et posèrent la fourrure de l'ours au fond du trou pour l'isoler. Ils trouvèrent des housses capitonnées et les cousirent à une bâche bleue qu'ils tendirent au-dessus de l'entrée – un toit de fortune. Notre nouveau foyer, pensa Molly en scrutant la fosse. Un foyer n'était jamais ce à quoi on s'attendait. La petite maison rose lui manquait plus que jamais. Avant, quand Molly gravissait la colline après l'école, elle voyait la petite maison se profiler à l'horizon, de plus en plus proche. Elle aurait dû la remercier d'être là.

Les journées raccourcissaient et la température baissait. Molly regardait les pinsons s'agiter dans le froid. Elle adorait les petits oiseaux ; ils aidaient le monde à croître. Avec leurs becs adaptés à des graines spécifiques, ils entreprenaient de longs voyages, transportant la vie d'un endroit à un autre. Ils peuplaient d'arbres les montagnes les plus arides. Des miracles du quotidien, ainsi les appelait son père. Elle se demanda quels oiseaux resteraient pour l'hiver et lesquels migreraient vers le sud, en quête d'une vie plus facile.

Chaque jour, les plantes s'affaissaient un peu plus. Méthodiquement, Molly coupa et rassembla autant de tiges, de feuilles et de graines que possible. Des bouquets d'herbes médicinales séchaient partout dans la maison. Enfin, un givre épais recouvrit la terre. Molly ne put s'empêcher de regretter les plantes. Son père ramassa des branches mortes pour isoler la dépendance. Ils scièrent les lattes du plancher et les clouèrent en travers des fenêtres afin de se soustraire aux regards extérieurs. Quand le soleil brillait, ils retiraient les planches de la façade sud et laissaient les rayons tièdes pénétrer la maison. Ils profitaient de la lumière aussi longtemps que possible. Molly pensait alors à l'ours, à la manière dont, pile au moment où elle l'avait abattu, le soleil était apparu dans son dos. Elle avait senti la lumière de l'animal se transférer à elle.

Un soir, des météores apparurent dans le ciel, de minuscules points jaunes qui traçaient un sillage lumineux dans la nuit. Tantôt, ils surgissaient en nuée. Tantôt, il n'en passait qu'un ou deux par heure. Les plus gros étaient d'un blanc éclatant. Molly les compta jusqu'à ce que ses paupières s'alourdissent. Quand elle s'endormit enfin, elle aurait pu jurer avoir entendu un avion.

12

Pendant mon absence, alors que je m'acquittais d'une tâche ridiculement difficile avec Reggie en contemplant les raisons pour lesquelles certains déserteurs vivent une vie quasi idyllique alors que d'autres sont poursuivis tels des animaux, la nouvelle de ce que Link et moi avions fait s'était répandue. En conséquence, le journal avait enregistré une baisse significative dans les ventes. Simon rapporta que le chantier aussi accusait le coup. Certains pêcheurs allaient aussi loin que Sedgwick pour faire hivériser leur bateau. D'autres avaient entrepris de retirer les bernacles, poncer les coques et calfater les bordées eux-mêmes. Qu'ils soient prêts à sacrifier une journée de pêche pour réparer leurs bateaux malgré les ressources, les outils et les infrastructures limités en disait long. Nous étions punis.

Ma mère était plus absorbée que jamais par l'incendie. Mon père passait beaucoup de temps à l'atelier. Il rentrait tard du chantier et se montrait distrait lorsque nous lui parlions. Parfois, rien qu'à sa manière de répondre, nous devinions qu'il n'avait pas prêté la moindre attention à nos paroles.

Une nuit, un bruit m'arracha au sommeil, me poussant à ouvrir les yeux. Les chiens étaient assis devant la fenêtre. Je ne les avais pas entendus entrer dans ma chambre. J'appelai Sam et Daphne d'une voix endormie. Comme ils ne bougeaient pas, je compris qu'il y avait quelque chose dehors.

Nous n'étions pas seuls. Les chiens ne se détourneraient pas tant qu'ils ne sauraient pas qui ou quoi rôdait près de la maison. Terrifié, je repoussai les couvertures et posai les pieds sur le plancher. Les lattes étaient tièdes sous ma peau. Je fermai les yeux. Pourquoi ne pas me rallonger et sombrer à nouveau ? Sam me lécha jusqu'à ce que je rouvre les yeux. Je me levai et allai à la fenêtre. Près des arbres, je vis une silhouette baignée par la lumière de la lune. Je ne cherchai pas à me dissimuler. La silhouette posa un doigt sur ses lèvres avant de disparaître dans les bois. Je me laissai glisser au sol, le dos contre le mur. Daphne émit un grognement guttural. Puis le silence s'abattit sur la maison. Les chiens continuèrent de guetter la fenêtre en silence. Après un temps, je me redressai pour jeter un œil sur le jardin désert, l'ombre des pins secoués par le vent. Je pensai à Link et Simon, endormis à l'extrémité du couloir. À nos parents, couchés au rez-de-chaussée. Dans cette maison qu'ils avaient bâtie, je m'étais toujours senti en sécurité. Ensemble, nous détenions un pouvoir qui tenait à distance les dangers du monde. Pour la première fois, je sentis s'évaporer mes certitudes. Un simple regard par la fenêtre de ma chambre avait mis fin à mon innocence. Je me recouchai et m'enfouis sous les couvertures. J'étais persuadé que la silhouette appartenait à Lyman Creel.

Je ne parlai à personne de ce que j'avais vu.

En quatre cents ans de vie sur la rivière, la famille de ma mère avait amassé un stock inépuisable d'histoires étranges, folles ou tragiques. Parfois, j'étais convaincu d'être le seul à y croire encore. Selon la légende, une banshee* nous poursuivait de génération en génération, des collines vertes du comté de Donegal aux rives sauvages de la baie de Penobscot. Son amant, un jeune éleveur de moutons, l'avait assassinée, s'attirant une malédiction qui pesait encore sur nous. Aux yeux de la plupart de mes proches, la banshee incarnait une frayeur enfantine – un banal fantôme recouvert d'un drap blanc, aussi immatériel que la brume. Dans la bouche de Reggie, cependant, la banshee devenait pure terreur.

— Le plus terrible, c'est qu'elle ne vous lâche jamais, racontait-il avec jubilation, sans se soucier du traumatisme qu'il risquait de provoquer. Comme un cancer. Ou un problème cardiaque. Vous savez que vous êtes condamné. Vous savez que la mort vous guette. C'est la torture de la banshee. Vous traversez l'Atlantique pour avoir une vie meilleure et elle voyage à vos côtés sur le pont, invisible, à l'affût.

D'après Reggie, la banshee portait une robe richement brodée d'un jaune criard presque comique. Toutefois la suite ne prêtait pas à rire. Ses longs cheveux étaient maculés de sang. Son amant l'avait tuée avec une pierre après l'avoir vue discuter avec un garçon en ville – un acte qui n'était ni un crime, ni même une faute, mais cela importait peu, bien sûr. Elle avait le visage saupoudré de neige. Au lieu d'être des trous noirs sans vie, ses yeux d'un bleu lumineux étaient

* Créature surnaturelle issue du folklore irlandais.

douloureusement humains – les yeux d'un être vivant injustement piégé dans un corps disparu. Le pire, c'étaient les barbelés rouillés. Le jeune éleveur l'avait enveloppée dans du fil barbelé avant de la recouvrir de feuilles. Si elle n'était plus enterrée dans la forêt, ses liens lui enserraient toujours la gorge et la poitrine, lacérant sa chair. Pourtant elle ne cherchait pas à les arracher, et ses blessures cauchemardesques ne saignaient point.

La banshee se manifestait en automne, elle émergeait des bois ou de la mer, sinistre et sans remords, hurlant pour annoncer la mort imminente d'un autre de nos proches. Dans ma famille, les femmes étaient particulièrement courageuses et impertinentes, aussi ma mère et mes grandes tantes avaient-elles surnommé la banshee Screech*. Pas le plus malin des surnoms, j'en conviens, néanmoins il me plaisait. J'aimais l'idée que les femmes de ma famille soient plus fortes que la peur. Plus les hommes étaient angoissés, plus elles multipliaient les railleries, jusqu'à ce que leurs maris quittent la pièce en secouant la tête, une forme de protestation timorée. Elles comprenaient la nécessité de surmonter ses pires craintes avec une pointe d'humour.

Mon sommeil devint agité : deux heures d'une conscience accrue de chaque son. La chaleur du poêle se mouvant à travers les grilles d'aération. Les craquements des arbres. Le murmure du vent contre les lucarnes. Des rêves, certains surréalistes, d'autres plus prosaïques, clignotaient brièvement dans mon esprit. Soudain, je sentais la présence des chiens et je me réveillais pour de bon. Tâchant de contrôler

* En anglais, le mot *screech* désigne un cri perçant.

ma respiration, je me concentrais sur la maison, les ronflements de Simon, le bourdonnement du réfrigérateur au rez-de-chaussée. J'essayais d'identifier les formes sombres dans ma chambre, la commode, le pouf, les T-shirts, les sous-vêtements, les chaussettes et les chaussures entassés dans un coin. Enfin, incapable d'attendre plus longtemps, je me levais et j'allais à la fenêtre. Chaque fois, Lyman était là, debout près d'un grand hêtre sous le clair de lune. Je savais que son comportement était absurde, mais à force d'échanger des regards, nous avions tissé un lien étrange. Il m'observait avant de disparaître, happé par les arbres. Parfois, il tenait un mug ou une Thermos. La plupart du temps, ses mains étaient vides. Il n'esquissait pas un geste, sauf avec sa bouche, qui se contorsionnait pour produire tantôt un sourire obscène, tantôt une expression stoïque et pincée, tantôt une grimace déçue, le coin des lèvres abaissé.

La sixième nuit, la pleine lune inondait Lyman d'une lumière argentée. Il mangeait une pomme. J'étais sûr qu'elle provenait de l'arbre à pommes fantômes. Je sentis mes poumons se vider de leur air. Je voulus m'éloigner de la fenêtre, hélas j'étais paralysé. Lyman leva le petit doigt, une sorte de salut efféminé, avant de porter le fruit à sa bouche. Je passai en revue toutes les interprétations possibles. Une violation de notre Éden, avec Lyman dans le rôle du serpent – ou d'Ève, la croqueuse de pomme. Imaginant ses dents transpercer la chair du fruit, je pensai à la forteresse qu'il avait érigée autour de sa famille, à sa manière de glousser en offrant des lambeaux de viande à ses corbeaux. Dans ces moments-là, il n'était ni un serpent ni un tyran ni une brute, juste un père attentionné. Peut-être sa tentative d'intimidation et ses visites nocturnes – j'ignorais comment les décrire autrement, puisqu'elles ne m'apparaissaient ni comme une menace ni comme une intrusion – visaient-elles uniquement à protéger sa famille. Peut-être tout conflit n'était-il qu'une question de perspective. Il souriait. Il semblait détendu. Je voulais croire qu'il était juste un insomniaque en proie à une petite faim. Néanmoins, la pomme me semblait un détail troublant, chargé de symbole.

Le lendemain, après l'école, je m'approchai de l'endroit où il avait laissé tomber le trognon. Celui-ci avait été dévoré par des animaux, mais Lyman avait laissé des empreintes très nettes qui s'enfonçaient dans les bois.

Je les suivis et le trouvai sur la falaise, près de l'arbre aux pommes fantômes. À croire qu'il m'attendait. J'aurais dû être en colère. J'aurais dû me sentir trahi. Pourtant je n'éprouvais aucune de ces émotions. Le vent fouettait la falaise. Partout dans la clairière, des tourbillons de couleur tombaient des arbres, rouges, jaunes et orange. Moi qui avais passé des années à protéger cet endroit des autres, j'étais heureux de ne pas y être seul aujourd'hui. Je frissonnai, les bras serrés contre la poitrine. Lyman voulut toucher l'arbre, puis il se ravisa et s'assit par terre, en tailleur, comme un enfant.

— Tu es au courant de l'histoire ? demanda-t-il.

J'acquiesçai.

— Ça te dérangerait de l'entendre à nouveau ?

Je secouai la tête, sidéré que Lyman, non content de connaître la légende, me demande l'autorisation de la raconter.

Sa version différait légèrement de celle de ma mère. Sanoba n'était pas découpé en morceaux par sa femme et jeté à la mer. Il mourait de solitude. Il quittait sa famille parce qu'il se sentait déconnecté des siens, non pas pour échapper aux contraintes de sa vie. Lorsqu'il prenait conscience de son erreur et qu'il revenait, il n'avait plus sa place. Sa solitude croissait jusqu'à le dévorer complètement. Enfin, ravagé par le chagrin, il se suicidait en se jetant de la falaise.

— Vous essayez d'en faire une victime.

— Je te livre l'histoire telle qu'elle m'a été transmise. Il n'y a ni gentil ni méchant.

Je lui posai alors la question que je n'avais jamais osé soumettre à ma mère.

— D'où vient la légende ?

Parfois, quand on découvre l'origine d'une chose, elle perd son pouvoir enchanteur.

— Tu veux dire, est-ce qu'elle est française, irlandaise, penobscot, un ramassis de conneries ou un conte tiré d'un bouquin ?

— Je suppose.

Il haussa les épaules.

— Elle nous appartient à tous. Ici, elle existe depuis longtemps. Elle existait déjà il y a vingt-cinq ans, quand Billy et moi étions sur la falaise avec ta mère. Elle existera encore dans vingt-cinq ans, quand toi, Wren, Galen, tes frères, tes enfants ou les enfants d'un autre viendrez dans la baie.

— Billy Jupiter ?

Le visage de Lyman se crispa. Il parut surpris, puis nerveux.

— Tu ne savais pas que c'était arrivé ici. (Lyman me montra le bord de la falaise derrière l'arbre.) Billy est tombé juste là. Moses avait peut-être raison depuis le début.

— Vous connaissez Moses ?

— Tout le monde se connaît dans le coin. C'est pas près de changer. Quand j'ai commencé à pêcher, j'ai barré pour Moses pendant un an. Il m'a embauché malgré ma famille et la mort de Billy. Je n'ai jamais compris pourquoi. Travailler avec lui me mettait mal à l'aise. Toute ma vie, j'ai été persuadé qu'il valait mieux être un guerrier dans le jardin. Un jour, Moses m'a dit qu'il valait mieux être un jardinier dans la guerre.

Je ruminai ce paradoxe jusqu'à ce que le bruit des vagues contre les rochers devienne assourdissant.

— Je mourrai sûrement avant d'avoir la bonne réponse, dit Lyman. (Il gesticula en direction de l'eau.) J'étais étonné que Falon revienne vivre dans la baie. Encore plus quand elle a décidé de bâtir une maison ici.

— Mieux vaut garder ses mauvais souvenirs à portée de main.

Lyman se leva en souriant. Lorsqu'il s'approcha de moi, je crus qu'il allait m'ébouriffer les cheveux.

— Un truc comme ça, petit.

Il glissa les mains dans ses poches, courba les épaules et tourna les talons.

Cette nuit-là, la septième de notre jeu étrange, quelque chose changea. J'ouvris les yeux, en proie à une prémonition funeste. Je voulais que Lyman soit là. Lorsque je regardai par la fenêtre, je le vis dans le jardin. Pour la première fois, il était dos à la maison. Comme si nous ne comptions plus. Je l'observai pendant une heure et finis par m'endormir aux côtés de Sam et de Daphne. Les morts s'immiscèrent dans mes rêves. Des inconnus dont je compris qu'il s'agissait de mes ancêtres. Ils surgirent de la nuit, des émanations éthérées. Debout dans l'allée, il leur suffisait de lever les bras pour que le vent les emporte jusqu'à ma fenêtre. De plus en plus nombreux, ils formaient une file s'étirant dans les bois et par-delà. Ils emplissaient l'air au-dessus de la rivière et de l'océan, ils emplissaient le monde. La première main toucha le carreau. Je la regardai traverser la fenêtre. Puis je la sentis traverser mon T-shirt, mon torse et mes côtes. Elle se referma autour de ma colonne vertébrale et se mit à tirer. Je me réveillai roulé en boule sous un rayon oblique, courbatu, terrifié, me griffant frénétiquement la poitrine pour m'assurer que j'étais encore entier. Sam et Daphne avaient disparu. Je me demandai si les morts étaient partis ou s'ils étaient encore avec moi.

À table, je gardai les yeux rivés sur l'assiette de tartines brûlées que ma mère avait déposée devant moi avant de franchir le seuil. Mes frères savaient.

— Qu'est-ce qui se passe ? demanda Simon dans le jardin.

Après le petit déjeuner, nous franchissions les trois cents mètres nous séparant de l'atelier pour prévenir notre père qu'il était l'heure de nous emmener à l'école. Il aimait s'avancer dans son travail avant d'attaquer la journée. La plupart du temps, il consacrait ces premières heures à ses plans. Il disait devoir se trouver près de la rivière pour concevoir un bateau digne de ce nom, jamais en ville. Tracer une cabine ou un axe longitudinal parfait était sa vraie passion. Construire des bateaux était le prix à payer pour pouvoir s'y adonner.

— Rien.

— Sam et Daphne, dit Link. Ils quittent ma chambre en pleine nuit. Ils ne le faisaient pas avant. Je pensais qu'ils allaient au rez-de-chaussée ou dans le couloir.

— Mais ce n'est pas le cas, dit Simon.

— Ils vont dans ta chambre, poursuivit Link. Pourquoi ?

— Je ne sais pas.

— Elle donne sur les bois. Contrairement à la mienne et à celle de Sy.

Simon s'immobilisa sur le sentier.

— C'est Creel, pas vrai ?

Comment avaient-ils deviné ? Nous étions à mi-chemin de l'atelier. J'imaginai mon père lever les yeux et nous observer, perplexe.

Simon prit mon visage entre ses paumes. Ses doigts sentaient la craie et la sciure. Il fit pivoter ma tête pour que nos regards se croisent.

— Avoir peur, ce n'est pas être faible. Raconte-nous tout. On en parlera à papa. Ensemble.

Dans l'atelier, nous appelâmes notre père, en vain. Les outils étaient rangés, la sciure balayée, la radio éteinte : autant de signes qu'il n'était pas venu ce matin.

— Bizarre, dit Simon.

Un rugissement aigu s'éleva au loin. Nous le suivîmes à travers les bois. Son volume augmentait à mesure que nous avancions. Enfin, nous parvînmes à la clairière près de l'ancienne cheminée. Le Citabria était devant la grange. Le moteur tournait et les hélices ronronnaient, pareilles à des scies. Notre père avait le visage à quelques centimètres des pales. Au début, je crus qu'il s'était blessé ou qu'il avait fait une attaque. Mais il était simplement assis à côté de l'engin. Lorsqu'il nous vit, son expression resta inchangée.

— Bientôt prêt, articula-t-il.

— Pour quoi ? criai-je.

Mon père sembla ne pas entendre la question. Il reporta son attention sur l'avion, l'air hagard, une clé serrée dans la main.

Simon passa le bras dans le cockpit et coupa le moteur. Les hélices ralentirent en cliquetant, arrachant notre père à sa transe.

— Il nous observe, dit Link. (Les hélices ne tournaient plus, pourtant la grange continuait de vibrer à leur rythme.) La nuit, Lyman Creel sort des bois et nous observe. Et Almy le regarde depuis sa chambre.

Au début, notre père ne réagit pas. On aurait dit qu'il essayait de résoudre une équation complexe. Puis il fit volte-face et s'éloigna sans prononcer un mot. Nous n'avions pas d'autre choix que de lui courir après. Il dévia du sentier et coupa à travers les arbres, ignorant les branches qui fouettaient ses bras et son visage.

— Va chercher les clés, Simon, dit-il sans jeter un regard en arrière. Démarre le pick-up.

Il dépassa l'atelier, fonçant tout droit vers la remise tandis qu'on s'empressait de lui obéir. Quelques minutes plus tard, il ressortit avec un crochet à bois et une énorme pince multiprises.

— C'est ce qu'il cherche, dit-il en jetant les outils sur le plateau. C'est ce qu'il cherche depuis toujours.

— Fais-lui mal, dit Link.

Mon père lui décocha un œil noir.

— Tu ne sais pas de quoi tu parles, dit Simon.

Ses mains tremblaient sur le volant, aussi mon père l'obligea-t-il à se décaler.

— Vous non plus.

— Je peux conduire, dit Simon.

— Ne bougez pas. C'est tout ce que je vous demande.

Sa rage était si froide, si maîtrisée, j'étais sûr que tout irait bien. J'aurais aimé que l'un de nous ait le courage de l'arrêter, mais la rage est contagieuse et la colère galvanise les adolescents. Dans le pick-up, nous n'échangions pas un mot. La matinée était grise et fraîche. Bientôt, les bois s'éclaircirent, un entrelacs de câbles électriques apparut au-dessus de nos têtes. Les lampadaires de la ville projetaient leur lumière dans le ciel. Lorsque nous atteignîmes Wharf Street, nous bifurquâmes à gauche, puis à gauche à nouveau vers la marina, sur la route cabossée par les intempéries et un budget de maintenance trop maigre. Mon père se gara juste derrière le Fish House, là où la route dévalait une petite colline puis décrivait une large boucle ponctuée de pick-up, de bouées et de casiers. Long d'une soixantaine de mètres, le quai de pêche avançait dans la mer.

Le pick-up venait à peine de s'arrêter que mon père ouvrait déjà la portière. Il passa une main par la fenêtre et tapota l'épaule de Simon.

— Reste là avec tes frères. Laisse tourner le moteur.

Avant cet instant, je n'éprouvais aucune peur. À présent, je me sentais comme en état d'apesanteur. Pétrifié, j'étais incapable d'esquisser le moindre geste pour repousser l'inévitable. Arnoux était mon père. Je lui faisais confiance. Il était maintenant à mi-chemin de l'extrémité du quai. Les pêcheurs s'immobilisèrent. Plus personne n'était occupé à empiler ses casiers, à lover ses cordages ou à vérifier son équipement. Tous les regards convergeaient vers Arnoux.

Par une coïncidence étrange, Lyman Creel fut le dernier à se retourner – trop tard. Mon père était déjà sur lui. Le crochet l'atteignit en plein visage, entaillant sa joue. Il tituba en arrière, heurta une pile de casiers, mais parvint à conserver son équilibre. Mon père enfonça le manche du crochet dans son estomac. Tandis que les vagues éclataient contre les pilotis, il souleva Lyman sans effort et le projeta à terre. Lyman essaya de balayer la jambe de mon père, qui broya son genou avec une force impressionnante. Un hurlement déchira l'air, presque aussi fort que le craquement des os. Mon père plaqua Lyman au sol en appuyant le genou sur sa gorge et sortit la pince pour l'insérer dans sa bouche. Lyman agita sa jambe intacte, ultime effort pour déstabiliser mon père, lequel tendit le bras en arrière et frappa le genou blessé. La douleur fit le reste. La pince glissa entre les lèvres de Lyman et se referma sur son épaisse langue rose.

Il se figea, les yeux écarquillés de terreur.

— Ta rotule est peut-être cassée. (La voix de mon père était empreinte d'un calme sinistre.) A priori, c'est juste une dislocation. Tu es blessé à la joue, d'où le sang dans tes yeux. Ta vision n'est pas endommagée, ne t'inquiète pas. En ce moment, j'exerce une pression d'environ trente-six kilos sur ton artère carotide. L'adrénaline t'empêche de ressentir les effets du manque d'oxygène. Et l'adrénaline t'empêchera de t'évanouir si je t'arrache la langue. Je te l'ai déjà dit, laisse-nous tranquilles. J'imagine que tu sais pourquoi je suis là.

Mon père fit pivoter les mors. Lyman essaya de crier, la bouche pleine de peur et de métal. Mon père lâcha la pince, qui retomba sur le quai en cliquetant. Il ramassa le crochet et le jeta à la mer d'un air dégoûté. Personne n'essaya de l'arrêter ou d'aider Lyman, qui se redressa péniblement.

— T'as une femme et des enfants ! (Il essaya de se lever mais son genou se déroba.) T'es complètement timbré ! (Mon père haussa les épaules, époussetant une miette sur sa chemise.) Je devrais te tuer !

Lyman crachait du sang.

— Tu ne saurais pas par où commencer. Ne remets plus les pieds chez moi.

Mon père avait endossé de nombreux rôles dans ma vie, mais c'était la première fois que je le voyais se transformer en monstre. J'avais besoin de conjurer cette vision, de la chasser à jamais de mon esprit. La nuit, j'étais réveillé par le bruit de sirènes imaginaires, persuadé que la police venait pour mon père. La rivière gargouillait. L'océan déferlait au loin. Parfois, un coup de tonnerre explosait dans les bois. Mais la police n'est jamais venue et Lyman n'a jamais porté plainte.

Le mois d'octobre touchait à sa fin. L'air était vif et lumineux. Les feuilles rouges, jaunes et orange paraient le ciel d'une aura mystique. Malgré cela, nous ne pouvions plus nous supporter. Notre mère parlait peu. Dans son atelier, notre père écoutait à plein volume les symphonies les plus tonitruantes de Mahler. Depuis la maison, nous percevions chaque note rageuse, aussi nettement que si quelqu'un abattait un marteau juste à côté de nos oreilles. Deux nuits s'écoulèrent sans qu'il rentre dîner – il préférait s'absorber dans son travail, penché sur sa table à dessin, à préparer ses plans hivernaux. De son côté, ma mère évitait de regarder par la fenêtre. Nous ignorions comment le rappeler à nous. *Hé, papa. Hé, on est là. Tout va bien. Reviens, papa.*

Le troisième soir, nous avions terminé de dîner quand il pénétra dans la cuisine. Son visage était fatigué, mais ses yeux grands ouverts étaient étrangement alertes. Ses mains et sa salopette étaient maculées de graisse. Lorsqu'il voulut nous aider à faire la vaisselle, ma mère souleva l'assiette qu'elle était en train de laver et la fracassa sur le comptoir.

— Ne te donne pas cette peine, dit-elle. Je ne voudrais surtout pas t'empêcher de préparer ta prochaine leçon de barbarie.

À court de mots, mon père grimaça en baissant les yeux et tenta de lui toucher le bras. Notre mère brisa une deuxième assiette. Un tesson se ficha dans la main de mon père ; une goutte de sang s'épanouit dans la graisse sur sa paume. Notre mère saisit un verre, fléchissant l'avant-bras. Mon père tourna les talons. Ma mère laissa néanmoins le verre tomber sur le comptoir, broyant les éclats avec sa main. Soudain, elle prit conscience de ce qu'elle venait de faire.

— Quelle conne.

Les morceaux s'étaient incrustés dans sa peau. Il n'y avait pas encore de sang, juste le verre qui miroitait dans la lumière, comme si elle avait attrapé un soleil minuscule. Simon alla chercher une pince à épiler ainsi qu'un bol rempli d'eau savonneuse. Il prit la main de ma mère et retira chaque éclat en fredonnant *L'Oiseau de feu*[*].

[*] Musique composée par Stravinsky.

— Orgueilleux, impulsif, plein de grandes idées, et ensuite, une culpabilité maussade. (Notre mère gesticula avec son autre main.) Vous serez pareils. Vous me briserez le cœur, mais cela ne vous arrêtera pas.

J'ignorais à qui elle s'adressait, exactement. Simon termina de retirer le verre, déposant avec soin les morceaux ensanglantés sur un torchon. Il rinça la main de ma mère et versa l'eau écarlate dans l'évier. Ensuite, il garnit une assiette qu'il apporta à l'atelier, d'où s'échappait du Schubert à présent, les *Impromptus*, tristes et contemplatifs. Link et moi aidâmes notre mère à finir la vaisselle. Link essuyait, je rangeais. Personne ne parlait.

Le lendemain, lorsque nous rentrâmes du collège, notre père nous attendait dans le pick-up.

— Montez. On va en ville.

— Au chantier ? demandai-je.

Peut-être avait-il finalisé un plan le matin même, dans l'atelier. Chaque hiver, mon père construisait un bateau en bois, un sloop majestueux ou un petit ketch sans cabine, en plus de ses habituels travaux d'entretien.

— On va voir Lyman.

— Quoi ?

— Tu comptes lui péter l'autre genou ? demanda Link.

Simon lui donna une tape sur la tempe.

— Ça suffit ! hurla notre père. (Une nuée de corbeaux surpris s'envola, assombrissant le ciel autour de nous.) On lui doit des excuses.

— "On" lui doit des excuses, ironisa Link.

— *Je* lui dois des excuses. Vous allez m'accompagner.

— Pourquoi ?

— Je veux que vous voyiez à quoi ressemble un comportement approprié.

Simon passa un bras autour des épaules de Link.

— Laisse tomber.

J'ai souvent repensé à ce trajet. Personne ne parlait. Quand mon père baissait sa vitre, Link remontait la sienne. Quand mon père allumait la radio, Link l'éteignait. Chaque contre-action était un nouveau reproche. Jamais plus je ne vis mon père gronder mon frère. À mon avis, il savait qu'il ne pouvait rien faire pour encourager Link à lui pardonner un acte qu'il considérait comme une faiblesse. Soit il finirait par voir les choses autrement, soit non. Au matin, mon père avait appelé Grace, qui lui avait conseillé d'éviter le quai : il avait assez humilié Lyman devant les autres. L'après-midi, avait-elle ajouté, il se rendrait à l'hôpital pour une séance de rééducation. C'était donc là-bas que nous allions.

Nous trouvâmes Lyman allongé sur un banc capitonné. Un homme le forçait à fléchir la jambe en appuyant sur son genou. Il n'arrêtait pas de jurer. Je crus qu'il allait se mettre à pleurer.

— Vous lui faites mal.

— Tais-toi, dit Lyman, le visage crispé par la douleur. Je n'ai pas besoin de ta sympathie.

Le kinésithérapeute ne comprenait pas ce que faisait cet homme ici en plein après-midi, l'air honteux, accompagné de ses trois fils adolescents.

— Je vous rappelle que vous êtes dans un hôpital. Laissez vos malentendus à la porte. Je veux juste faire mon boulot et rentrer chez moi.

Mon père s'excusa de notre intrusion. Soudain, il sembla comprendre à quel point notre présence était déplacée.

— Désolé, désolé, bredouilla-t-il. On y va.

Il s'apprêtait à partir quand Lyman se leva avec difficulté.

— T'es là maintenant. Va jusqu'au bout.

Il s'avança en boitillant. Quand le kinésithérapeute voulut le soutenir, Lyman l'arrêta d'un geste et fit trois pas chancelants, le visage couvert de sueur. Tout à coup, son genou céda sous lui et il perdit l'équilibre. Je le rattrapai par le bras.

— Merde, Lyman, dit mon père. Je suis désolé. Je suis tellement désolé.

— Comment va la main de ta mère ? demanda mon père quelques jours plus tard.

La nuit commençait à tomber. Un éclat bleuté baignait les fenêtres du chantier. Depuis qu'il avait présenté ses excuses à Lyman, mon père passait tout son temps là-bas. Il dormait sur place et travaillait sans relâche, s'assurant qu'il avait encore des clients malgré notre récent statut de parias. J'imagine qu'il faisait son possible pour que notre monde redevienne normal. J'étais passé le voir après l'école. Une heure durant, j'avais nettoyé les outils dans les ateliers peinture et menuiserie. Nous étions à présent dans le bureau.

— Elle s'en remettra.

— J'aurais dû la laisser tranquille, l'autre soir, dans la cuisine. C'est cruel, de croire qu'on peut tout réparer. On finit par blesser les autres.

— Je suis désolé. Pour tout. Link aussi.

Je contemplai le chantier dans la douce lumière automnale. Le côté est du hangar s'étirait sur le quai, à quelques mètres de la digue. Durant les tempêtes, les vagues venaient se fracasser contre les fenêtres, inondant parfois le bâtiment disposé en L. L'atelier montage occupait le centre, entouré de l'atelier menuiserie où étaient rangés les outils. L'atelier menuiserie comportait deux étages et un balcon donnant sur le bateau en cours. Ainsi un ouvrier pouvait-il travailler sur la coque ou la quille pendant qu'un autre grimpait aux échelles pour s'occuper des ponts. Une sorte de mansarde surplombait l'ensemble : mon père y avait installé son bureau. Les murs et le sol étaient couverts d'épaisses planches de sapin brut et les fenêtres sur le pignon de la façade ouest permettaient à mon père de surveiller les allées et venues des bateaux pendant qu'il appelait ses clients ou le dépôt de bois.

L'après-midi, quand je longeais le chantier, je m'approchais furtivement pour jeter un œil à l'intérieur. J'étais étonné que, parmi tous les bâtiments de la ville, ce soit celui-là qui m'attire le plus. Après tout, il ne s'agissait que d'une large grange remplie de bateaux. J'avais côtoyé les bateaux toute ma vie. Ils en étaient venus à faire partie du décor, aussi invisibles et indispensables que l'oxygène.

— Ils se parlent, tu sais, m'avait confié mon père un jour.

Il faisait presque nuit. Je ne l'avais pas vu approcher. Il avait dû rester un long moment à m'observer tandis que je me hissais jusqu'aux carreaux sombres. Mon haleine projetait une brume grise et tiède sur le verre. Une fois l'humidité essuyée, les bateaux semblaient s'être déplacés de quelques centimètres.

— Quoi ?

Je m'étais empressé de redescendre, avec la sensation d'avoir été pris en flagrant délit.

— Les bateaux. L'hiver, dans le chantier, ils se parlent. Ils discutent pour faire passer le temps. Tout le monde est au courant, ici.

— Tu rigoles, papa.

Lassés, Simon et Link étaient partis se réfugier au journal, me laissant seul avec la neige tourbillonnante, le verre givré, les énormes bateaux rutilants.

— Pas du tout. C'est un phénomène bien connu, un fait établi. C'est pour ça que les gamins ne peuvent s'empêcher de se dresser sur la pointe des pieds pour les espionner.

J'ai fini par penser qu'il était peu probable qu'une communauté entière soit dans l'erreur, même à propos d'une chose aussi folle que des bateaux dotés de parole. J'ai choisi de croire. Peu de temps après, une clé est apparue sur ma table de chevet. J'ai tout de suite compris qu'elle ouvrait la grange à bateaux. J'ai passé des heures assis dans le chantier en hiver, à lire, à réfléchir, à regarder flotter les flocons devant les fenêtres, à respirer l'odeur du cèdre et de l'océan, à écouter murmurer les bateaux.

— Et toi, papa ? Comment tu vas ?

Il m'observa un long moment par-dessus une table couverte de plans. J'étais sur le point de m'excuser lorsqu'il me répondit enfin.

— Ça va.

— C'est peut-être OK de pas être OK, papa.

Il acquiesça en frissonnant et prit son manteau sur le crochet près de la porte, bien que le poêle soit brûlant.

— Tu as peut-être raison.

Je l'étreignis. Ensemble, nous regardâmes la nuit tomber. Je pensai à ses mots, au temps et aux regrets bien sûr, qui sous-tendaient chacune de ses paroles, puis je pensai aux bateaux en attente d'être construits.

— Je n'aurais pas dû réagir comme je l'ai fait avec Lyman. Je suis allé trop loin. C'était inhumain. Ta mère mérite mieux. Aimer quelqu'un, c'est lutter pour continuer à le prendre tel qu'il est. Ta mère est solide comme un roc. Elle m'aime à la folie, mais ça ne signifie pas que j'ai le droit de baisser les bras.

— Je sais, papa.

— Et votre bateau, aussi.

Mon père était livide, ses yeux glissaient de-ci et de-là. Il se toucha la gorge, juste au-dessus de la clavicule.

— J'ai besoin de m'allonger, je crois.

Il déposa par terre les papiers et les plans qui encombraient le canapé. Je regardai autour de moi. Le bureau était en désordre. En temps normal, mon père ne s'allongeait jamais. En temps normal, mon père ne tolérait pas le désordre.

— Tu veux que j'appelle quelqu'un ? demandai-je.

— Non, répondit-il sur un ton sec. (Il s'écarta de moi.) Reste ici. Reste en sécurité. La porte est fermée à clé. Simon et Link sont avec ta mère. J'ai besoin de me reposer un peu. Histoire de reprendre mon souffle. De réfléchir.

13

JE FUS RÉVEILLÉ par le bruit d'un avion qui survolait la maison.

Depuis notre étrange acte de pénitence à l'hôpital, mon père avait continué de travailler fiévreusement sur le Citabria. Le bourdonnement métallique se mua en rugissement. Un éclair traversa le ciel au-dessus du jardin. Sidéré, je regardai le petit avion rouge et blanc piquer vers la rivière, virer à l'embouchure et revenir. Je distinguai mon père dans le cockpit, accompagné de Reggie. L'engin s'enfonça dans la forêt et disparut. Il volait sûrement trop bas, trop vite, les bois étaient sûrement trop étroits. Mais d'après les calculs effectués par Reggie et mon père, la clairière près de la grange était juste assez large pour que l'avion puisse y décoller et atterrir. Ma mère et moi les retrouvâmes là-bas, en train de descendre du cockpit.

— L'avion est prêt, dit mon père.

Bras croisés, il arborait une expression stupéfaite, comme s'il avait du mal à y croire.

— Prêt pour quoi ? demanda ma mère sur un ton brusque.

— Le grand public, plaisanta Reggie.

— Je ne t'ai pas sonné, toi. Ce n'est pas le moment de la ramener.

— Il est prêt à voler, Falon, dit mon père.

Ma mère se tourna vers Reggie.

— Et toi, tu as pensé que c'était une bonne idée.

— Une bonne idée, peut-être pas, mais une idée. (Reggie transféra son poids d'un pied à l'autre en fusillant mon père du regard.) Je suis désolé, Falon. Je croyais que tu savais.

— Mais tu ne t'es pas donné la peine de me poser la question. Chaque matin, au réveil, je comprends que j'en attends trop. Quelle bêtise, de croire que mes proches vont me faire part de leurs projets.

— Il faut qu'on améliore notre réputation, dit mon père. On pourrait peut-être publier quelque chose dans le journal. Juste une annonce, pas un article. L'événement sera une publicité en soi.

— Tu ne comprends rien ou quoi ?

— Je ne prendrai aucun risque. Je respecterai les règles à la lettre, Falon. Tu sais que je ne suis pas négligent.

— Non, mais tu deviens égoïste. Ta sécurité n'est pas le problème. C'est mon journal. Ma ville. Tout ne t'appartient pas. Tout le monde n'a pas besoin de toi.

Ma mère tourna les talons, nous plantant là, mon père, mon oncle, l'avion et moi. Soudain je pris conscience que je ne valais pas mieux qu'eux. Je croyais ma mère au courant des mystérieuses sessions matinales auxquelles se livrait mon père dans la grange – la chair et l'acier, enfermés dans une grange au plus profond des bois glacials. L'aurais-je prévenue, si j'avais su qu'il lui mentait ?

Je la rejoignis sur la falaise, près des pommes fantômes. Adossée au tronc, elle soufflait sur des brins d'herbe pour émettre un sifflement, ainsi que le font les enfants. Je m'assis devant elle. On aurait dit qu'elle faisait partie de l'arbre. On aurait dit qu'elle était là depuis toujours. Nous considérions tous cet endroit comme un lieu sacré, mais ma mère était la seule à oser toucher l'arbre. Nos mains s'arrêtaient toujours à quelques centimètres du tronc, des branches ou des fruits ; à croire que ce monde nous était interdit.

— Tu veux que je m'en aille ?

Ma mère secoua la tête et arracha un autre brin d'herbe, produisant un vague sifflet.

— Mon Dieu, j'ai toujours été nulle.

Elle rit. Dans le ciel, un corbeau tournoyait autour du pommier. Un des oiseaux de Lyman, peut-être.

— Non.

— Quoi ?

— Il n'est pas à lui.

— Comment tu le sais ?

— Je suis observatrice.

Ma mère se tourna et caressa deux paires d'initiales à la base du tronc. Les initiales de mes parents. Je ne les avais jamais remarquées.

— On les a gravées au pied de l'arbre.

Elle semblait fatiguée. Je pris conscience que je ne prêtais pas assez attention à sa voix, qui était charmante – mélodieuse, apaisante. Au fil des ans, l'arbre avait poussé, se tordant vers le ciel, étirant ses branches aux fruits fabuleux en une gigantesque canopée. Il devait faire dans les six mètres de haut.

— Au début, les lettres étaient minuscules. Les feuilles les ont recouvertes, puis la neige. L'amour naissant a besoin de tendresse, tu comprends ? Il a besoin d'être protégé. On savait que nos initiales grandiraient avec l'arbre. On pensait aussi grandir. On était peut-être trop romantiques. Ou stupides. Mais les couples doivent croire en quelque chose. (Je suivis des yeux le corbeau en pensant au coût de l'amour, un risque constant de perte.) On a découvert l'avion ensemble. Ton père et moi avons fait tant de découvertes ensemble. Parfois je me demande ce qu'elles nous ont apporté.

Je posai la main sur son épaule, conscient qu'il n'y avait pas seulement sa voix à laquelle je ne prêtais pas assez attention. Nous ne nous touchions presque plus. Son contact m'était devenu presque étranger. Elle me manquait alors même qu'elle était à côté de moi.

— Je n'ai aimé que trois hommes dans ma vie. J'en ai perdu un quand j'étais à peine plus vieille que toi. Maintenant, j'ai peur de perdre les deux autres.

— Papa et Lyman ?

— Oui. Vingt ans que Lyman et moi essayons de nous détester. Ça n'efface pas notre amour.

Je réfléchis. Si elle disait vrai, alors l'amour résistait au temps.

— Ça doit être difficile pour toi, d'entendre ce genre de chose. Je ferais mieux de me taire.

Elle avait raison. Cela aurait dû être difficile. Pourtant, j'avais toujours été attiré par Lyman. Le jour où je l'avais vu dehors avec ses oiseaux, la connexion que j'avais ressentie était forte. Elle s'était intensifiée lorsque je l'avais retrouvé ici même, près de l'arbre aux pommes fantômes. De fait, je m'étais toujours senti à l'aise en sa présence, bien qu'il soit une source de contrariété pour le reste de ma famille. J'étudiai le visage de ma mère. J'avais hérité de ses yeux ronds, de sa large bouche, de ses cheveux sombres et de ses taches de rousseur. Si l'amour résistait au temps, peut-être se transmettait-il avec le reste du bouillon génétique. Incapable de partager ces pensées avec elle, je haussai les épaules.

Elle contemplait l'arbre et l'océan.

— Elle aimait son mari. (Je compris qu'elle parlait de Nigawes.) Même quand elle l'a vu devenir rouge, puis noir. Même quand il s'effondrait sous ses yeux. Même quand elle l'a découpé en morceaux. Elle l'aimait.

— Je sais, maman.

— C'était justement le problème. Elle l'aimait. C'est ce qui rend leur histoire belle, je suppose. Jusqu'à ce qu'elle ne le soit plus.

À court de mots, je laissai reposer ma main sur son épaule, sentant l'incurvation solide de ses os, la résistance de son corps. Elle écarta ses doigts des initiales.

— Tu comprends, Almy ? Qu'une chose puisse être belle, jusqu'à ce qu'elle ne le soit plus ?

— Je veux comprendre.

— Je sais, mon chéri. (Elle effleura mon visage.) Je ne suis pas certaine que cela suffise. Lyman ne marchera peut-être jamais plus normalement. Tu le savais ?

Mon silence était une réponse en soi.

— Souviens-toi de cette conversation. On me croit insensible. Avide de ragots. On croit que les autres ne sont que des sujets d'articles à mes yeux. Personne ne voit à quel point ces vieilles querelles me brisent le cœur. Je n'écris pas sur la baie parce que je suis une fouineuse. J'écris sur la baie parce que je veux changer les choses.

Ma mère alla se percher au bord la falaise. Je pensai au vent. À la terre humide. Aux pierres branlantes. Je voulais qu'elle fasse demi-tour. La mer n'hésite pas à prendre ce qu'elle veut.

— Ton père a sûrement raison. Son plan idiot jouera peut-être en notre faveur. J'aurais juste aimé qu'on évite d'en arriver là. J'ai besoin d'être seule, maintenant, Almy.

Lorsque je regardai par-dessus mon épaule, ma mère était près de l'arbre à nouveau, le front pressé contre l'écorce. Ses cheveux tombaient de part et d'autre du tronc. Je ne pouvais distinguer l'arbre de son corps. Ses lèvres remuaient, mais je n'entendais aucun son. Dans le ciel, le corbeau tournoyait toujours. Chaque fois qu'il semblait sur le point de se poser, il s'élançait dans les airs avec un croassement mélancolique.

Un spectacle aérien. Une idée absurde et enfantine, mais brillante, aussi. Mon père savait que les habitants du comté adoraient les rassemblements. Les danses folk, les barbecues, les matchs de basket et les fêtes de l'érable. Par-dessus tout, ils aimaient être éblouis. Ils se réunissaient souvent au sommet de Hatchet Mountain pour admirer divers phénomènes célestes : les Perséides en août, le point lumineux de Jupiter en avril, Vénus et Saturne, les éclipses lunaires, les lunes bleues et les super lunes. Dernière pluie d'étoiles de l'année, les Géménides était leur événement préféré. Il s'agissait des débris d'un astéroïde du nom de Phaeton qui gravitait autour du soleil et de Mercure. Tandis que Phaeton se fissurait lentement sous l'effet de la chaleur, ses particules s'enflammaient telles la queue d'une comète. Pendant deux semaines en décembre, le chemin de l'astéroïde croisait celui de la Terre, striant le ciel nocturne de traînées lumineuses. Un spectacle d'autant plus saisissant qu'il était imprévisible. Vous ne saviez jamais par avance ce qui ravirait vos yeux. Sur le vaste dôme herbeux de la petite montagne, on buvait, on dansait, on riait en contemplant le ciel. À quoi ressemblerait la chorégraphie cosmique cette année ? Tantôt les Géménides prenaient la forme de banales zébrures blanches. Tantôt, leurs explosions dorées embrasaient l'horizon. Selon les scientifiques, les pluies étaient de plus en plus denses, Phaeton se rapprochant peu à peu de la Terre. Enfant, je me demandais souvent quand le soleil achèverait de réduire l'astéroïde en cendres. Combien de temps s'écoulerait-il avant que l'espace engloutisse les dernières poussières et que le ciel de décembre s'éteigne à jamais ? Serait-on encore là pour en être témoins ? Malgré son intelligence et son ouverture d'esprit, même Reggie était incapable de me répondre. Mon père voulait prendre les airs le soir où la communauté se rassemblerait pour s'émerveiller. Il voulait se donner en spectacle. Il voulait qu'on l'aime à nouveau.

Ma mère détestait l'idée, néanmoins elle donna son aval. Tout au long du mois de novembre, elle publia des annonces hebdomadaires dans le journal. Quelques mots discrets, ni photos ni article, juste un paragraphe au bas de la dernière page. La simplicité de l'avis et la singularité de son emplacement attisèrent la curiosité des lecteurs.

> Le constructeur naval de Seal Point Arnoux Ames va reprendre le ciel. Rejoignez-le sur Hatchet Mountain pour fêter le retour des Géménides.

Dans la baie, l'humeur s'était allégée. La froideur dont notre famille faisait l'objet commençait à se dissiper. Mon père avait programmé son exploit en même temps que la pluie de météores, un projet si extravagant qu'il en était grisant. Voler sous la voûte étoilée, faire coïncider son retour métaphorique avec celui d'un corps céleste – le stratagème était transparent. Certains étaient d'humeur festive. D'autres voulaient en prendre plein la vue. D'autres encore espéraient voir une chute spectaculaire. Et peut-être une poignée de personnes étaient-elles prêtes à nous aimer à nouveau. Peut-être le numéro de mon père leur donnerait-il cette chance. Après tout, la normalité, c'est un retour à la respiration.

En ville, le bourdonnement continu des tronçonneuses indiquait que les Géménides étaient proches. On débitait d'énormes tas de bois mort que l'on traînait au sommet de la montagne. Les cordes des violons, des guitares et des mandolines furent remplacées, les instruments polis, accordés, vérifiés et revérifiés. Nous ne pleurerions pas l'imminence de l'hiver. Nous danserions notre appréciation fiévreuse des Géménides, une constellation qui, des siècles durant, avait guidé les marins et les pêcheurs de l'Est à travers les flots déchaînés.

Mon père respecta scrupuleusement la loi. Il fit inspecter le Citabria par une compagnie d'aviation basée à Bangor. Il communiqua son plan de vol à l'aéroport municipal. Il calcula la durée du trajet ainsi que la quantité de carburant nécessaire. Il coordonna ses manœuvres aériennes. Il acheta et installa des équipements radioélectriques neufs. Fini les atterrissages de fortune dans les champs et les clairières, il décollerait à l'aéroport municipal, où les contrôleurs suivraient le vol par contact radio. J'ignorais que mon père savait encore faire tout cela.

Tôt dans l'après-midi, par une journée de décembre froide et radieuse, les habitants de Seal Point gravirent Hatchet Mountain. On fit chauffer les grils. On sortit les haricots et les ragoûts. Au crépuscule, on alluma un feu de six mètres de haut. Les flammes semblaient infinies. Elles empourpraient les étoiles. Happaient les pins. De la musique flottait dans l'air, un accord par-ci, une note hésitante par-là.

Au début, j'évitai de regarder mon père. J'avais trop peur. Je voulais être fier de lui, mais je ne pouvais me résoudre à lever les yeux. Et si je provoquais un accident ? Mes frères avaient le visage tourné vers le ciel. Ma mère croisa mon regard. Son expression était pleine d'orgueil et de colère. Elle hocha la tête pour me signifier qu'elle comprenait mon attitude. J'écoutai les murmures et les exclamations autour de moi. Au moins cinq cents personnes étaient présentes sur la montagne, pourtant je ne souhaitais interagir avec aucune d'entre elles. Je m'éloignai de la foule, incapable de contempler mon père. Après quelques instants, Wren vint me rejoindre dans la pénombre.

Des hurlements et des applaudissements accueillirent le rugissement de l'avion, qui fila dans un sens puis dans l'autre.

— Imbéciles, lâcha Wren. Sans feu, ils verraient mieux les météores.

Elle semblait triste, épuisée. Je l'avais peu vue depuis qu'elle nous avait aidés à nous échapper, ce fameux soir dans la baie. Elle voulut ajouter quelque chose, cependant l'effort semblait insurmontable, aussi se contenta-t-elle de poser sa main sur la mienne. Ne sachant comment réagir, j'appuyai ma tête contre son épaule.

— Je vais rester là, dit-elle. Tu peux le regarder. Tout ira bien.

Les Géménides amorcèrent leur traversée. De minuscules points jaunes strièrent le ciel. Mon père exécuta quelques ultimes passages dans la nuit. Au son des acclamations et des applaudissements, je devinai que le spectacle était terminé.

Rien d'affreux n'était arrivé. Wren m'étreignit la main et je poussai un soupir de soulagement. Lorsque l'avion disparut derrière les collines, j'imaginai mon père atterrir en douceur sur la piste à l'autre bout de la ville, où Reggie l'attendait.

— Ils sont hypnotisés, dis-je en observant la foule.

Des flammes vacillaient entre les arbres. Les gens criaient et chantaient. Ils continueraient ainsi pendant des heures, jusqu'à ce que les météores atteignent leur apogée.

Galen et Grace, Simon et Link, ma mère, même Lyman avaient les yeux rivés sur le ciel.

— Absolument tous.

— Sauf toi. (Les dents blanches de Wren étincelèrent dans l'obscurité.) Le garçon qui se croyait au-dessus du cosmos.

— Joli titre, répondis-je avec un sourire. T'étais où, ces derniers temps ?

— Dans le coin. Non pas que ça te regarde.

À son tour, elle appuya sa tête contre la mienne. Je me rendis compte que je l'aimais, pour cela et le reste. Je l'aimais depuis longtemps.

— Désolé.

— Arrête. J'en ai assez des formules creuses, "Je suis désolé", "Intéressant", "Quel temps !" Tout ça parce qu'on n'a rien à dire.

— OK. Tu m'as manqué.

— C'est beaucoup mieux. Presque touchant. (Elle leva nos mains entrelacées et les posa sur ses genoux, me frottant les doigts pour les réchauffer.) Tout ira bien pour ton père. Pour le mien aussi. Je pense que j'y crois.

— Parce que c'est vrai ?

— Parce que j'en ai besoin. Cette rancune entre nos familles. (Elle fit un geste qui englobait la montagne et le ciel, la rivière et les bois, l'océan au loin.) Elle me terrifie.

Du bout du pouce, j'effleurai son poignet.

— Moi aussi.

Wren retourna ma main et caressa l'entrelacs de veines au creux de ma paume. Sentant mon angoisse s'évaporer, je pris conscience de la proximité de nos corps. Ses cheveux dégageaient une légère odeur de terreau. Elle mâchait un chewing-gum à la menthe. J'arrivais à distinguer la sueur sur son cou.

— Tu voulais vraiment couler les casiers de ton père ? demandai-je en riant.

— Oh là là, j'en sais rien. Probablement. Peut-être. J'avais peur qu'il vous tue. Je savais que si j'étais avec vous, il ne vous ferait pas de mal.

— Et qu'ensuite, il resterait avec vous.

Elle s'essuya le visage.

— Un truc dans le genre. Je sais, c'est ridicule. Il ne nous parle presque plus. Il travaille, il rentre, il s'agite dans la maison, il fait la lessive, il sort les poubelles et il soigne ses oiseaux, mais il est ailleurs.

Je comprenais. Moi aussi, j'avais vu mon père devenir un fantôme.

— Ils reviendront.

— Je croise les doigts.

Wren posa ses lèvres sur mon crâne. Puis elle m'embrassa les yeux et la bouche.

— On devrait participer, dis-je lorsqu'on s'écarta l'un de l'autre.

Au loin, des notes de mandoline dansaient autour du feu.

— On est exactement là où on doit être. Tu aurais pu venir me trouver, tu sais.

— Je ne voulais pas me montrer présomptueux.

— Quelqu'un doit bien faire le premier pas.

Une question miroita dans ses yeux puis disparut. Elle prit mon visage entre ses mains et m'embrassa avec plus d'insistance. Je fermai les yeux, lui rendant son baiser. Cela me parut naturel. Elle fit rouler ma lèvre inférieure entre les siennes et je l'imitai. Nous restâmes ainsi, front contre front, à respirer ensemble. Elle plaça mes mains entre ses cuisses. Glissa ses doigts sous mon manteau. Quand elle caressa mon téton avec son pouce, je haletai dans sa bouche. Je la sentis sourire avant de s'éloigner.

— Pas ici. Pas dans ce contexte. Tu veux la vérité ?

— Oui.

— Mon père désirait ta mère. Il la désire peut-être encore. À mon avis, c'est pour ça qu'il la déteste, comme si ce désir était de sa faute à elle. Et je suppose qu'une partie de moi lui en veut d'être ce genre d'homme. On croit toujours que son père sera mieux que les autres.

Je faillis lui répondre que je savais précisément de quoi elle parlait. Je pensai à mon père, à son explosion de violence sur le quai, au calme glaçant avec lequel il avait infligé une douleur atroce. Je pensai à la manière dont, l'espace de quelques instants terribles, il avait cessé d'être humain.

— Je suis désolé.

Voilà tout ce que je parvins à articuler. Wren posa la tête sur mon épaule.

— Moi aussi.

Nous regardâmes les flammes vaciller sous les Géménides. Je drapai mon manteau sur nous, me remémorant les paroles de ma mère sur la falaise. *L'amour naissant a besoin de tendresse, tu comprends ? Il a besoin d'être protégé.*

IV

14

CETTE ANNÉE-LÀ, la neige vint plus tôt que d'habitude, s'amoncelant dans la nuit en d'énormes congères qui étouffaient nos maisons. Les fenêtres craquaient. Les toits ployaient. Au matin, lorsqu'on ouvrait la porte d'entrée, on rencontrait une résistance humide. La neige était incessante, cent vingt-deux centimètres dès la troisième semaine de décembre. Les habitants restaient enfermés durant de longues périodes, comme ensevelis. Il y avait de la neige sur les branches, dans les ruisseaux et les marais, de la neige à l'horizon, de la neige dans chaque interstice du monde. Pendant deux mois, la température stagna à -12° C. Tantôt, le soleil était presque aveuglant dans l'air sec. Tantôt une épaisse lumière orangée que l'absence de chaleur rendait plus sinistre encore baignait le monde jusqu'au crépuscule, quand les ombres pourpres engloutissaient la terre. Tantôt, une gaze métallique semblait voiler le ciel. Les rues se transformaient en avenues de glace et de neige tassée. La neige s'accumulait si vite que nous devions sauter par une fenêtre avec une pelle pour déblayer le jardin. Quand elle faiblit enfin et que les habitants furent libérés, la brume monta de la mer. Elle enveloppa les collines et s'enroula autour des maisons. Elle effaça les enfants qui trottaient derrière leurs parents, gomma les devantures en brique, avala les voitures qui tentaient de traverser son ventre.

Dans la brume, Wren et moi nous cherchions et nous trouvions souvent. À l'abri des regards, nous vagabondions dans la ville en quête de maisons vides aux chambres qui sentaient le refermé. Semaine après semaine, nous eûmes l'impression de vivre dans un nouveau monde mystérieux.

Lassée de la dispute entre Lyman et mon père, la communauté reporta son attention sur l'incendie. La plupart présumaient que les pyromanes avaient mis cap au nord ou au sud pour fuir l'État. Certains pensaient qu'on ne les reverrait jamais. D'autres allaient jusqu'à douter de leur existence. On évoqua la magie noire et le satanisme. Puis un couple de randonneurs tomba sur des empreintes d'élan qui s'arrêtaient net au pied de Hatchet Mountain. Soudain, les fugitifs fantomatiques étaient plus vivants que jamais.

Ma mère ne supportait plus les racontars stupides. Le spectacle aérien avait apaisé les esprits. Le journal se vendait bien. L'atelier dans les bois enregistrait à nouveau des commandes. Il n'était plus question de ménager les mentalités. Quand les rumeurs reprirent – et avec elles la haine et les attaques –, ma mère, sans surprise, se tourna vers les mots. En un mois, elle publia une série de quatre éditoriaux. Le premier retraçait l'histoire des droits tribaux et des revendications territoriales dans le Maine. Le deuxième dénonçait l'exploitation de la rivière. Le troisième décrivait la crise économique provoquée par l'effondrement de l'industrie du bois. Le quatrième évaluait l'impact cumulé de ces événements et osait imaginer un paysage postindustriel. Ma mère s'attendait à des lecteurs en colère venus résilier leur abonnement. Il n'en fut rien. Après la parution du dernier éditorial, à sa grande surprise, ce fut Galen Creel qu'elle vit surgir de la neige et de la brume.

L'adolescent s'immobilisa au milieu du bureau, une expression solennelle sur son large visage. Une flaque de neige fondue se forma à ses pieds. Il attendit que les claquements des tuyaux de chauffage s'estompent avant de parler.

— J'ai apprécié vos articles, dit-il d'une voix précautionneuse.

À l'autre bout de la pièce, penchée sous une petite lampe verte, ma mère griffonnait des notes dans un carnet. Elle n'avait aucune envie de divertir un enfant.

— Ce sont des éditoriaux.

Elle poussa un dictionnaire vers lui.

— Je ne suis pas censé vous apprécier.

La phrase fit hésiter ma mère. Comme son père, l'adolescent avait déboulé dans le local en pleine semaine. Elle avait d'abord pensé qu'il voulait réparer un éventuel tort causé à sa famille. À présent, elle n'en était plus si sûre. À vrai dire, elle n'avait pas mentionné une seule fois le nom de Creel dans le journal.

— C'est étrange, ce que tu viens de dire. Ça sous-entend que tu m'apprécies, justement.

— Peut-être. Je ne sais pas. Vous ne nous avez pas vraiment rendu service. Vous auriez pu mettre un terme à cette histoire. Ma mère aussi.

— Et toi, Galen ? Qu'est-ce que tu aurais pu faire ?

— Moi ? (Le garçon sembla déconcerté.) Je suis un enfant. Ce sont les adultes qui doivent m'aider, pas l'inverse. Personne ne m'aurait écouté.

L'adolescent ne se conformait pas aux attentes de Falon. Aussi ravala-t-elle son ego, qu'elle avait démesuré, et dressa-t-elle l'oreille.

— Quand j'ai vu votre mari dans l'avion, je n'ai pas vu une brute arrogante. J'ai vu un homme à qui je voulais ressembler. Pas pour être libre ou invincible. Ni pour faire des envieux ou devenir le centre de l'attention.

— Que de mystères.

— Vous n'êtes pas très gentille, pour une adulte.

— Je suis débordée. Et je ne suis pas très gentille, en effet. Alors, qu'est-ce qui t'amène ici, cher Galen ?

— C'est une histoire de contrôle. Quand j'ai vu votre mari dans le ciel, j'ai vu un homme qui contrôlait tout. Sa machine, son environnement, ses spectateurs. Moi aussi, j'imagine. Il nous contrôlait tous.

Ma mère prit alors conscience qu'elle l'avait sous-estimé. Galen était plus complexe qu'il ne le laissait paraître. Il y avait une soif en lui, une ambition.

— Vouloir tout contrôler peut s'avérer dangereux.

— Et si je vous disais que je voulais juste être assez bon dans un domaine pour quitter cette putain de ville un jour ?

Ma mère fut coupée net dans son élan. Les piques qu'elle avait sur le bout de la langue s'évanouirent. Elle se remémora ses propres tentatives pour s'épanouir ailleurs, la lutte entre son orgueil et ses racines qui avait précédé son retour dans la baie.

— Tu ne m'as toujours pas dit pourquoi tu étais là.

L'adolescent déglutit. Il releva le menton, priant pour que sa voix ne se brise pas.

— Je veux que votre mari m'apprenne à voler.

Vendredi après-midi. La baie est silencieuse. La lune est pleine. La nuit n'est pas encore tombée, mais des éclats de lumière argentée pleuvent déjà du ciel, saupoudrant les pins. Bientôt, les étoiles entameront leur grand ballet cosmique. Certaines viennent de naître, d'autres sont proches de la mort. Leur poussière perdure sur terre ; elle coule dans les rivières, elle pousse dans les arbres, elle vibre dans les os des créatures à deux et à quatre pattes. Au plus profond de l'hiver, près de la maison des Ames, la rivière a gelé. Les oiseaux, les bêtes et les hommes sursautent chaque fois que retentissent les trémolos de la glace. Un géant s'agite sous la surface. Il aspire l'eau dans ses énormes poumons et la projette contre la glace, comme s'il martelait un tambour. Mais le plus grand des géants ne peut rien contre la plus petite des rivières. Il aura beau souffler, jamais il ne parviendra à s'échapper. Un garçon approche à pas comptés dans le froid. Il se bouche les oreilles pour que les coups du géant ne le poussent pas au bord de la folie, tout du moins à faire demi-tour.

En soi, le désir de voler n'était pas rare chez les adolescents, mais Galen ne voulait pas juste voler. Depuis qu'il avait vu le Citabria filer sous les Géménides, il ne pensait à rien d'autre. Il devait parler à Arnoux, la seule personne dans la baie à détenir un tel pouvoir.

Dans la cuisine des Ames, Galen attendait le retour d'Arnoux devant une tasse de chocolat chaud intacte, les mains patiemment repliées sur les genoux. Il était là depuis deux heures et n'avait pas prononcé plus de cinq mots.

Parfois, le son voyage plus vite que la lumière. Le géant de la rivière le sait. C'est pourquoi il tape contre la glace au lieu de montrer les dents. Soudain, il s'immobilise, aux aguets. Un sifflement transperce les pins au loin. Des bottes crissent dans la neige. Des talons claquent sur les marches. Une porte s'ouvre dans un souffle.

Galen regarda Arnoux se déshabiller. L'homme posa ses gants par terre. Il ôta ses bottes et les rangea près du poêle. Défit son écharpe mitée en laine marron. Baissa la fermeture Éclair de sa salopette tachée par les années, la retira en se tortillant et la suspendit à un clou près de la porte. Se gifla le visage cinq fois d'affilée pour faire circuler le sang.

Vêtu d'un vieux pull vert et d'un caleçon long en Thermolactyl, il s'assit face au garçon. Le géant de la rivière tendit l'oreille.

— Je ne suis pas comme mon père.

Galen avait si peu parlé que sa voix semblait rouillée.

— Je ne comprends pas ce que tu veux dire. J'ai mal aux mains et la scie résonne encore dans mes oreilles.

— Je suis différent.

Arnoux prit son temps pour absorber cette information.

— Ton père n'est pas un mauvais bougre. La situation est compliquée.

— Il n'est pas moi.

— Bien sûr que non.

— Ni de loin ni de près.

— Ça reste à voir.

Arnoux se leva. Le géant de la rivière retint son souffle, craignant d'être découvert.

— L'avion est dans une grange à un kilomètre d'ici. Pense à mettre des raquettes. Tu en auras besoin. Ne meurs pas de froid en route.

— Le vol, c'est de la magie ?

— Non. (L'homme se tourna vers la fenêtre en plissant les yeux et scruta quelque chose que le garçon ne pouvait voir.) C'est de l'imagination.

Les leçons commencèrent dès le lendemain et se répétèrent chaque samedi qui suivit. Elles se déroulaient dans le plus grand secret. Je me suis souvent demandé quelle part de cette dissimulation était nécessaire et quelle part était juste cruelle. Elles n'auraient pas dû avoir lieu ainsi : en cachette. Nul mensonge grossier, mais une série d'omissions délibérées. Rétrospectivement, je suis étonné que Lyman n'ait rien soupçonné.

Le samedi matin, Lyman chassait ou pêchait pendant que Grace accompagnait Wren et Galen à l'église unitarienne universaliste où, préférant la musique aux bois et à l'océan, ils chantaient dans une chorale communautaire. Pendant plusieurs heures, ils entonnaient des chants anciens et nouveaux – hymnes et spirituals, gospel et mélos, complaintes et morceaux folk, ballades et appels aux armes. Désormais, Grace déposait Galen devant la piste qui menait à notre maison. Il saluait sa mère et sa sœur. Poussait le portail. Admirait les pins verts découpés sur la neige. Rejoignait la rivière tandis que Grace et Wren poursuivaient leur route. Elles n'évoquèrent jamais ces moments. Elles continuèrent de chanter et j'imagine que les autres firent comme si de rien n'était.

La forêt happait le garçon. S'il n'y avait pas eu des empreintes dans la neige, il se serait sûrement perdu. Au bout d'un moment, il percevait le rugissement d'un moteur. Peu naturel en temps normal, le cri métallique devenait presque menaçant en hiver. Un avion est un engin d'une beauté intense, mais on ne peut l'admirer sans penser aussitôt à une catastrophe. Ce qui troublait Galen le plus, lors de ces premiers samedis, c'était la constance du bruit. Un grondement ininterrompu, comme si un monstre était tapi dans les bois. D'ordinaire, un avion émet un bruit dynamique qui gagne peu à peu en décibels. Enfin l'engin apparaît, dissipant le cauchemar d'un éventuel accident. S'il traverse le ciel sans encombre, le spectateur peut oublier sa peur et respirer à nouveau.

Arnoux familiarisa Galen avec la visite prévol et la checklist avant décollage – voltage de la batterie, jaugeurs et robinet essence vérifiés, volets rentrés, ceintures fonctionnelles, pression d'huile vérifiée, volets opérationnels braqués en position de décollage, réchauffage carbu poussé, manette des gaz réglée, commande mélange poussée, batterie ON, contact magnétos BOTH, freins appliqués. Il était méticuleux, évoquant avec révérence la puissance et la responsabilité associées au vol. Le garçon ne piloterait pas l'avion avant des mois. D'ici-là, Arnoux pouvait le tester en essayant de le submerger. Quand Galen peinait à suivre l'avalanche de détails techniques, d'erreurs potentielles et de réflexes salvateurs, Arnoux se radoucissait. Presque maternel, il cessait de noyer son élève sous les informations. Personne ne pouvait tout savoir, lui assurait-il.

Galen faisait preuve d'un mélange parfait dc passion et de ténacité. Il refusait d'être submergé. Il buvait les paroles d'Arnoux. Il prenait des notes exhaustives et les comparait aux instructions dans les manuels qu'il avait achetés par correspondance. Il s'adonna si complètement à sa passion qu'il ne laissa aucune place au doute, encore moins à l'échec.

Bientôt, ils prirent les airs. Des vols d'entraînement. Arnoux exécutait des manœuvres et Galen, dans le siège du copilote, observait chacun de ses gestes.

Au collège, il était perdu dans ses rêves. Les manuels de vol et de mécanique devinrent ses principaux compagnons. Les professeurs n'essayèrent pas de l'arracher à son obsession. Comme Link, Galen était plein de rage. Mais contrairement à mon frère, il méprisait les contraintes imposées par l'école. S'il ne suivait plus ses cours de biologie, du moins était-il absorbé par quelque chose, plutôt que de donner libre cours à sa colère. Il était déterminé et sa détermination le canalisait. Il ne parlait presque plus, ne daignant prêter attention qu'à nous. Il hochait la tête lorsqu'il me croisait dans le couloir. Brandissait le poing en une étrange démonstration de solidarité quand il apercevait Link à la cantine. Saluait Simon du menton s'il le voyait en ville. En ces occasions, il sortait momentanément de sa transe. Son regard se fixait. Ses pupilles se focalisaient. Puis il disparaissait à nouveau.

Un dimanche après-midi, nous tombâmes, mon père et moi, sur Lyman et Galen alors que nous allions au Grand, un ancien opéra reconverti en cinéma. De grandes colonnes géorgiennes soutenaient le plafond du hall. Un épais rideau rouge et poussiéreux était suspendu devant l'écran. Les radiateurs étaient si bruyants que leurs claquements couvraient la bande-son du film en cours. La salle comptait un balcon et quatre loges en hauteur. Le propriétaire, un chasseur allemand arrivé de Tunisie, avait décoré les murs de trophées issus des quatre coins du monde, des créatures colossales et terrifiantes : gorilles à dos argenté, gnous, ours kodiak, crocodiles du Nil, tigres de Sumatra, crotales diamantins. Impossible de ne pas sentir peser sur soi le regard des prédateurs les plus redoutables de la planète tandis que l'on baignait dans la lumière mouvante de l'écran. Il y avait dans cette collection une absence de cohérence qui me dérangeait. J'avais déjà vu des dioramas sophistiqués dans les musées : la faune et la flore étaient disposées de sorte à incarner un moment précis dans le temps. La collection du cinéma était hétéroclite, dépourvue de tout contexte – un python birman enroulé autour d'une rambarde, un requin mako étalé sur quatre sièges. Qui était l'observateur, qui était l'observé ? Cet hiver-là, le Grand projetait le premier cycle de *La Guerre des étoiles*. Nous étions venus voir *Un nouvel espoir*. Alors que nous tournions au coin de la rue, Lyman et Galen sortaient du magasin de pièces détachées et se dirigeaient vers le cinéma.

Les deux hommes plissèrent les yeux. Puis Lyman remarqua ma présence. La tension se relâcha. Mon père passa une main dans ses cheveux et glissa un pouce dans sa poche arrière.

— Lyman. Comment tu vas ? (Les politesses d'usage expédiées, il s'efforça de trouver un sujet de conversation.) Tes corbeaux apprécient la neige ?

— Oui, oui. (Lyman bredouilla un peu avant de se ressaisir.) La neige leur plaît. Au fond, ce sont des enfants. (Il jeta un œil sur Galen et sur moi.) Ils passent leur temps à jouer, jamais à court d'une farce. Ils ont décidé de passer l'hiver avec nous. Les plus jeunes nichent dans les mêmes bois que leurs parents.

Mon père croisa le regard de Galen et détourna les yeux.

— C'est rare ? demandai-je.

— Non, répondit Lyman. (Notre échange était si fluide, c'en était choquant.) Mais ce n'est pas non plus très commun. Tantôt, les jeunes oiseaux vont vivre leur vie ailleurs. Tantôt, ils restent quelques années près du lieu de leur naissance. C'est leur diversité, leur complexité, qui les rend si intéressants.

Gêné tout à coup, Lyman s'absorba dans la contemplation du trottoir. Je voulais désespérément qu'il continue de décrire le comportement fascinant de ses oiseaux, hélas il resta muet.

— On va au cinéma, dit mon père.

— Nous aussi, dit Lyman.

— Allons-y ensemble, alors, conclut Galen.

Deux heures durant, nous restâmes assis côte à côte, surplombés par la danse macabre au balcon, à regarder les pouvoirs du bien et du mal s'affronter dans un univers fictif. Puis nous sortîmes dans le flamboiement du couchant. À l'ouest, le ciel s'était embrasé. Un rouge plus profond nimbait les crêtes des montagnes côtières. Les rues étaient presque désertes. Lyman et mon père échangèrent un dernier regard. Le crépuscule bleuté baignait les bâtiments en briques de part et d'autre de Main Street, jusqu'au port. Bientôt, l'obscurité engloutirait le monde. L'espace d'un instant, je crus qu'ils allaient se serrer la main. Ils n'en firent rien et nous partîmes chacun de notre côté. Mon père et moi vers la lumière déclinante du soleil, comme si nous poursuivions le jour ; Lyman et Galen vers le froid en contrebas de la colline, où leur voiture les attendait dans la pénombre.

15

La nuit des Géménides, un trouble s'abattit sur Lyman qui sembla s'intensifier avec le froid. Un groupe d'adolescents penobscots l'avait dévisagé tandis qu'ils guettaient les météores. L'un d'eux appartenait peut-être à la famille de la gamine sur la rivière. Pouvait-il se permettre de les approcher pour leur dire, “Je n'ai rien contre vous ?” Il était trop près du feu. Il commençait à étouffer. Ils entendirent l'avion avant de le voir. Lyman détesta la manière dont la foule se délecta du spectacle. Le petit Citabria rouge et blanc surgit au-dessus d'un mur de pins blancs. Il atteignit une hauteur impressionnante et resta suspendu dans les airs, un minuscule point métallique, une plume noire, presque un murmure, presque un rêve. Puis il plongea en piqué, le nez pointé vers le sol, les ailes comme une toupie, et s'abîma dans le ravin derrière les arbres. La montagne retint son souffle. L'avion réapparut, exécutant un passage bas. Lyman se couvrit le visage et trébucha, manquant s'affaisser sur son genou blessé.

Il se redressa et partit à la recherche de sa famille. Grace et Galen avaient les yeux rivés sur le ciel. Wren était en train de s'éloigner. Lyman voulut crier leur nom, mais l'avion semblait avoir annihilé sa capacité à rappeler sa famille. En quête de réconfort, il se tourna vers son fils, qui lui décocha un bref coup d'œil avant de reporter son attention sur l'avion, les pupilles dilatées.

Quand l'engin les survola une deuxième fois, Lyman entendit de la musique, du piano. À croire que les notes étaient tombées du ciel. Il devenait fou. Ensuite, le sol sembla venir à sa rencontre. Il ne comprenait pas qu'une montagne puisse basculer ainsi. Alors il tomba pour de bon. Son genou heurta le sol, lui arrachant un cri atroce. Personne ne se détourna du ciel. Personne ne le regarda.

Depuis, Lyman n'en finissait plus de tomber.

Il avait laissé la moitié de ses pièges dans l'eau et continuait de pêcher malgré le froid. Il essayait de calmer son angoisse, cette créature qui lui volait son courage, son énergie et sa joie de vivre – car il s'agissait bien d'une créature, un parasite enfoui dans sa chair. Tantôt, la tête lui tournait et il avait le souffle court. Tantôt, son corps était raide, comme si on avait coulé du ciment dans sa colonne vertébrale. Il essaya de vaincre sa peur par la ruse, en lisant des livres sur les traumatismes et la manière dont le chagrin persiste dans le corps. Il n'en retira que de la frustration. S'il comprenait mieux le mal qui le rongeait, les ouvrages ne lui apportaient aucune solution concrète. À des kilomètres de la côte, les vagues noires éclaboussaient les plats-bords, un goût métallique montait dans sa gorge et soudain, il revivait l'agression : la pince entre ses dents, l'acier contre l'émail. Il se pliait alors en deux, le souffle court. L'océan et le barreur disparaissaient, le laissant seul, en proie à la panique. Il crachait, se rinçait la langue à l'eau de mer, serrait les poings de toutes ses forces en comptant à rebours, de cent à zéro. Le souvenir finissait par s'estomper mais revenait toujours, ravivé par des forces que Lyman n'était pas sûr de comprendre.

Chez lui, c'était auprès de ses corbeaux, et non de sa famille, qu'il trouvait refuge. Il scrutait à présent les arbres par la fenêtre de la cuisine. Des formes sombres voletaient entre les branches. Les trois corbeaux fourrageaient dans les bois. La nuit, ils nichaient dans un bosquet de pins blancs derrière la maison. Ils semblaient heureux ici. Ni sauvages ni domestiques. Acclimatés : les oiseaux s'étaient acclimatés à lui, et inversement. Une relation mutuellement bénéfique. Lyman avait construit des mangeoires dans lesquelles il déposait plus de nourriture que d'habitude, afin de supplémenter leur régime. Le soir, au lit, il échafaudait des plans pour les inciter à rester plus longtemps. Grace lui demandait alors où il était. "À côté de toi, comme toujours. Ne sois pas ridicule." Les obsessions n'intéressent que ceux qu'elles obsèdent. Elles coupent le fil qui relie les obsessionnels au reste du monde : là où je vais, tu ne peux me suivre. S'ils avaient été sauvages, les corbeaux seraient déjà partis, volée d'adolescents explorant forêts et falaises avant de s'accoupler. Quand Lyman songeait à leur départ, il était au bord des larmes.

Dehors, les corbeaux jouaient dans la neige. Ils gravissaient une butte, se laissaient rouler au bas de la pente, s'élançaient à nouveau, explosion de plumes noires et de poudre blanche. Plus tôt dans la journée, Lyman avait fait une nouvelle crise. Rassemblant son courage, le barreur lui avait suggéré de faire une pause, "et peut-être même consulter quelqu'un, pourquoi pas ?" Les yeux rivés sur ses oiseaux, Lyman envia leur assurance, leur aisance insouciante.

Il courut s'enfermer dans les toilettes. Assis par terre dans la pénombre, il attendit de sentir le goût métallique monter dans sa gorge. Quand rien ne vint, il se mit à pleurer, de soulagement, cette fois. Son cerveau était perché sur le bord d'une falaise surplombant les flots déchaînés de la folie. La saillie s'érodait. Le vent soufflait de plus en plus fort. Dorénavant, s'il sortait, Lyman était nerveux. En ville, il évitait les autres. Sur le port, il restait tapi dans la cabine de son bateau. Il avait souvent haï dans sa vie, mais c'était la première fois qu'il haïssait ses oiseaux. D'une manière ou d'une autre, cette haine aussi, il la devait à Arnoux. Arnoux était venu à l'hôpital et l'avait vu trébucher, incapable de marcher sans l'aide d'un enfant. Arnoux s'était comporté comme si un film pouvait mettre fin à leur mésentente. Le jour où il l'avait plaqué sur le quai, quelque chose s'était brisé en Lyman. Pour retrouver la raison, peut-être devait-il lui rendre la monnaie de sa pièce. Non pas pour le blesser ou le détruire. Juste pour l'humilier un peu.

Grisé par cette idée, Lyman boitilla dans le jardin. Debout dans la neige jusqu'aux genoux, il regarda les corbeaux sautiller, rouler puis jaillir vers le ciel. Ils essayaient de se surpasser les uns les autres. Ils virevoltaient en gloussant. Ils roulaient de plus en plus vite et volaient de plus en plus haut. Leurs ascensions se firent vertigineuses. Lyman faillit basculer en arrière à force de tendre le cou pour suivre leur vol. Soudain, l'oiseau le plus grand eut un coup de génie. Il prit dans ses serres un morceau de glace qu'il laissa tomber sur un de ses rivaux. Ce dernier vira pour l'éviter et manqua s'écraser au sol. Outré, il poussa un croassement rageur. Au-dessus de lui, le coupable tournoya dans le ciel, exposa son dos puis son ventre, éclatant d'un rire noir. Pour la première fois depuis longtemps, Lyman rit aussi. Peut-être l'effet de surprise était-il la clé. Si Lyman arrivait à mater Ames par la peur, peut-être parviendrait-il à ralentir le compteur qui pesait sur sa vie.

Cet hiver-là, Lyman se replia sur lui-même. À l'instar de son fils, il lisait des manuels de vol en secret. Il ne prononçait jamais la moindre parole sur les avions en public et traversait deux comtés pour se rendre dans une bibliothèque où personne ne risquait de le reconnaître. Il se faisait expédier des ouvrages dans la même ville. Les avions étaient soumis aux lois naturelles de l'inertie et de la gravité, ainsi qu'aux lois mécaniques de l'aérodynamique et de la combustion interne. Ces lois pouvaient être manipulées. La perte temporaire d'un moteur, un bras de train d'atterrissage dysfonctionnel, une aiguille d'altimètre à zéro, ce genre d'imprévu pouvait changer la donne. Alors Lyman étudiait et attendait. À la fin de la journée, lorsqu'il rentrait au port, il avait des schémas et des scénarios d'urgence plein la tête. Il ne faisait plus de crises et son barreur ne lui faisait plus de remarques.

La nuit, Lyman rêvait d'un avion s'élevant dans le ciel. À son apogée, l'engin devenait noir corbeau, repliait ses ailes et plongeait en piqué. À la dernière minute, il redéployait ses ailes en croassant, gris acier à nouveau, et regagnait les cieux.

Hélas, tout secret s'accompagne d'une tension croissante. Furieuses d'avoir été ignorées, les crises reprirent de plus belle. Lyman, comme tous les habitants de la baie dont la vie était minée par la détresse, les échecs et la lassitude, se tourna vers l'alcool pour échapper à ses tourments.

Un après-midi de mars particulièrement froid, il mit pied à terre en tremblant après avoir essuyé sa première crise depuis des semaines. Il se dirigea aussitôt vers le Fish House pour noyer ses idées noires dans une bouteille. Assis à une table du fond, il siffla deux bières. Tout était trop bruyant. À la radio, un animateur commentait en hurlant un match de hockey ayant lieu de l'autre côté de la frontière. Des voix ricochaient d'un bout à l'autre de la salle. Chaque fois qu'un client poussait la porte, une énorme cloche en fonte qu'un idiot avait reliée aux gonds tintait avec une force telle que Lyman craignait de sentir son crâne exploser. Il ne supportait plus d'être parmi ces gens. Il passa derrière le bar et s'empara d'une bouteille de gin. Personne ne l'arrêta. Personne ne fit le moindre commentaire. Sans prendre la peine de payer, il ouvrit la porte d'un coup d'épaule, manquant entrer en collision avec Ruston Garvey sur le parking. "Putain de merde" marmonna ce dernier, doigt d'honneur à l'appui. Lyman ne releva pas l'insulte. Troublé par cette absence de réaction, Ruston pénétra dans le restaurant.

— Quel est le score ? demanda-t-il, au lieu de partager son désarroi.

— Cinq à quatre, deuxième mi-temps, tir de fusillade, répondit une voix.

La soirée continua de s'écouler, une nuit comme les autres.

Dans son pick-up, Lyman monta le chauffage et baissa les vitres. Il se mit à rouler, frissonnant dans le mélange délicieux d'air chaud et de vent froid. Cinq kilomètres en devinrent dix puis vingt. Il regarda les collines les plus proches virer au gris, les sommets lointains se nimber de pourpre. Il mesurait l'avancée de la nuit à l'intensité avec laquelle ses phares éclairaient les panneaux le long de la route. Bientôt, il n'y eut plus que du jaune et du noir. La neige et les panneaux qui apparaissaient chaque fois qu'il dépassait une petite ville lui renvoyaient un éclat métallique. Il ne s'arrêta pas avant d'avoir atteint Bar Harbour, de l'autre côté de la baie.

Il se gara sur le front de mer, face à l'océan qu'il venait de fuir. Le givre brillait sur les piliers du quai et le vent d'est fouettait le pick-up. Des vagues gigantesques enflaient puis éclataient. Au large, l'écume de la marée bouillonnait, anneau d'acide autour des îles Porcupine. Il tressaillit à l'idée que cet océan soit le monstre sur le dos duquel il gagnait sa vie. C'était un miracle qu'il n'ait pas encore été détruit ou dévoré.

Dans la rue, de la lumière et de la musique s'échappaient d'un bar à jazz pour touristes argentés. On avait beau être hors saison, le bar apparaissait comme un îlot de vie parmi les hôtels aux volets clos, les rues verglacées et les devantures sombres. Ici, Lyman se sentait différent, à son aise. Des guirlandes de Noël étaient drapées sur les feux de circulation. Les lampadaires diffusaient un halo bleu argent. Quelque chose se libéra dans sa poitrine. Sa respiration ne lui faisait plus l'effet d'une lame de rasoir. Le monde, pensa-t-il en écrasant sa cigarette, est un endroit merveilleux, quand on est le seul à y vivre.

Le bar était tout en miroirs et noyer teint. De vieux tonneaux en chêne étaient disposés autour des tables hautes. Une tapisserie de plaques d'immatriculation vintage encadrait un miroir occupant presque tout l'espace derrière le comptoir. Rebuté par son reflet – un visage pâle et hagard qui tranchait avec la clientèle animée –, Lyman leva les yeux. Il espérait apercevoir une lucarne, peut-être même un fragment de lune, au lieu de quoi son regard rencontra une feuille d'étain poli et martelé. La musique était sonore et rythmée. Retardant le moment de se tourner vers la scène, Lyman resta planté dans l'entrée, en proie à un sentiment de terreur mêlé de fascination, jusqu'à ce qu'un couple lui tapote poliment l'épaule : pensait-il fermer la porte et prendre un verre ? Ils étaient jeunes et semblaient sincères. Ils ne cherchaient pas à le provoquer, aussi s'excusa-t-il avant de se diriger vers une table isolée.

Sur scène, un sextet vociférait dans la nuit, saturant l'air de couleurs. Un jeune Noir cambrait les reins en s'époumonant dans un saxophone alto d'où s'envolaient des nuées de notes claires et vertes. Près de lui, une femme en sueur caressait une contrebasse ; chaque ligne et double stop projetait une vibration ocre dans la salle. À ses côtés, un ado filiforme bataillait avec un énorme saxophone baryton. Le cuivre semblait flotter entre ses mains. Seul indice de son effort : la manière dont roulaient ses paupières lorsqu'il soufflait une magnifique vague bleu cobalt. Quand le batteur tapait sur le tambour à timbre, des étincelles orange vif crépitaient dans l'air. Une pianiste, tête penchée sous l'effet de la concentration, faisait jaillir de ses doigts des filaments pourpres et albâtres. À l'avant, le leader : un jeune trompettiste fougueux qui semblait faire l'amour et la guerre à son instrument. Alors qu'il sanglotait en se démenant, il embrasait le monde avec son histoire.

Lyman écouta le set avec tout l'enthousiasme d'un homme qui aime la musique mais n'a que trop rarement l'occasion de l'apprécier en live. Il buvait en criant son enthousiasme. Dehors, la neige fondue martelait les fenêtres. Pas un seul pêcheur alentour. Pas une seule personne de sa connaissance à des kilomètres à la ronde. Une sensation aussi grisante qu'effrayante.

Les musiciens firent une pause. Lyman s'approcha du comptoir. Les autres clients étaient en pleine conversation. Il attendit seul, face à son reflet. Pour la première fois, il se sentit hors de son élément. Une onde de peur le traversa. La musique avait cessé. Les couleurs s'étaient fanées. Que faisait-il ici ? Saoul au plus profond de la nuit hivernale. Loin de sa famille. Personne ne savait où il était. Dans le miroir, il aperçut le couple de l'entrée. Il leur fit offrir un verre, à la recherche de quelque chose. De la compagnie, une promesse, une connexion ? Ils lui renvoyèrent un mot griffonné sur une serviette : "Joignez-vous à nous." Alors Lyman les dévisagea ouvertement. Sous la table, la femme frottait le haut de la cuisse de l'homme. Ses doigts montaient de plus en plus. Lyman imagina le désir brûlant de son compagnon. Elle écarta les cuisses, le corps alangui par l'alcool. Lyman aperçut une ombre. Il regarda pulser l'entrejambe de l'homme. La femme ouvrait et refermait ses jambes au rythme de la musique. Les musiciens jouaient un jazz plus doux à présent, du deep house. Le couple lui sourit.

L'échange de regards, le verre, le désir et le désespoir – tout cela avait épuisé Lyman. Il voulait rentrer chez lui. Il aurait dû être au lit, entouré de sa famille, à l'abri derrière le mur qu'il avait érigé avec amour des années plus tôt. Sa vie lui manquait – le poêle à bois, l'odeur de l'ail, de la cannelle et de la lavande. Il voulait se déshabiller sous le clair de lune en regardant Grace dormir, l'enlacer sous les couvertures, embrasser son visage, ses seins, chuchoter, "Je suis tellement désolé."

Lyman sentit un goût métallique monter dans sa gorge. La femme referma les cuisses. L'homme haussa les épaules. Lyman se leva et sortit en titubant. Les guirlandes ne brillaient plus. Le bar était un abîme noir et silencieux. Une vague de peur le submergea. Il fourra ses doigts dans sa bouche et serra les dents. *Non, pas maintenant, pas encore.* Rien ne vint. Lyman démarra le pick-up et rebroussa chemin, ressassant tout ce qu'il avait appris sur les avions au cours des dernières semaines. Il ignorait combien de temps s'était écoulé. Il ignorait même où il allait. Soudain, il s'arrêta devant le frêle portail marquant la frontière entre deux mondes : la deux voies qui s'étirait dans la nuit et la piste en gravier qui menait à la maison des Ames. Il coupa le moteur. Exhuma un gobelet du tas d'outils sur le plancher. Une fois dehors, il déposa un peu de neige dans le gobelet et ouvrit la bouteille de gin volée au Fish House.

Deux heures quarante-huit du matin. La lune était presque pleine. Lyman était trop furieux pour avoir froid. Il crut voir un oiseau voler devant la lune, une ombre fugitive. Enfant, la nuit, il regardait migrer les cygnes par la fenêtre de sa chambre. L'œil vissé à une lunette d'observation, il attendait qu'une splendide silhouette ailée se découpe contre la lune. Tout ce qui vivait dans le ciel était magique. Contrairement à la lune, aux étoiles et aux planètes, cependant, les cygnes racontaient une histoire : nous étions là-bas, maintenant nous sommes ici, bientôt nous serons loin. C'était il y a longtemps et les vieux souvenirs sont les plus durs à raviver. Lyman porta une nouvelle rasade de gin bon marché à sa bouche. L'alcool lui brûla la gorge. Il but en pensant à la lune et vida la bouteille. Puis il alla chercher ses outils ainsi qu'un bidon de diesel dans le pick-up. Le soleil ne se lèverait pas avant deux heures. La nuit était sombre et froide. Personne ne risquait de s'arrêter pour inspecter le pick-up de plus près. Se repérant aux rayons de la lune qui baignaient les bois d'une lueur argentée, Lyman se dirigea vers la grange. Des mois de rancœur et de recherches titubaient avec lui dans la neige. Telle conséquence pour telle action. Tel effet pour telle omission. À l'ouest, les collines patientaient. À l'est, la mer s'agitait. Entre elles résonnait une pensée unique, réduisant la raison en poussière : *Je vais bricoler un peu, juste assez pour lui flanquer la frousse, juste assez pour le ramener sur terre.*

16

Au matin, dans le ventre de la maison délabrée, Adam et Molly contemplaient le ciel. Un orage approchait à l'est. Molly était triste, parce que la tempête signait peut-être la fin de l'hiver. Le printemps apporterait autre chose. Des mois qu'ils vivaient sur Loomis Hill ; les herbes, les fleurs et les broussailles s'étaient flétries il y a longtemps. À présent, ils avaient l'impression d'habiter dans une carcasse. Le froid ne faiblissait pas. La peau de Molly était si sèche qu'elle se crevassait. La nuit, son père essayait de masquer sa toux en s'enfouissant sous les couvertures, mais le froid qui imprégnait chaque seconde de leur existence était tel que le bruit ricochait partout. Néanmoins, ils dansaient et racontaient de vieilles histoires. Néanmoins, ils étaient ensemble. Depuis que les plantes qui poussaient comme par magie dans les pièces avaient disparu, la vue sur le monde était plus dégagée. Mais peut-être le monde les voyait-il tout aussi nettement.

Le soleil ne brillait pas, pourtant Molly avait insisté pour retirer les planches sur les fenêtres.

— Je veux voir la neige tomber.

— Il fait froid dehors.

— Pas si froid.

— Pas si chaud non plus.

— Si on avait une télé, j'aurais autre chose à regarder.

— En effet. (Son père s'approcha de leur petit réchaud et remua la soupe qui mijotait dans une casserole cabossée.) Pas longtemps, alors.

Molly avait perdu le compte des jours – on était début mars, voilà tout ce qu'elle savait – et son père la trouvait folle de regretter la disparition de la neige.

— Une dernière tempête de neige, ce n'est pas une si mauvaise nouvelle quand on ne se nourrit que de riz et de repas déshydratés et qu'on se réchauffe avec des couvertures.

Il vit l'expression peinée de sa fille, puis il contempla la maison, la prairie et les bois. Alors il comprit. Ce n'était pas tant la tempête, que la perspective de quitter ces lieux : là rôdait la peur. Le monde extérieur ne ferait qu'une bouchée d'eux. Le cœur d'Adam s'emplit d'un immense chagrin. Quand Molly le voyait étudier les cartes du Canada, elle se détournait d'un air dégoûté. Furieuse, elle l'accusait d'être faible. Le lendemain, elle s'excusait toujours, allant parfois jusqu'à regarder les cartes avec lui. "Les ombres finissent par se dissiper", disait Adam avant d'embrasser les cheveux noirs et soyeux de sa fille. Ce n'était pas seulement le sentiment de paix dégagé par ce lieu semblant se passer des hommes qui manquerait à Molly. C'était un tout. C'était son père. C'était cette vie qui, bien que fruste, était pleine de sens et d'amour. Pour la première fois depuis que sa mère les avait abandonnés, sa vie lui semblait complète.

Voilà à quoi étaient occupées les pensées du père et de la fille lorsque Molly montra quelque chose au-dehors.

— Papa, regarde.

Adam l'entendit avant de le voir. Un rugissement dans le ciel. L'engin les dépassa et vrilla au-dessus des collines. Il perdit de l'altitude, reprit péniblement de la hauteur, vira dans la brume et tourbillonna dans le vide.

Adam se redressa en tremblant.

— Il va s'écraser.

Molly se dirigeait déjà vers la porte.

— Attends, cria Adam. Si on part maintenant, on ne reviendra peut-être jamais.

Il éteignit le réchaud et se précipita à la suite de sa fille.

Privé de moteur, l'avion s'abîmait lentement vers la mer. Si le pilote ralentit, pensa Adam, il parviendra peut-être à amerrir. La tempête n'était encore qu'un murmure. La houle ne s'était probablement pas encore levée. À quelques kilomètres de là, la radio de l'aéroport municipal capta un SOS. Horrifiée, Molly vit un point minuscule se détacher de l'avion. Comprenant qu'il s'agissait d'un corps, elle accéléra, se tordant les chevilles dans la neige. L'air humide saturait ses poumons desséchés. Elle attendit de voir se déployer le parachute. Ensuite, l'avion disparut derrière les crêtes. L'océan absorba l'explosion, sans quoi le souffle aurait déchiqueté les collines, la rivière, le monde.

Ils trouvèrent le garçon sur le rivage, étendu parmi les rochers, entouré des lambeaux de son parachute. Son bras était gravement brûlé. Une plaie profonde aux contours irréguliers s'étirait de son épaule gauche à son torse. Sa jambe était pliée à un angle impossible et sa hanche était luxée. Il s'était évanoui. Une fine couche de neige recouvrait son corps. Il était glacé. La route la plus proche se trouvait à deux kilomètres. Heureusement, sa maison n'était pas loin, si on coupait par la forêt.

— Je ne sais pas quoi faire, bredouilla Molly.

Elle se pencha sur le garçon, le cœur soulevé par la peur.

Adam s'agenouilla et sortit un couteau. Il trancha les cordes du parachute, aussi près du pack que possible.

— Cale tes genoux de chaque côté de sa tête. Pose la main sur son front. Réconforte-le.

— Il n'est pas conscient.

— Peu importe. Je vais remettre sa hanche en place.

Molly s'installa près du garçon, qui n'était pas beaucoup plus vieux qu'elle. Trempé, il puait la mer. Les vagues l'avaient entraîné sur la plage au lieu de l'emporter au large. Elle ne savait pas quoi faire, où le toucher. Elle s'approcha de son cœur et fredonna la mélodie obsédante qu'elle avait composée dans les bois quelques mois plus tôt.

— C'est bien Molly, c'est bien. (La voix de son père lui parvenait de quelque part au-dessus d'elle.) Dis-lui qu'il va s'en sortir. Ça va faire très, très mal.

Le garçon sembla s'animer au contact de la musique. Molly posa les mains sur sa poitrine. Ne meurs pas, pensa-t-elle.

Aussi délicatement que possible, Adam souleva la jambe et la fit pivoter jusqu'à ce qu'il sente la friction suivie du claquement de l'os pénétrant la cavité articulaire. Un hurlement transperça les bois. Molly pressa son front contre celui du garçon.

— Tu as traversé une épreuve terrible. Tu vas t'en sortir.

Le garçon qui était tombé du ciel sombra de nouveau. Adam éclissa la jambe avec des branches et les liens du parachute. Molly pansa la plaie en suivant les instructions de son père. S'efforçant d'agir vite, Adam coupa les lambeaux de la voile et les plia de façon à créer une sorte de coussinet. Il dit à Molly de soulever la tête du garçon, puis il installa la minerve de fortune autour de son cou, la renforçant avec des bâtons. Il craignait que l'adolescent ait la colonne brisée. Ne pouvant contacter le monde extérieur et ne souhaitant pas l'abandonner le temps de prévenir les secours, Adam entreprit de le transporter avec l'aide de Molly.

Leur vie paisible sur la colline n'était pas censée se terminer ainsi. Le ciel s'assombrissait. Le vent murmurait dans les arbres. Molly comprit qu'elle ne savait presque rien. Son acte de sabotage les avait menés là. À présent, une autre tragédie les en arrachait. Ployant sous le poids de Galen, elle pensa aux météores en feu, aux ours mourants, au sens du mot voleur et au sens du mot survivant.

Des formes se matérialisèrent à l'orée des bois. Au début, Grace Creel crut à une illusion induite par la brume ou la neige entre les branches. Puis la brume s'avança dans le jardin. La tempête était encore jeune, à peine une heure, mais il était tombé suffisamment de neige pour altérer le monde. Le paysage d'ordinaire familier semblait étrange, chimérique. Deux silhouettes apparurent. L'une appartenait à un homme, l'autre à un enfant. Une troisième forme flottait dans leurs bras. Grace pensa d'abord à un fagot de bois ou à un jeune cerf. Ensuite, elle comprit.

Elle voulut poser son mug sur le comptoir, qu'elle rata d'une bonne trentaine de centimètres. Les éclats d'argile s'éparpillèrent au sol et le café chaud éclaboussa ses mollets. Paralysée, en proie à un sentiment d'horreur mêlé de fascination, elle regarda le jeune cerf s'incarner en son fils.

À midi, l'accident avait fait le tour de la baie. Les sirènes et les appels radio résonnaient dans toute la ville. Des secouristes essayèrent de retrouver mon père, en vain. Une ambulance fonça dans les rues enneigées pour emmener Galen à l'hôpital Eastern Maine Medical Center. Cal Hayes partit à la recherche de Lyman Creel, que personne n'avait vu depuis sa sortie remarquée au Fish House la veille. Plus tard dans la soirée, Lyman se rendit à la police. Molly et Adam Greenwind aussi. Avant d'être rénové, le bureau du shérif était une église congrégationaliste. Les charpentiers avaient laissé des bancs le long des murs. Sur ces bancs, le père et la fille mangèrent de la pizza et burent du café et du chocolat chaud en répondant aux questions des inspecteurs jusque tard dans la nuit. Pendant ce temps, Lyman croupissait dans un sous-sol, derrière des barreaux espacés de sept centimètres, au fond d'un couloir en béton auquel menait un escalier étroit. Derrière lui se trouvait une petite fenêtre. Au matin, la neige l'avait entièrement obstruée. Rien de tout cela n'était juste. Les choses étaient simplement ce qu'elles étaient.

Je fus surpris que ma mère ne devine pas aussitôt ce qui s'était passé. Nous passions un samedi tranquille à la maison. Elle était nerveuse depuis le réveil, mais elle était toujours nerveuse ces temps-ci. Sam et Daphne gémissaient près de la porte. Après le petit déjeuner, elle avait feuilleté un catalogue de graines pendant une heure dans la cuisine.

Puis elle en eut assez et entreprit de rédiger un article sur les jours comptés des poissons migrateurs et les mesures à prendre pour détruire les barrages qui bloquaient leur passage.

Plus elle s'absorbait dans ses notes, plus elle était agitée. Elle se leva plusieurs fois pour remplir son mug de café. Elle arracha des pages de son carnet, les froissa en boule et les brûla dans l'évier. Elle regardait sans arrêt la rivière à travers les carreaux. Nous l'observions avec amusement. Simon proposa d'aller racheter des allumettes. Link proposa d'aller racheter du papier. Je restai muet. "Arrêtez de faire les malins", dit ma mère dans un rire. Puis elle continua d'arpenter la maison en jetant des coups d'œil vers la fenêtre. Arnoux et le garçon volaient. Ils étaient partis tôt pour éviter la tempête. Elle savait que son mari ne défierait pas l'orage qui grondait au-dessus de l'océan. Elle savait qu'il reviendrait. Il revenait toujours.

Mais parfois, l'amour ne peut rappeler l'amour à soi. À quelques kilomètres de là, l'engin en acier que mes parents avaient ramené à la vie plongea dans la mer.

Plus tard dans la matinée, Grace vint nous annoncer la nouvelle, accompagnée de Moses Jupiter. Wren était à l'hôpital avec sa grand-mère. Grâce à l'intervention héroïque de Molly et Adam Greenwind, l'état de Galen était stable.

Debout dans l'entrée, Grace semblait porter tout le poids du monde. Ma mère la gifla et se mit à crier. Ensuite, elle s'effondra dans ses bras.

Je ne me rappelle plus lequel de nous trois se précipita dehors en premier. Soudain je courais, pieds nus dans la neige. Link et Simon aussi. Nous dépassâmes le pick-up de Moses. Nous dépassâmes le paddock de Cricket, qui leva la tête à notre passage. Nous fonçâmes dans les bois, Sam et Daphne sur les talons. Link arrachait les branches enneigées par poignées. Simon courrait si vite que nous avions du mal à le suivre. Je me tirais les cheveux en ravalant les mots, *Ne pleure pas, ne pleure pas, ne pleure pas.* Nous voulions imiter la férocité des monstres, persuadés que la sauvagerie nous préserverait du deuil. Hélas, malgré nos cris barbares, nous restions des enfants.

Le souffle court, nous parvînmes à la clairière, conscients soudain que c'était notre destination depuis le début. Par-delà la falaise, le ciel était sombre. Les vagues noires se fracassaient contre la roche. Fouettés par les branches, nos visages étaient striés de rouge, nos habits constellés de neige et de glace.

L'arbre aux pommes fantômes se dressait devant nous. Au pied du tronc, les fruits rouges étaient enfin tombés.

Le cœur en miettes, les poumons en feu, nous attendîmes, bouleversés.

Il aurait dû être là. Alors que nous traversions les bois, mes frères et moi avions prié pour un dernier miracle. Nous avions demandé à la mer de nous rendre notre père.

17

RAPPORT D'ACCIDENT NTSB*

DÉTAILS DE L'ÉVÉNEMENT

DATE : 21 mars 1994
HEURE : 10 h 04
TYPE : American Champion 7ECA Citabria
PROPRIÉTAIRE/PILOTE : Arnoux Ames
OCCUPANTS : 2/ DÉCÈS : 1
AUTRE DÉCÈS : 0
DOMMAGES À L'AÉRONEF : irréparable
CATÉGORIE : accident, sabotage
LOCATION : Baie de Penobscot, Maine, USA
PHASE : approche
NATURE : privée
AÉROPORT DE DÉPART : Penobscot Regional Airport
AGENCE CHARGÉE DE L'ENQUÊTE : National Transport Safety Bureau (NTSB)

* *National Transport Safety Board*: Conseil national de la sécurité des transports.

DESCRIPTION DE L'ÉVÉNEMENT

À l'aéroport de départ, les conditions météorologiques étaient les suivantes : visibilité à seize kilomètres, nuages épars à cent mètres, température de -3° C au point de rosée. Le pilote et le copilote ont indiqué qu'ils effectuaient un vol d'entraînement. L'avion a décollé sans incident et atteint une altitude de mille mètres à environ quarante kilomètres de la piste. Très vite, le pilote a signalé une défaillance de l'altimètre et de l'indicateur de vitesse. À ce stade, la visibilité était encore bonne. Un brouillard épais s'est abattu sur la baie, entraînant une détérioration des conditions de vol. Le pilote a déclaré qu'il rebroussait chemin, se conformant aux protocoles de sécurité standard. Quelques instants plus tard, le moteur est tombé en panne. Le pilote est parvenu à stabiliser l'appareil. L'avion est passé en vol plané avant de plonger dans un banc de brouillard. Les chances de réussir un amerrissage étaient extrêmement faibles. Le pilote a choisi d'actionner le siège éjectable du passager, utilisant le seul parachute à bord. Il s'est ensuite dérouté vers l'océan. Sans instruments fonctionnels, il n'a pas pu ajuster son angle de plané. Peu de temps après, l'avion a plongé dans l'océan, se désintégrant au moment de l'impact.

CAUSES PROBABLES DE L'ACCIDENT

Panne mécanique (sabotage) suivie d'une erreur de pilotage. Au décollage, à l'insu du pilote, l'appareil était déjà endommagé par une opération de sabotage. La prise statique avait été obturée, parasitant les commandes et les mesures de vol. Du diesel était également présent dans le réservoir de l'aile gauche. Quand, à mi-vol, le pilote a changé de réservoir, le diesel a pénétré dans le moteur, entraînant une panne suivie d'un vol plané. Le pilote a réussi à maîtriser l'appareil, puis il a viré en direction de l'océan. À basse altitude, avec une visibilité quasi nulle et des instruments défectueux, il n'est pas parvenu à contrôler la stabilité de l'appareil afin d'appliquer les procédures d'urgence.

Ce que nous savions de l'accident fut minutieusement reconstitué par les experts en accidents aériens, ces spécialistes du désastre. Ils interrogèrent pendant plusieurs heures Lyman et Galen Creel ainsi que Molly et Adam Greenwind. "C'était juste un peu de mastic et de diesel, déclara un Lyman médusé, sans chercher à dissimuler son crime. Pourquoi n'a-t-il rien remarqué ? Je voulais juste lui flanquer la frousse..." Sa voix s'estompa et il prit sa tête entre ses mains.

Des touristes et des pêcheurs retrouvèrent des débris aussi loin que Matinicus Rock à l'est et Blue Hill au sud. Dans les mois qui suivirent l'accident, à intervalles réguliers, la mer rejeta des rappels de la catastrophe. Un enregistreur de vol installé par mon père, documentariste obsessionnel, avait survécu à l'impact : celui-ci nous offrit un ultime enregistrement de sa voix tandis qu'il tombait du ciel, transmettant avec calme chaque détail atroce. Un jour, un élève employa le mot "herpe" en référence à un morceau d'épave retrouvé sur la plage. Le terme m'était inconnu. Après l'avoir cherché dans le dictionnaire, je faillis me jeter sur le garçon. Link traversa le gymnase et m'enveloppa dans ses bras. "On a déjà été trop loin, dit-il. Regarde où ça nous a menés." L'élève ne pensait pas à mal. Aveuglé par le chagrin, je voyais des insultes et des affronts partout. Herpe signifiait “objet rejeté”. Mon père n’était pas un objet rejeté.

Son corps n’a jamais été retrouvé. Pendant des années, j’ai rêvé de son retour. J’étais présent au moment où l’on sortait son cadavre de l’eau, même si, encore un enfant, je n’étais pas censé être témoin d’une telle scène. Dans les rêves, l’océan remontait furtivement la rivière jusqu’à notre maison pour me dire où se trouvait mon père. *Dépêche-toi,* chuchotaient les flots par la fenêtre de ma chambre, *dépêche-toi avant qu’ils t’arrêtent.* Il était étendu sur un grand rocher plat, dans une crique encaissée que le soleil ne pouvait atteindre. Son corps était raide, inerte. Je pensai à du bois flotté. Je pensai à Nigawes, à Sanoba et à leurs enfants. Infatigable, mon père était un hyperactif. Je ne l’avais presque jamais vu au repos. Étrangement, son corps me fit penser à l’enfant qu’il était jadis, avant d’avoir toujours quelque chose à faire. Sa peau était si bleue qu’elle paraissait presque noire. Son corps n’était ni brisé ni brûlé. Il semblait apaisé : un bloc de chair bleue sur un rocher bleu baigné par une lumière bleue. Mais ses cheveux avaient disparu. Et ses orbites étaient vides. Les poissons avaient dévoré ses yeux et ses doigts, les réduisant à des excroissances pulpeuses. Je me penchai au-dessus de lui. J’avais envie de toucher ses mains, de les rapiécer. Chaque fois que je m’approchais de ses paumes, je me réveillais en hurlant.

S’il y avait eu un corps, nous aurions répandu les cendres au pied de l’arbre à pommes fantômes qu’il aimait tant. Au lieu de cela, un dimanche matin en avril, nous gagnâmes la falaise pour un dernier adieu. Le soleil émergeait tout juste de derrière les nuages. Bientôt les cornouillers seraient en fleurs, constellant les bois de blanc. Les jacinthes, les plantes préférées de mon père, sortiraient de terre. Il m'avait raconté leur triste légende. Hyacinthe était un jeune Grec dont Apollon et Zéphyr, le dieu du Vent de l'ouest, étaient tous deux épris. Un jour, Apollon avait décidé d'apprendre à Hyacinthe à lancer le disque. Fou de jalousie, Zéphyr avait soufflé sur le disque, le renvoyant sur le garçon, qui était mort sur le coup. Les jacinthes poussent là où le sang d'Hyacinthe a imbibé la terre. Je voulus demander à mon père si j'avais oublié un détail, puis je me rappelai le trou dans le monde.

Ceux qui aimaient mon père et souhaitaient son retour se rassemblèrent sur la falaise. Ensemble, nous chantâmes et nous sanglotâmes. Chaque fois que je m'autorisais à faire face à mon chagrin, je sentais ma respiration s'engouffrer dans mes poumons et menacer de m'avaler. Ainsi, pendant longtemps, je choisis de ne rien sentir du tout. À la fin de la cérémonie, Link se précipita sur l'arbre avec une hache. Grace Creel se plaça en travers de son chemin.

— Je sais que tu es en colère et que tu as peur, chuchota-t-elle. (Étrangement, sa voix râpeuse était aussi réconfortante qu'une étreinte.) Mais tu n'abattras pas cet arbre.

Nous observions la scène, impuissants.

— À moins que tu ne m'abattes aussi, ajouta Grace en croisant les bras.

Link semblait sur le point de se jeter sur elle. Puis il se roula par terre et hurla que nous étions tous coupables. Grace enjamba la hache et le prit dans ses bras.

— Je sais, mon garçon, je sais, murmura-t-elle.

Ni Adam ni Molly n'assistèrent à l'enterrement. Nous ne les avions pas revus depuis leur acte de bravoure. Ils étaient en garde à vue. La bataille juridique qui déciderait de leur avenir avait commencé. Je savais que Moses les soutiendrait à chaque étape. Reggie avait déjà entrepris de lever un fonds de défense juridique. La maison sur Loomis Hill était redevenue une simple ruine. “Les gens vont et viennent, déclara Reggie. Parfois, nos dettes envers les absents subsistent longtemps après leur départ.” À l'ouest, le soleil disparut derrière les collines. Une autre journée s'abîma dans l'obscurité tandis que se poursuivait notre deuil.

Au fil des ans, ma mère avait planté des pêchers partout sur le terrain. Ils poussaient avec difficulté, fleurissaient peu et ne donnaient presque jamais de fruits, pourtant elle se battait pour les maintenir en vie. Elle ajoutait du sucre et du marc de café à la terre. Elle passait de longs après-midi avec eux. Elle leur parlait, elle leur lisait des histoires. Parfois, elle chantait. Un jour, nous lui avions demandé pourquoi elle faisait tous ces efforts. “Dans un conte taoïste, un pêcher produit une pêche tous les trois mille ans. Celui qui la mange devient immortel.” Nous étions restés silencieux. “Voilà pourquoi je fais tous ces efforts”, avait-elle conclu, comme s'il s'agissait d'une réponse en soi.

Quand nous revîmes Lyman, il passait à la télévision, vêtu d'une combinaison orange vif. Lors de son incarcération, son visage s'était empreint d'une expression sidérée qui semblait ne jamais devoir le quitter. La question qui nous tourmentait tous le hantait aussi : comment en était-il arrivé là ? Quoique peu loquace, il avait déclaré aux enquêteurs, aux avocats, aux autorités, aux membres de sa famille que l'avion n'était pas censé s'écraser. Arnoux n'était pas censé mourir, tout cela n'était qu'une farce. Maintenant qu'il faisait face aux conséquences de son acte, il semblait anéanti par sa propre bêtise.

— Ils ne m'ont rien dit, lança-t-il au procureur, le ton implorant. Mon garçon voulait apprendre à voler. Je n'étais même pas au courant. Une si belle passion. Je l'aurais laissé faire. J'aurais parcouru des centaines de kilomètres pour l'emmener chez le meilleur instructeur du Maine. Je n'étais même pas au courant, répéta-t-il, bouleversé.

Lorsque je le regardai, debout dans la salle d'audience, je le détestai, pourtant je le comprenais, aussi. Lui cacher les leçons avait été cruel.

— Je vois, répondit le procureur, un homme de grande taille au visage luisant de sueur qui remontait sans arrêt ses lunettes. Toutefois nous ne sommes pas là pour juger leurs actions, mais les vôtres.

— Je sais, je sais. Ce n'était pas censé arriver.

— Les faits sont là, monsieur Creel.

Lyman se prit la tête entre les mains.

Grace Creel n'assistait pas au procès de son mari. Elle était dans notre salon, debout près du poêle.

— Pas un mot. Je suis là où je me sens utile.

Link voulut éteindre la télévision, mais Simon le retint par le poignet.

— Non.

Notre mère s'était remise à fumer. Plusieurs jours pouvaient s'écouler sans qu'elle prononce un mot. Elle refusait qu'on l'accompagne en ville. À la maison, elle s'enfermait dans sa chambre. Parfois, elle montait dans le petit grenier où nous entreposions les décorations de Noël, les vieux habits et les jouets, persuadée qu'il ne nous viendrait pas à l'idée de l'y chercher. Près de la rivière, tout sentait la cendre, tout le temps. Elle nous fit signe de laisser la télévision allumée.

— Que vont devenir ses oiseaux ? demandai-je.

Wren détourna les yeux pour cacher ses larmes. Ma mère écrasa une cigarette sur le comptoir et sortit dans le jardin. À quatre heures de l'après-midi, elle avait déraciné les pêchers, les jetant près des bois. Au loin, les corbeaux croassaient. Peut-être comprenaient-ils que leur monde aussi avait été réduit en cendres.

Le soir même, Grace replanta les arbres, baignant les racines dans de l'eau sucrée. Toute la nuit, elle leur parla. Au matin, je lui demandai ce qu'elle faisait. "Je maintiens les choses en vie." L'évier était strié de terre noire.

Sous le poids du deuil, la vie emprunte des chemins étranges. Ma mère et Grace avaient toujours été proches. Après la mort d'Arnoux et l'inculpation de Lyman, elles semblaient avoir besoin l'une de l'autre d'une manière intense et nouvelle. Dans les mois qui suivirent l'accident, petit à petit, Grace et sa famille s'installèrent chez nous. Ma mère et Grace interagissaient peu, mais elles semblaient capables de communiquer sans paroles. Je me demandais souvent si leur symbiose était née de l'amour ou de la culpabilité. Lyman ne se vit pas accorder une mise en liberté provisoire. Bientôt il irait en prison. La plupart des soirs, le téléviseur était éteint. L'air était de plus en plus tiède, vert et plein de promesses. Les rainettes coassaient, les lucioles clignotaient, les étoiles dansaient leur ballet cosmique. Mais notre monde sur la rivière était un gouffre insondable.

Le matin, Wren et Galen se levaient en même temps que nous. Grace nous accompagnait à l'école. Je ne me souviens pas vraiment d'eux ni de ce qu'ils disaient. Je sais juste que Galen était hanté par des terreurs nocturnes. Ses cris m'arrachaient à mes propres rêves. Plus que tout, je voulais qu'il ferme sa gueule. Lui était vivant, au moins. Je ne prêtais pas attention à Wren, qui me parlait sans arrêt pour essayer de me ramener au monde. Je ne rêvais plus de son corps. Je ne me réveillais plus avec le goût de sa peau sur les lèvres. Nous gravitions l'un autour de l'autre, fantomatiques, nous croisant et nous recroisant. Nous ignorions qui était l'astre central, qui une planète, qui une lune, où se trouvaient le soleil et son envers, le vide noir et froid.

18

L'IMMORTALITÉ peut être déroutante. Mon père n'était plus parmi nous, mais il survivait dans chacun de ses fils, de manière quelque peu altérée. L'automne après l'accident, Simon quitta l'université et revint vivre en ville. Il avait pour but de finir chacun des projets inachevés de mon père. Il installa un lit dans le bureau du chantier et mit deux ans à achever sa mission. Mon frère aîné si doux fut remplacé par une sorte de requin, un homme sûr de lui, froid et calculateur. Son futur chantier, un conglomérat moderne dépassant les rêves les plus fous de mon père, avait déjà pris forme dans son esprit. Deux ans plus tard, Link et moi terminâmes le lycée. Je me destinais à une carrière dans la médecine. Link passait presque tout son temps dans le bureau de recrutement de la Marine.

— Tu te souviens du pêcher qui ne donnait qu'un seul fruit ? demanda ma mère un après-midi.

Nous mettions en carton des T-shirts et des couvertures. Les albums photos étaient déjà emballés. La cuisine était encombrée de boîtes et de papier bulle en attente de vaisselle. Link s'était enrôlé dans l'armée. Bientôt, je rentrerais à l'université. Ma mère aussi quittait la rivière. Elle avait décidé de fermer la maison pour emménager dans un appartement au-dessus du journal.

Depuis longtemps, je n'écoutais plus ses histoires. Je ne lisais plus. Je ne rêvais plus des silhouettes spectrales de mes ancêtres, je n'allais plus voir les pommes fantômes et je ne croyais plus aux banshees. L'imbécile que j'étais se croyait trop vieux pour les contes de fées. En réalité, le deuil avait annihilé ma capacité à m'émerveiller.

— Bien sûr.

Les choses s'étaient-elles améliorées ? Ma mère fumait toujours. Si on lui demandait comment elle allait, dans la rue, à l'épicerie, n'importe où, elle se mettait à crier. À la fin, on cessa de lui poser la question. Pourtant le journal continuait de paraître chaque semaine, sans faute. Cela pouvait-il être considéré comme une amélioration ?

— Certains laissent tomber. (Ma mère examina un pull noir à la lumière de la fenêtre. Le pull de mon père.) Soudain, ils sont prêts et ils s'en vont. D'autres s'accrochent. Tu peux rester, mais il faut le vouloir.

Elle plia soigneusement le pull et le déposa dans un carton. Ensuite, elle traversa la pièce et prit mon visage entre ses mains jusqu'à ce que ma colère n'ait nulle part où aller. Je lui en voulais de partir, à tel point que j'aurais pu la gifler. Si je ne la détestais pas, c'était uniquement parce que je l'aimais tant.

— Ne sois pas en colère. Je ne le trahis pas. Je ne l'abandonne pas. (Elle agita la main en direction du ciel et de la rivière qui traversait le bois, contournait l'arbre aux pommes fantômes et se jetait dans l'océan.) Il est toujours là. Il vient avec moi.

Après avoir entassé mes maigres possessions sur le plateau, ma mère, Reggie, Moses et moi nous éloignâmes de la baie, serrés dans l'habitacle du pick-up de Moses. Je ne comprenais pas pourquoi ils avaient tous tenu à m'accompagner.

— Ça n'a peut-être rien à voir avec toi, dit ma mère.

L'idée ne m'avait pas effleuré. Je me murai dans le silence et arborai un air maussade. Reggie était au volant. Nous allions au Canada, où je m'apprêtais à entamer mes études. Nous aurions dû rouler en direction du nord puis de l'est afin de franchir la frontière. Au lieu de cela, Reggie enclencha le clignotant et mit cap au sud, vers la baie de Machias, l'embouchure de la rivière Sainte-Croix. Avec Reggie, les détours étaient prévisibles, aussi restai-je muet.

— J'espérais que tu t'énerverais, au moins, dit mon oncle. Il y a sûrement un programme de rentrée, là-bas.

— Sûrement.

— J'ai quelque chose à te montrer avant que tu nous quittes.

— Tu as toujours une idée derrière la tête, ironisai-je.

— On a tous quelque chose à te montrer, rectifia Moses.

Ma mère resta muette, les yeux rivés sur les arbres verts qui défilaient derrière les vitres.

Au bout d'une heure, nous parvînmes à la baie de Machias. Nous descendîmes du pick-up et frissonnâmes sur une plage rocheuse en regardant la houle. Nous étions en territoire Passamaquoddy, m'expliqua Moses. En 1604, à quelques kilomètres au nord, les Français avaient fondé la Nouvelle-France. Ils avaient établi leur première colonie sur une île dans les mâchoires glacées de la baie de Fundy, à l'endroit où la rivière Sainte-Croix se jette dans l'océan. En décembre, la rivière avait gelé. Les marées avaient morcelé la glace, transformant la baie en une gueule béante hérissée de tessons. Coupés du continent, les colons mouraient de faim.

— Ils se croyaient condamnés. Les Passamaquoddy les ont aidés à survivre. Au printemps, les Français sont allés plus au nord, en Nouvelle-Écosse, comme nous appelons cette région aujourd'hui.

J'observai le paysage, sidéré qu'un peuple puisse être assez fou pour s'installer sur une île austère soumise aux caprices de l'Atlantique. Ils avaient emporté des commodes à dorures, entre autres meubles sophistiqués, sans toutefois penser à prendre des manteaux chauds, des chaussures d'hiver ou des réserves de nourriture. Lorsque je regardai la côte de plus près, je vis des formes dessinées sur d'énormes blocs de pierre.

— Qu'est-ce que c'est ?

— Des pétroglyphes, dit ma mère. (C'étaient les premières paroles qu'elle prononçait depuis un moment.) Certains ont jusqu'à trois mille ans.

— Avant l'arrivée des Européens, les shamans gravaient des arcs sur les rochers, dit Moses. Les arcs symbolisaient leurs voyages, quand ils s'envolaient dans le monde des esprits pour leur demander conseil, puis qu'ils revenaient parmi leur peuple, riches d'un savoir nouveau. Les arcs étaient partout. Ensuite, le christianisme a pris de l'ampleur et les shamans se sont mis à graver des lignes verticales. Des flèches qui décrivaient leur ascension, jamais leur retour.

— Je ne peux pas avoir ce genre de discussion aujourd'hui, dis-je.

L'absence de mon père, le seul à ne pas être là, pesait sur le paysage.

— La mort est un cercle. Les chrétiens en ont fait une ligne. Peu à peu, dans l'esprit des gens, le lien entre le monde des vivants et celui des morts s'est distendu.

— Arnoux n'est pas un shaman préchrétien. Il est mort.

— Je sais.

Avec cet aveu, je sentis le monde retrouver son équilibre.

— Certaines personnes sont plus réceptives que d'autres, dit Reggie.

Je refusais de l'entendre. J'avais la poitrine oppressée. Je grelottais, aspergé par les vagues, les bras serrés contre les côtes. J'étais au bord des larmes. Soudain, je pris conscience que je n'avais laissé personne me voir pleurer depuis des années, un constat qui me parut terriblement triste.

— J'en ai marre de cette vie où chaque moment est une leçon.

Moses hocha la tête. Reggie baissa les yeux. Je crus la conversation terminée, quand ma mère prit la parole.

— Depuis qu'il est mort, tu t'es endurci. Si tu nous quittes comme ça, j'ai peur que tu ne reviennes jamais.

À l'évidence, elle ne parlait pas seulement d'un retour au sens géographique du terme. Je levai la tête et croisai le regard sombre et patient de Moses.

— Ton père adorait ces rochers, poursuivit ma mère.

Ils refusaient de m'abandonner. Ils étaient ma famille. Les rochers attendirent. Les flots bouillonnants attendirent. Les vagues n'en finissaient plus de se briser. Le vent était implacable. Je tressaillis, imaginant l'âpreté d'une vie au bout du monde. Il m'apparut que la côte s'était transformée en falaises et rochers pour survivre. Avec le temps, n'importe quel autre paysage aurait été réduit en miettes. Pourtant des hommes persistaient à y habiter.

Moses effleura un gros rocher. Une image prit forme sous ses doigts. Quelques instants plus tôt, la pierre était lisse et grise, banale. Comme chaque fois que l'on est confronté à quelque chose qui existe entre deux mondes – la vie d'un oiseau, la conscience d'un arbre – dès que je vis la vérité de la pierre, je fus incapable de voir autre chose.

— On appelle cet esprit le Meda, dit Moses. (L'image représentait un visage grossier dépourvu de bouche, avec de grands yeux et de longues oreilles.) Les images ne se révèlent pas à tout le monde. Ce n'est pas un monde perdu, c'est un monde caché. Ce visage, tu le connais.

Une histoire de mon père me revint alors en mémoire, à propos d'un homme doté de pouvoirs extraordinaires. Ses longues oreilles entendaient chaque bruit. Rien n'échappait à ses grands yeux. Il n'avait pas besoin de parler pour être au courant de tout. Voilà qu'il était gravé dans la pierre, à quelques pas de moi.

— J'avais oublié, parvins-je à articuler.

Ma mère me prit la main.

— Ça peut arriver.

— C'est pour ça qu'on est ici, dit Reggie. Pour t'aider à te rappeler.

J'étais honteux, enragé par le dessin. Et j'étais heureux que Moses, Reggie et ma mère soient avec moi, même si mon père avait disparu. La vérité de son absence sembla recouvrir l'océan, s'étirant d'une vague à l'autre, jusqu'à ce que je ne puisse plus l'ignorer. J'étreignis Moses, puis mon oncle, enfin ma mère.

Ce soir-là, nous campâmes sur une petite île près du rivage, entourés des pétroglyphes, qui surgissaient partout où nous posions les yeux. Lorsque nous traversâmes les flots noirs en canoë, ma mère montra un grand héron occupé à faire des manœuvres aériennes sous la pleine lune.

J'eus la sensation qu'une page se tournait. Je désignai un rocher près de notre camp.

— Quand est-ce que papa a découvert les gravures ?

— Il y a longtemps, répondit ma mère. Avant ta naissance. On cherchait le père de ton père. Un homme qui le connaissait nous a hébergés quelques jours. Selon lui, ton grand-père avait eu une vie difficile. Il parlait souvent de son fils mais ne l'avait jamais connu. Il buvait trop. Il ne s'était jamais remis du suicide de ta grand-mère. L'homme n'avait plus de nouvelles, il aurait pu se trouver n'importe où… en train d'étaler du goudron sur une route, en prison, sur un chantier naval, mort. Avant notre départ, l'homme nous a amenés ici. (Ma mère se tut ; je compris qu'elle voulait prolonger le souvenir.) Selon lui, c'était un des seuls endroits où ton grand-père se sentait en paix.

— Après, Arnoux s'est pris de passion pour tous ces trucs, enchaîna Reggie. Il venait déjeuner à l'hôtel et me parlait des shamans qui communiquaient avec les bons et les mauvais esprits. Il lisait des livres sur les pétroglyphes. Il a même voulu que je l'accompagne à Orono pour consulter les archives de folklore. D'après lui, les shamans pouvaient sortir de leur corps et visiter d'autres mondes. Parfois, les mauvais esprits les piégeaient et ils restaient coincés dans un univers parallèle. Ils ne retrouvaient jamais leur peuple.

J'étais peiné d'apprendre quelque chose sur mon père alors qu'il n'était plus. J'avais tant de questions à lui poser.

Percevant ma tristesse, Moses passa un bras autour de mes épaules.

— Il t'aurait montré ces rochers, s'il en avait eu le temps.

Reggie fit quelques pas sous le clair de lune et glissa une clé dans ma main. La clé de la cabane du lac.

— Tu ne la fermes jamais, dis-je.

— Maintenant tu pourras le faire, si tu y tiens, répondit Reggie. Et tu auras un endroit où aller si tu décides que tu crois aux flèches et aux arcs.

— Les shamans qui voyageaient dans d'autres mondes. Qu'est-ce qui leur arrivait s'ils s'absentaient trop longtemps ?

— Ils restaient en transe et ils mouraient de faim, murmura ma mère.

— Mais qu'est-ce qui arrivait à leurs âmes ?

— Ça, c'est le mystère ultime, mon chéri.

V

19

CE MATIN, je me suis réveillé convaincu que trois œufs au plat et une randonnée de quinze kilomètres dans une montagne isolée étaient la solution à tous mes maux. Un plan simple – les meilleurs le sont toujours. Le poêle crépitait dans la pénombre. Les fenêtres givrées qui donnaient sur le lac commençaient à s'éclaircir quand le téléphone que je m'efforçais d'ignorer se mit à vibrer. Lorsque je répondis, je fus arraché au présent et projeté dans le passé. Quel est ce monde dans lequel un minuscule gadget peut bouleverser votre vie avec une facilité dévastatrice ?

Six mois que je n'avais parlé à Wren, depuis que nous avions passé un week-end en Nouvelle-Écosse ensemble, à manger trop de fromage, à boire beaucoup trop de bière, à crapahuter sur les falaises arides de la vallée d'Annapolis. Nous étions descendus sur la côte sud du comté de Queens pour visiter la communauté rurale de Mill village. Dans la forêt environnante se trouvait une station Teleglobe désaffectée dont Wren avait entendu parler il y a des années. Nous avions déambulé parmi les satellites hors d'âge et couverts de mousse, sidérés que ces disques géants aient tenu une conversation de trente ans avec l'espace. Puis nous avions mis cap au nord, nous arrêtant pour écouter des violonistes acadiens jouer dans des relais routiers. Comme souvent, pour plaisanter, nous avions évoqué la possibilité de faire l'amour, ayant tous deux glissé dans une sorte de célibat perpétuel. Finalement, nous avions préféré ne pas gâcher notre amitié, persuadés que le mur entre nous était infranchissable. Peut-être même nous permettrait-il de rester proches jusqu'à la fin de notre vie.

À l'autre bout de la ligne, la voix ne correspondait pas à celle que j'avais entendue six mois plus tôt. C'était la voix de Wren adolescente, aiguë et mal assurée, l'exact opposé de l'instrument qu'elle était devenue. La voix de Wren me donna envie d'être à nouveau jeune avec elle. Le choc de cette révélation fut tel que, d'un seul coup, ma gorge se noua. Ma main lâcha la poêle en fonte que je transférais de la cuisinière au comptoir. Je n'étais plus dans la cuisine d'une cabane que j'avais connue toute ma vie, à faire frire des œufs en rêvant de montagnes au début du printemps. J'étais chez Wren, devant six pierres bleues parfaitement rondes et lisses. J'étais au sommet de Hatchet Mountain sous la pluie des Géménides. J'étais sur la berge de la Petite Rivière, évidé par le chagrin, rêvant d'un avion qui n'en finissait plus de tomber.

— Tu pleures ?

— En fait, les dix secondes qu'on vient de passer au téléphone sont les seules durant lesquelles je n'ai pas pleuré au cours des deux derniers jours.

Lyman Creel était mort en prison. Mon plongeon dans le passé me permit de comprendre que je n'étais pas seulement triste pour Wren, mais aussi pour moi. Quel coup de tonnerre, de voir une poêle s'écraser à vos pieds tandis que votre voix préférée résonne dans vos oreilles, puis de prendre conscience que vous allez pleurer un homme que vous êtes censé haïr.

— Il était malade depuis longtemps, poursuivit Wren.

— C'est ce qu'on dit toujours : "Il était malade depuis longtemps."

J'essayai de ravaler ma colère, stupéfait de la sentir monter si vite.

— Des fois, c'est vrai. On n'y peut rien.

— Je ne le savais pas.

— Je ne te l'avais pas dit.

— Désolé. (J'avais perçu l'irritation dans sa voix.) Je me comporte comme un con. Je suis surpris, c'est tout.

— Qu'il soit mort ou que tu n'aies pas été tenu au courant de sa maladie ?

— J'en sais rien.

— Je ne voulais pas t'en parler.

— Tu aurais dû, j'aurais pu…

— M'aider ?

— Peut-être. Quel mal y a-t-il à ça ?

— Aucun. Je ne me moque pas de toi, David. Je ne voulais pas t'accabler. Tu as ta propre vie. Tu ne peux pas t'occuper de celle des autres en cherchant à repousser l'inévitable.

— Je suis médecin.

— Tu n'aurais rien pu faire et tu serais devenu fou à force d'essayer.

Elle avait raison. Wren est cosmologiste à l'université McGill. Elle étudie le temps et la relation entre différents types de matière. Elle donne aussi des cours à Montréal. Le regard qu'elle pose sur le monde n'est pas simple. Selon Wren, ma philosophie naïve et sentimentale – nous sommes là pour aider les autres à rester là – résulte d'une compréhension imparfaite de mon père, que j'ai trop peu connu. Mon point de vue serait la preuve que je n'ai jamais eu une pensée originale de ma vie, théorie qui, si elle est vraisemblable, me semble exagérée. Ayant aimé Wren de diverses manières depuis mes quatorze ans, je ne peux m'empêcher de prêter attention à ses paroles. "Tu as peut-être raison, mais je persiste à croire qu'il vaut mieux avoir une action juste d'un point de vue légal, philosophique ou scientifique, qu'une action originale." À ce stade, soit elle lève les yeux au ciel, soit elle raccroche. Wren estime que mon sens moral – qu'elle trouve répugnant mais non dénué d'une certaine noblesse – est indissociable de l'ego masculin. Je suis trop impliqué pour confirmer ou infirmer ses soupçons.

— T'es dans la baie ? demandai-je.

— Pourquoi ? Je te manque ?

— Arrête.

Silence. Dans le jardin, une volute de brume s'enroula autour d'un immense pin noir. Le soleil ne se lèverait pas avant une heure – c'était mon moment préféré, perdu entre l'ombre et la lumière. Pendant un bref instant, juste avant que l'aube ne l'anime, le lac était d'un noir impénétrable. La glace venait de fondre. Les fantômes en sommeil allaient bientôt se réveiller.

— Je fais tout mon possible pour éviter que cette conversation soit réelle. Je suis chez moi, à Montréal. Je sais que je devrais partir. Mais je n'y arrive pas. Le simple fait de décrocher le téléphone a failli me tuer. (Je réprimai un rire suscité par son choix de mot malheureux.) Inutile d'être poli. Lâche-toi.

— Tu veux que je vienne ? Je pourrais faire le trajet avec toi.

— En fait, je préférerais venir à toi.

— Venir à moi ?

— Oui.

— Je suis sur le lac.

— Je sais. Malgré ta fortune et ta réputation, tu te déplaces peu.

Wren avait raison. Je partageais mon temps entre la côte est du Maine, où j'habitais, et la cabane. J'avais plusieurs comptes en banques, un souvenir de mes cinq terribles années d'internat dans un grand hôpital à Boston. Tout ce qui m'importait, c'étaient mes patients. Et Cricket, bien sûr. Je l'emmenais partout dans un van confortable.

— Tu veux me rejoindre à East Grand ?

— C'est vraiment cette partie de la conversation qui te pose problème ? Oui, je veux te rejoindre à East Grand.

— Je croirais entendre ma mère, dis-je, une manière de l'insulter tout en la complimentant.

— C'est plutôt flatteur. Avant, tu me disais que tu adorais le lac parce qu'il était entre deux pays. Du coup, on y était à la fois partout et nulle part. Tu t'en souviens ?

— Bien sûr.

— J'ai besoin d'être partout et nulle part. Ne serait-ce que pour un jour ou deux. Même si c'est juste une illusion à la con.

Soudain, je compris et j'eus honte. Elle n'était pas prête à affronter ce qui l'attendait dans la baie de Penobscot : la réalité de la mort.

— Je serai là demain, poursuivit-elle. Ça nous laisse un peu de temps. L'enterrement aura lieu lundi.

Je me rappelai alors qu'aujourd'hui était le Vendredi saint.

— Le lendemain de Pâques.

— Oui.

— Harold sera là ?

— Jamais je n'envisagerais de te priver de sa présence. Il a déjà prévu un itinéraire. Il veut conduire.

— Il a quatorze ans, non ?

— Presque quinze, mais on s'en fiche. Il n'y a pas beaucoup d'obstacles sur la route, c'est à la portée de n'importe quel idiot assez grand pour atteindre les pédales tout en dépassant le tableau de bord. De toute manière, je ne suis pas pressée. Lyman est déjà mort.

Surpris par son calme, je présumai que son sang-froid était feint.

— Tu n'as pas à faire semblant avec moi.

— C'est ton ego de mâle qui parle. Parfois, on doit s'habituer à l'absence de quelqu'un longtemps avant sa disparition. (La voix de Wren n'était plus qu'un murmure.) Disons que j'étais bien préparée.

— Mais sa mort…

— Me fait mal à en crever. Je serai là demain. Ne va nulle part. Ne te fais pas arrêter. N'épouse personne. Ne fais d'enfant à personne. Ne meurs pas.

Elle raccrocha.

Je me sentis envahi par un vide abyssal. La mort, pensai-je, les yeux sur le lac immobile qui s'embrasait sous le soleil : rien n'est plus troublant que la mort. Pas un souffle de vent, une surface comme du verre. Je pensai à la révélation que j'avais eue enfant – un lac est une fenêtre sur le monde.

Certains voient à travers, d'autres non. À l'évidence, mon père était de ceux qui voyaient. Lyman aussi. La prison avait été rude pour lui. Ma mère avait publié une série d'éditoriaux amers à son sujet, décriant le laxisme de la justice pénale. Ensuite, il avait essayé de se suicider. Bien évidemment, les éditoriaux ne suffisaient pas à expliquer son geste. Il vivait en enfer. Chaque jour, une cascade d'échecs déshumanisants l'enfonçait un peu plus. Ma mère n'avait rien arrangé. La défense de Lyman, fondée sur l'aliénation temporaire, avait échoué. Il avait été inculpé d'homicide involontaire. Cela n'avait pas suffi à ma mère. Ses lecteurs avaient découpé les articles, les envoyant par douzaines à Lyman. Il avait essayé de se pendre avec un drap. Il avait survécu. Il fumait trop et ne faisait pas assez d'exercice. Apparemment, il avait contracté un cancer des poumons quelques mois avant la fin de sa peine.

Un de mes patients a passé trente ans prison. Je le traite pour de nombreuses affections – un diabète, une amygdalite, de la goutte, une dégénérescence maculaire. Selon lui, aucune de ces maladies n'est la cause de ses souffrances. “Elles sont les symptômes d'un problème plus profond.” Il est norvégien, il s'appelle Anders Hines et il est charpentier. La première fois qu'il est venu me voir, il était si mal en point qu'il avait du mal à travailler. Son commentaire m'a fait réfléchir. Je l'ai ressassé pendant plusieurs semaines. Quand il était jeune, Anders était pianiste. Pour une raison inexpliquée, il a décidé de braquer une banque avec d'autres garçons de son âge. Un des gardes a succombé à une crise cardiaque, après quoi la vie d'Anders ne lui a plus jamais appartenu. D'abord, il est devenu prisonnier du système correctionnel, puis il est devenu prisonnier de son propre corps et de son désespoir tenace. Un jour, alors qu'il se déshabillait dans mon cabinet, j'ai été frappé de constater combien il était gris. Sa peau, ses cheveux, ses lèvres, même ses ongles, tout était couleur de cendre. “Ils ne vous laissent pas repartir avec grand-chose”, a-t-il dit lorsqu'il a surpris mon regard. Quelques jours plus tard, il est passé chez moi avec un steak de cerf – il s'en voulait de ne pas avoir assez d'argent pour me payer, bien que je lui aie répété de ne pas s'en faire. Nous avons dîné ensemble. Il m'a expliqué qu'à ses yeux, la peine de mort était la seule alternative charitable à l'incarcération. Dès le moment où l'on est emprisonné, a-t-il argué, on cesse d'être humain. Il était tard et la cabane était plongée dans la pénombre. Quand Anders s'est levé pour allumer la lumière et débarrasser nos assiettes, il s'est déplacé de manière si furtive, j'ai cru qu'il avait cessé d'exister. J'avais beau savoir qu'il était là, je distinguais à peine les contours de son corps. Ensuite, il m'a demandé si mes souvenirs étaient associés à des émotions. Certaines tristes. D'autres joyeuses. Ce genre de chose. J'ai réfléchi quelques instants avant de répondre par l'affirmative. Apparemment, j'avais de la chance. La peur était devenue la seule émotion associée aux souvenirs d'Anders. Désormais, même ses souvenirs d'enfance venaient accompagnés d'une terreur incontrôlée. “Les gardes arpentent les galeries de ma mémoire, ils passent d'une époque à une autre et sautent des décennies entières. Tantôt, ils prennent la forme d'un geôlier, tantôt celle de ma mère. Ils ont toujours l'œil noir, l'air malheureux, une matraque ou un fusil à la main.” Cette nuit-là, j'ai plongé dans un profond désespoir. Je me suis endormi en proie à un trouble intense. Depuis, je pense souvent au peu qu'il devait rester de Lyman après toutes ces années de prison.

20

JE RACCROCHAI, tenaillé par le désir pressant et quelque peu inhabituel d'être entouré de gens. East Grand est un lieu où l'on se rend pour la raison inverse ; la ville offre peu d'endroits où se mêler aux vivants. Empli de chagrins anciens et nouveaux, j'attrapai une veste en laine et une Thermos, puis je quittai la cabane, sans prendre la peine de nettoyer la cuisine.

Cricket m'attendait dans son corral. J'avais défriché un demi-hectare de terrain près de la saillie et planté une clôture, craignant que Cricket prenne peur et se jette de la falaise, mais la plupart du temps, je laissais le portail ouvert – voilà des années que la jument me suivait partout sans donner aucune indication de vouloir sauter dans le vide. Je brisai la fine couche de glace au fond de son abreuvoir et lui donnai de l'avoine. Ensuite, nous longeâmes la falaise, Cricket se lovant contre moi à chaque pas. Elle devait percevoir, de cette manière propre aux animaux, le caractère inhabituel de la matinée. J'avais laissé une haie de grands pins à l'orée de la clairière. Nous la franchîmes telles deux créatures siamoises. La saillie s'étirait sur une trentaine de mètres du nord au sud. Les pins derrière, la falaise devant. J'y avais installé un banc ainsi qu'une table bricolée avec une ancienne porte de remise et du bois de récupération. Au-dessous de nous s'étalait le vaste lac. Cricket se rapprocha de moi. Je pressai mon visage contre son corps tiède, sentant ma peur s'évaporer.

— Merci.

Le vent dispersait la brume. De longs filaments bleus roulaient sur la surface du lac. Quand ils atteignaient le rivage, ils grimpaient le long la falaise et se brisaient sur mon pick-up, engloutissaient la cabane. Pendant quelques instants, les contours du monde devenaient flous. J'imaginai Lyman Creel dans le bardo : où en était-il de son voyage entre ce monde et le suivant ? La nouvelle de sa mort m'avait plongé dans le passé. Je tressaillis à l'idée que mon univers ne soit plus qu'un champ de fantômes.

La perspective de rouler une heure dans les bois pour trouver une agglomération, Fredericton par exemple, me donnait envie de sauter dans le lac avec une brassée de pierres, aussi me détournai-je de la falaise et ramenai Cricket à son paddock. Ensuite, je montai dans le pick-up et me dirigeai vers Duster – une poignée de bâtiments pour les chasseurs et les pêcheurs qui ferait bien l'affaire.

Les pins et les sapins étaient couverts d'aiguilles vertes, mais les arbres feuillus étaient encore dénudés. Devant leurs silhouettes décharnées, je pensai à mon père et à la piste qui menait à notre Petite Rivière. Désormais, j'entendais sa voix plus nettement que de son vivant. Pourtant je peinais à me rappeler son visage. J'étais heureux que Wren vienne avec Harold. Les enfants sont un antidote aux chagrins les plus abyssaux. Harold avait un père, mais personne ne savait où il était. Ainsi, pour son plus grand bonheur ou malheur, le garçon avait hérité de nous. Je ne l'avais pas vu depuis huit mois, mais j'avais toujours eu de l'affection pour lui : un grand gamin, solide et réceptif, un peu comme son oncle Galen avant l'accident. Si vous le rencontriez pour la première fois, vous pouviez le trouver dédaigneux. Avec ses longs cheveux qui retombaient dans ses yeux, il se détournait en baissant la tête et semblait se fondre dans les murs. Sitôt que vous lui parliez, cependant, il braquait son attention sur vous tel un phare dans la nuit. Le truc, avec Harold, c'était qu'il préférait être ailleurs, perdu dans ses rêves, à moins d'avoir quelqu'un juste devant lui. Les autres le fascinaient. “Il adore les gens passionnés, m'avait confié Wren un jour en haussant les épaules. Il veut savoir ce qu'ils aiment et pourquoi. C'est ce qui le rend heureux.” Rares sont les gens qui s'intéressent autant à autrui qu'ils le prétendent. Ceux dont la curiosité excède les prétentions sont plus rares encore. À quatorze ans, Harold n'avait aucune prétention et de la curiosité à revendre.

En ville, les fenêtres du relais de Tripp étaient éclairées. Quatre voitures étaient garées sur le parking : un pick-up rouillé dont ne subsistait que la cabine, une El Camino d'un autre temps, une Toyota et un pick-up une tonne rutilant. Je me rangeai près du véhicule neuf. Quand je vis le chien dans l'habitacle, je dus y regarder à deux fois. Un énorme bouvier bernois noir et blanc. Ses oreilles pendaient de part et d'autre de sa grosse tête carrée et une tache marron cernait l'un de ses yeux. Il était couché sur le siège passager. Ses côtes saillaient sous sa robe épaisse. Lorsque je lui adressai quelques mots, il enfouit sa truffe entre ses pattes, brisant mon cœur déjà trop éprouvé.

Au fil des ans, Tripp avait réussi à rendre son relais plus ou moins respectable. Désormais, un véritable comptoir occupait l'avant de la salle. À vrai dire, l'ancienne planche de contreplaqué me manquait. L'espace était plus lumineux et le sol était régulièrement nettoyé. La table de billard et la machine à sous avaient disparu, la vieille cible et le juke-box étaient restés. Des tables, des chaises, des menus, des couverts en métal et des assiettes en céramique achevaient de donner à l'établissement des allures de vrai restaurant. Tripp avait vieilli, mais il continuait de servir trois repas par jour, vêtu de son éternel tablier de forgeron, son catogan argenté retenu par un cordon en cuir.

— Que le connard avec un pick-up neuf et un penchant pour la maltraitance animale se manifeste, lançai-je en poussant la porte.

Tous les visages convergèrent vers moi. Seul celui de Tripp arborait un sourire. J'imagine qu'il était fier, ayant vu évoluer – ou régresser, selon votre perspective – le gamin studieux que j'étais avant.

— C'est pas des manières, docteur.

— Si tu m'appelles docteur encore une fois, j'irai chier dans ton salon. Après, on pourra parler manières.

Tripp se fendit d'une petite révérence et remplit ma Thermos de café noir.

— Le pick-up appartient à un type du Connecticut. Il est venu boire, pêcher et fourrer les pins : y a pas beaucoup de femmes dans le coin et elles sont pas près de baiser un type du Connecticut avec un pick-up spécial petite bite. Tout à l'heure, il est entré en titubant avec cinq mille dollars d'équipement sur le dos. Il puait la pisse et le whiskey. On l'a pas encouragé à s'attarder et on l'a pas revu depuis.

Un journal taché était posé sur le comptoir. Je remarquai un article sur la sonde Cassini développée pour explorer Saturne et ses lunes. Les images satellites de cette étrange planète me poussèrent à tourner les pages. Cassini avait été lancée dans l'espace à la fin des années 1990. À présent, la NASA demandait au monde de "saluer Saturne" tandis qu'à des centaines de millions de kilomètres de là, la sonde prenait notre minuscule planète en photo. Nous ne serions qu'un point lumineux dans un ciel sombre, presque une étoile. Les photos étaient stupéfiantes. Les tempêtes polaires sur la surface balafrée d'Hypérion, une lune qui refusait d'adopter la forme sphérique imposée par la gravité. La mer souterraine d'Encelade. Japet l'ensorcelante, moitié noire, moitié blanche. Peut-être Lyman et mon père, dont l'animosité mutuelle avait crû sur fond de phénomènes célestes, auraient-ils pu s'asseoir dans un *diner* comme celui-ci, mais situé dans la baie, au lieu de se trouver près d'une frontière isolée entre le Canada et les États-Unis, et mettre leurs malentendus de côté le temps d'admirer les prouesses d'une mission cosmique dans un journal crasseux. J'aurais tellement aimé que les choses se déroulent ainsi, ne serait-ce qu'un instant. Soudain je me sentis envahi par une immense fatigue. Je calai le journal sous mon bras, empoignai la Thermos et sortis sans ajouter un mot.

Je restai dix minutes dans mon pick-up, à relire l'article en m'inquiétant du sort réservé au bouvier bernois. Je pensai à Wren et à Harold. J'essayai de visualiser la route sur laquelle ils roulaient en ce moment même, le paysage environnant. Je revis Link se concentrer pour dessiner l'endroit où se trouvaient peut-être mes parents. Puis je pensai au principe d'incertitude. Wren me l'avait expliqué à l'époque où elle finissait son doctorat : la position d'une particule et sa vitesse ne peuvent être mesurées de manière simultanée. Si la position de la particule est connue, sa vitesse ne peut l'être, et inversement. Ainsi le monde continue-t-il de nous éluder.

Ne voyant pas d'autre solution, je descendis du pick-up et pris un pied-de-biche dans la boîte à outils sur le plateau. Ensuite, j'insérai l'outil entre la vitre et le toit du pick-up neuf, puis je l'agitai jusqu'à ce que le verre se brise. Le mécanisme céda et la vitre s'abaissa de quelques centimètres. Le chien m'adressa un coup d'œil méfiant avant d'enfouir son museau entre ses pattes. Je retournai au relais pour remplir d'eau un carton de lait que je versai sur le siège conducteur – en cuir, évidemment. Le chien but avec précaution, puis il retourna se coucher sur le siège passager. Des plaques de peau nue étaient apparentes sur son arrière-train et son ventre. Une de ses dents était méchamment ébréchée.

— Mauvais tirage à la loterie des maîtres, dis-je en versant une nouvelle rasade d'eau sur le siège conducteur.

Je passe beaucoup de temps sur le lac, mais j'habite près de la baie de Passamaquoddy, dans la région sauvage où la vie de mon père a commencé et celle de ma grand-mère s'est achevée. Ainsi je continue de vivre entre deux mondes. Si on met cap au sud, direction les lacs Chiputneticook – le Grand lac, le lac Mud, le lac North, le lac Palfrey, le lac Spednic –, on finit par atteindre l'endroit où la rivière Sainte-Croix se jette dans la baie de Fundy. Là-bas, dans les collines boisées à l'ouest de la rivière, se trouve le cabinet de médecine généraliste où j'exerce avec deux autres docteurs au cœur bien accroché. Nous faisons encore des visites à domicile. Tantôt, nous devons nous déplacer en bateau. Tantôt, en motoneige. Tantôt, nous prescrivons un traitement. Tantôt, nous prêtons simplement l'oreille. L'essentiel consiste à suivre le premier principe de la médecine : ne pas nuire. Sans oublier son corollaire non moins important : l'égal accès aux soins pour tous. Mes patients sont soit blancs soit passamaquoddy. Certains me rappellent ma grand-mère, d'autres mon grand-père. De temps en temps, un patient m'annonce que je me suis trompé de rivière et gesticule en direction de la baie de Penobscot. Ce genre de plaisanterie me met toujours mal à l'aise. Un peu trop proche de la vérité, je suppose. Ma maison est une simple cabane en rondins bâtie par Anders Hines, le charpentier norvégien qui a perdu son âme en prison. Elle se dresse sur le versant ouest de Porcupine Mountain, dans la réserve nationale de Moosehorne, près de Meddybemps. Quatre-vingt-trois pour cent de forêt, une dizaine d'habitants par kilomètre carré : plus d'ours et d'élans que de gens. Une vie complètement folle, peut-être, mais c'est la mienne depuis plus d'une décennie, quand Lee et moi avons rallié le nord après avoir bouclé notre internat. Nous voulions fuir la ville, que nous tenions pour responsable de nos problèmes de couple. Rétrospectivement, nous avions tort. Lee est partie. Je suis resté. Je voulais aider une communauté rurale en manque cruel de services médicaux et je n'avais pas le courage de retourner chez moi. Je rêvais d'une grande famille. Des chiens, des chèvres, des chevaux, des pick-up, des tracteurs. Un jardin, une clinique. Aujourd'hui, j'en ai conscience, mener une existence de pionnier au milieu de nulle part était le rêve de mes parents. J'ai aveuglément cherché à le reproduire. Ainsi naissent les désastres.

Après mon passage chez Tripp, je roulai sur les routes enneigées du Nouveau-Brunswick, gagnant peu à peu en hauteur. Quand j'atteignis les falaises au-dessus du lac, je bifurquai sur une clairière récemment défrichée et garai le pick-up au sommet d'une butte. Ensuite, je poursuivis vers Skeddadle Ridge à pied. Il fallait marcher dix kilomètres pour gagner la vallée isolée de la ville fantôme et revenir. On racontait que des familles y vivaient encore, mais je ne les avais jamais rencontrées. L'école et le bureau de poste étaient depuis longtemps retournés à la terre. Seuls les murs et les fondations en pierre tenaient encore debout.

Sur le chemin en lacets, je m'emmitouflai dans mon manteau pour me protéger des bourrasques furieuses qui fouettaient les falaises exposées. Je n'avais pas de crampons ni de chaussures de neige. Mes semelles dérapaient dans la boue à moitié gelée, néanmoins je m'enfonçai dans les bois. Toute trace de civilisation s'évanouit. Des nuages obstruèrent le soleil. La solennité grise de mars s'abattit sur les arbres, la chape froide et terne d'un cimetière ravagé par l'hiver, sans le moindre signe du printemps à venir. Les grenouilles attendaient, gelées au fond des mares et des ruisseaux. Les ours somnolaient. La sève brûlait de couler mais patientait encore. C'étaient les oiseaux qui me manquaient le plus. J'aurais préféré apprendre la mort de Lyman quelques semaines plus tard, quand le monde serait à nouveau vert et libre. Comme souvent, je n'avais pas d'itinéraire précis en tête, la randonnée de Skeddadle Ridge étant l'une de mes méditations préférées. La piste, que personne n'empruntait depuis une décennie, sinuait entre les arbres avant de parvenir à un embranchement. À droite, le chemin franchissait la crête et menait à l'ancien hameau. À gauche, une voie latérale plongeait dans les bois et débouchait sur le versant ouest. Là se trouvaient un ancien pâturage et une ferme abandonnée. Une hutte Quonset en acier se dressait au creux de l'embranchement, remplie de moissonneuses et de carcasses de tracteurs.

Mes pensées se tournèrent vers Virginia Woolf. Je m'étais remis à lire ses paragraphes spiralés jusque tard dans la nuit, à la lumière crépitante du poêle : "…et elle ne put s'empêcher de s'écrier : 'Oh ! que c'est beau !' Car la grande assiettée d'eau bleue était posée devant elle ; le Phare austère et blanc de vieillesse se dressait au milieu, très loin ; et à droite aussi loin que portait la vue, diminuant, disparaissant peu à peu en plis doucement allongés s'étendaient les dunes vertes chargées d'herbes folles et donnant l'impression de s'enfuir vers un pays lunaire, inhabité des hommes.*" Oui, pensai-je, de tels mondes existent, des paysages lunaires où nulle trace de pas ne vient troubler la neige, comme ces crêtes ou Japet qui, en orbite autour de Saturne, offre une vue dégagée sur ses anneaux de glace chantante.

J'écoutai mon corps modifier les bruits environnants. Les rafales qui hurlaient sur les rochers gémissaient à peine lorsqu'elles se brisaient contre mes os. Mes chaussures éraflaient les pierres. Mes semelles faisaient craquer la glace et crisser la neige.

Seul avec le vent, j'eus peur de me perdre. Alors je me mis à chanter en pensant à Lyman Creel. J'entonnai les

* Virginia Woolf, *La Promenade du phare,* traduit par Maurice Lanoire, Paris, Éditions Stock, 1929.

ballades préférées de ma mère sur le deuil, la miséricorde et la libération, *Swing Low*, *Down in the River to Pray*, *Long Road to Freedom*. Si la mort continuait de me hanter, j'eus le sentiment que tout finirait par s'arranger.

Devant la hutte Quonset, je changeai mes habitudes et tournai à gauche. Plusieurs centaines de mètres en contrebas, je me faufilai sous un grillage. La température baissait, le ciel était de plus en plus sombre. J'avais déjà entendu parler de la ferme, cependant je ne l'avais jamais vue. En réalité, il s'agissait d'une simple maison, oubliée depuis longtemps. Je pensai à Molly et Adam Greenwind. Eux aussi avaient fondé une utopie dans des conditions extrêmement difficiles. Rares sont les fins heureuses dans les vies américaines. Toutefois il existe des fins honnêtes. Malgré les efforts de Reggie et de ses amis, Molly a été mise en examen pour incendie volontaire. Le juge s'est montré clément et a tenu compte des raisons de son acte, entre autres circonstances atténuantes. Il l'a néanmoins condamnée à passer cinq ans dans un centre de détention juvénile, où j'allais lui rendre visite une fois par mois. Nous échangions rarement plus de quelques mots. Parfois Molly ne parlait pas. Cela ne me posait aucun problème.

— Tu remercieras ta mère pour toi, a-t-elle dit un jour. Elle m'a écoutée. Tu sais ce que ça fait d'être dans une pièce pleine de gens qui te détestent ?

J'ai eu beau fouiller ma mémoire, je n'avais jamais rien expérimenté de tel.

— Je ne voulais pas devenir une de ces femmes qui refoulent leur colère et implosent. J'ai préféré agir. (J'ai hoché la tête.) Je pense qu'on s'est assez vus. (À nouveau, j'ai acquiescé.) On se recroisera peut-être un jour.

Je me suis levé et j'ai quitté le centre pour la dernière fois.

À sa libération, Molly a franchi le pont au-dessus de la rivière et emménagé dans la réserve sur l'île. Son peuple l'a aidée à trouver le pardon. Elle y vit encore et enseigne le penobscot aux enfants. Je l'imagine dans un grand jardin, elle est capable de courir plus vite que n'importe quel idiot jusqu'au sommet de Bald Hill et voit son père aussi souvent que possible.

De jeunes arbres poussaient dans les prés autour de la maison. La grange et les cabinets extérieurs étaient délabrés. Lorsque je passai devant les fenêtres sombres, j'eus la sensation d'être observé. Non pas par la maison ou les bois. Par le temps. Derrière, le chemin sinuait dans un champ avant d'aller se perdre dans un bois dense de sapins noueux. J'hésitai avant de l'emprunter. Le soleil ne pénétrait pas la canopée. Les pierres, les troncs et les racines étaient tapissés d'aiguilles orange et de mousse luxuriante. À l'évidence, il s'agissait d'une forêt ancienne n'ayant jamais connu la scie. Les arbres étaient immenses. Leur écorce était constellée de lichen filamenteux vert fluorescent. D'immenses toiles de mousse s'enchevêtraient entre les cimes, pareilles à de sinistres capes. Certains troncs se trouvaient à moins d'une trentaine de centimètres l'un de l'autre. À chaque pas, la végétation noire se refermait un peu plus sur moi. Dans le ciel, j'entendis le croassement lointain d'un corbeau. Pile au moment où je crus que j'allais devoir me mettre à ramper, les arbres s'éclaircirent.

Un vent sec me mordit à la gorge tandis que mes yeux s'ajustaient à la lumière. Un petit étang gelé s'étalait à mes pieds. Je fis quelques pas avant de m'arrêter net. Un homme était debout face à la glace. Les braises d'un feu luisaient sur sa gauche ; un canot blanc reposait à l'envers sur sa droite. L'homme mesurait près de deux mètres et se tenait parfaitement droit, les bras ballants. Il portait un pantalon en toile et un T-shirt noirs. Des bretelles noires pendaient sur ses hanches, deux ailes repliées. Il devait faire -6° C, pourtant l'homme semblait insensible au froid. Il était chauve et ses vêtements trop amples flottaient sur son corps sec.

— Tu chantais faux. (Sa voix, un croassement râpeux. Il se retourna.) Je ne te veux aucun mal. Je suis juste un voyageur fatigué qui se repose.

Il devait être beaucoup plus corpulent autrefois. Si le temps avait rongé son corps, ses traits demeuraient juvéniles.

Il se racla la gorge.

— J'ai quand même apprécié ta performance. Je n'avais pas entendu ces vieilles ballades depuis longtemps. Parfois, tu semblais hésitant. J'ai trouvé ça étrange, parce qu'il n'y a personne ici.

C'était vrai. Dix ans que je me promenais dans ces bois, sur ces crêtes. Jamais je n'avais croisé quiconque.

— Sauf vous.

Il sourit. Ses dents étaient parfaitement alignées, blanches au point de paraître argentées. Sa peau était immaculée. Ses ongles, avec lesquels il remonta ses bretelles, étaient longs et jaunes.

— Jc supposc.

Repensant à ma manière de chanter, je pris conscience que l'homme avait raison.

— Si j'étais hésitant, ce n'était pas par gêne. Je me demandais juste si c'était approprié. Je n'étais pas sûr que celui pour qui je chantais le méritait.

— Je vois. (Il pinça les lèvres puis les relâcha.) Je comprends. Vous avez faim ou froid ? Le feu ne mettra pas longtemps à redémarrer.

Je voulais connaître son nom, la raison de sa présence ici, pourtant je ne posai aucune question.

— Non, merci.

— Je ne vous veux vraiment aucun mal. Cet endroit semblait parfait pour souffler un peu.

Près de l'étang, entre les rochers, je vis un tipi en branches recouvert d'une bâche. Une corde à linge était tendue entre deux chênes.

— Apparemment, vous soufflez depuis un moment.

L'homme gratta son crâne chauve.

— Le temps a passé. Hier soir, j'ai rêvé qu'un garçon venait ici. Il essayait de chanter mais ne produisait aucun son. Tout était très froid. Je me suis réveillé à quatre heures du matin en proie à un immense chagrin. Depuis, j'attends. J'ai même laissé le feu s'éteindre. Imaginez ma surprise quand mon rêve d'un garçon qui ne pouvait pas chanter s'est transformé en homme qui le pouvait.

Chaque fois qu'il parlait, sa voix semblait provenir d'une direction différente. Quelque chose m'échappait. Je voyais remuer sa bouche, mais ses mots semblaient monter de l'étang dans son dos, des rochers sur sa droite, de toutes parts. À l'origine, le ventriloquisme était un art spirituel pratiqué par les shamans. Au lieu d'avoir peur, j'éprouvai une sensation de réconfort, étrange et douce.

— Vous n'êtes pas le garçon de mon rêve. Il était différent. (Sa voix explosa juste devant moi ; j'eus l'impression de recevoir un coup en pleine poitrine.) C'était un enfant, un pèlerin. Et vous ? Vous êtes quoi ?

Je frissonnai. Je ne voulais pas avouer que j'étais médecin.

— Je ne sais pas. Je suis en deuil. Je suis un homme qui avait un besoin impérieux de marcher.

L'homme m'étudia attentivement. Puis il désigna le canot.

— Pour traverser l'étang. Si il n'était pas gelé, je vous emmènerais de l'autre côté, histoire que vous poursuiviez votre balade. J'étais passeur dans la marine. C'était mon boulot, de transporter les gens d'un lieu dangereux à un lieu sûr.

— Ce lieu est dangereux ?

J'avais beau plisser les yeux, je ne distinguais pas la rive opposée. Un brouillard épais se déversait de la forêt ancienne.

L'homme secoua la tête.

— J'en doute.

— Vous connaissez Japet ?

— Non.

— C'est une des lunes de Saturne, moitié blanche, moitié noire. Un mystère de la science, paraît-il. Une de ses faces est couverte de poussière, l'autre de neige. Et ce n'est pas tout. Une crête équatoriale haute de treize kilomètres et large de vingt kilomètres divise la planète en son centre. Je me demande souvent ce qu'elle sépare et si nous le saurons un jour.

— Un mur naturel. Treize kilomètres dressés dans l'espace.

— Oui.

— J'ai été témoin de nombreux miracles. Certains sublimes, d'autres affreux. J'ai transporté d'éminents personnages et noué des amitiés avec eux. Lorsque je quitterai mon corps pour de bon, j'aimerais aller dans un endroit comme celui-là.

Soudain je me sentis triste à l'idée de tout ce que je n'avais pas connu. Au bord de cet étang, j'eus l'impression d'être aussi minuscule et solitaire qu'un enfant. On n'évoque pas assez de la solitude de l'enfance.

— Aujourd'hui, c'est le Vendredi saint.

Ma voix me parut différente, étrangement similaire à celle de l'homme, un peu plus grave, peut-être.

— Tiens donc.

— Je vais être sincère. Je suis médecin.

— Pourquoi.

— C'est-à-dire ?

— Pourquoi êtes-vous médecin ?

La question me fit réfléchir.

— Pour comprendre comment fonctionnent les choses. Et pour aider les autres.

— Des réponses creuses.

— La plupart le sont.

La vérité était indicible : parce que la mer n'avait jamais recraché le corps de mon père. Si elle le recrachait un jour, je voulais être sûr de pouvoir le réassembler, tout du moins l'aider à reposer en paix. Parce que mon monde avait basculé quand j'étais jeune. J'avais alors été forcé de choisir entre la rage dévorante et la compassion infinie. Il m'avait fallu trouver un moyen d'emprunter la deuxième voie, peu importait sa difficulté.

— Par le passé, vous avez voulu nuire à celui qui est mort. Peut-être même vouliez-vous le tuer, dit l'homme, comme s'il lisait dans mes pensées.

Je revis Lyman Creel à la télévision, vêtu de sa combinaison orange.

— Peut-être.

— Vous ne l'avez pas fait. Pourquoi ?

— J'ai préféré devenir médecin. J'ai compris que le simple fait de vivre était une maladie fatale à traiter avec le plus grand soin. Et parce qu'une partie de moi l'aimait, aussi, avouai-je à contrecœur.

L'homme sembla satisfait par ma réponse.

— La colère est un cercle vicieux difficile à briser. Elle vous suit à la trace, comme le chien de la maison. Vous pouvez être fier de vous.

Pourtant je continuais de me sentir un traître et un imposteur. Le cercle vicieux de la violence intergénérationnelle n'est pas visible, hélas. À la différence d'un cercle de feu, qu'il suffit d'enjamber. La violence est dans nos gênes. En sortir équivaut à abandonner ses proches, à laisser un trou derrière soi. Je suis persuadé que la peur – de la solitude, du rejet, de la trahison – nous pousse à perpétuer le cercle.

— Quand avez-vous servi dans la marine ?

J'espérais changer de sujet.

— Il y a longtemps.

— Mon père aussi était dans l'armée.

L'homme hocha la tête.

— Cet endroit est spécial. Toute la Terre est spéciale, je suppose. Un concept impossible rendu possible, d'une manière ou d'une autre.

— Vous me rappelez mon père. Il disait souvent : “La Terre nous encourage à rêver, mais aucun rêve ne vaut la Terre.”

— Qui sait, je suis peut-être lui.

L'homme sourit de toutes ses dents à la blancheur aveuglante.

Cela n'avait aucun sens. Mais comment pouvais-je être sûr de ce que je voyais ? Nous ouvrons un robinet et regardons l'eau s'écouler en tournant dans le sens des aiguilles d'une montre. Pourquoi un homme ou une femme, ou un shaman ayant échappé aux pièges de l'éducation publique ou de la pensée collective ne pourrait-il pas descendre de la montagne, ouvrir un robinet et voir l'eau tourner dans l'autre sens ?

— Le plus difficile consiste à garder le cœur pur.

L'homme sortit une carte de sa poche et me la tendit. Lourde et tiède dans ma main, plus petite qu'une carte de jeu, elle avait des coins arrondis. Une de ses faces était rouge, aussi vive que du sang artériel. L'autre figurait un dessin au trait, le minotaure grec découpé sur fond blanc. Le portrait partait du poitrail de la créature et remontait, détaillant sa gorge, sa tête, son visage et ses cornes avec une précision glaçante.

J'examinai la carte dans la douce lumière bleue qui émanait de l'étang. Aucun mot n'était inscrit dessus. L'image était statique mais, comme toute œuvre d'art réussie, elle était empreinte de mouvement.

— Qu'est-ce que c'est ?

— Une carte, manifestement.

L'homme semblait voir à travers moi ; j'avais du mal à soutenir son regard.

— Ne désespère pas, fiston. Tout le monde mérite d'être célébré et tout le monde mérite d'être pleuré.

Je glissai la carte dans ma poche.

— J'ai une cabane avec un petit paddock sur East Grand Lake. (J'avais envie de le serrer dans mes bras, mais je n'osais pas le lui proposer.) Si vous me cherchez, vous me trouverez là-bas.

L'homme sourit à nouveau.

— Je sais. Un jour, je viendrai. Tu vas devoir attendre encore un peu. Et continuer de chanter.

Perdu, aveugle, les pensées en bataille, j'errai des heures sur les crêtes. La matinée se mua en début d'après-midi, puis en fin d'après-midi. Le ciel s'assombrit. Un orage grondait à l'ouest des collines. La température chuta bien au-dessous de zéro. Le vent forcit. Dans la lumière grise, la neige se mit à tomber, et la perspective de mourir m'arracha à ma transe. Je n'étais pas prêt à affronter une tempête la nuit. Bien évidemment, je n'avais pas de lampe torche, aussi rentrai-je dans la pénombre, dérapant sur la glace et les pierres entre les pins sifflants. Par deux fois, je me fis secouer par une bourrasque. Par deux fois, j'entendis un battement d'ailes dans le ciel. Des corbeaux. Si pressés de se mettre à l'abri qu'ils ne se donnèrent pas la peine de croasser. J'évitai l'étang, la ferme et la hutte, terrifié que l'homme ait disparu. Peut-être avais-je imaginé notre échange, même si j'étais sûr du contraire. Le temps que j'atteigne la clairière, une poignée d'étoiles pâles me raillaient dans la nuit.

Une couche de neige de douze centimètres recouvrait mon pick-up. Les clés étaient coincées derrière le pneu avant. Mon père et mon oncle avaient l'habitude de laisser leurs clés dans le contact chaque fois qu'ils garaient leur véhicule sur un chemin de débardage. Quand Reggie allait dans les bois, mon père le suivait pour déplacer sa voiture de quelques kilomètres, et vice-versa. C'était devenu un jeu. Ainsi, enfant, lorsque j'émergeais des bois avec mon père ou mon oncle, souvent, notre pick-up avait disparu. Ce n'était pas vraiment un problème pour Reggie, qui avait peu de contraintes horaires. Mais ma mère bouillonnait de rage chaque fois qu'Arnoux rentrait avec quatre heures de retard parce qu'il avait passé la moitié de la journée à chercher son véhicule.

— Ce n'est pas tant le retard qui m'importe, avait-elle déclaré à une occasion. C'est la peur. Les gens meurent dans les bois, Arnoux. Je ne supporte pas de t'attendre en me demandant si un arbre t'est tombé dessus, si tu as fracassé ton corps bien-aimé contre un tronc, ou si mon frère s'est encore foutu de toi en bougeant ton putain de pick-up.

Mon père n'avait pas changé ses habitudes pour autant, il s'était juste mis à débrancher la batterie, un piège facile à déjouer, toutefois mon oncle avait saisi le message et arrêté ses plaisanteries.

— Elle croit que je vais mourir jeune, avait soufflé mon père à Reggie un soir.

C'était en automne, nous avions confectionné un feu dehors et nous préparions une soupe aux cailloux. Je n'étais pas censé entendre cette confidence, mais j'étais un enfant qui ne voulait rien rater et traînait toujours à la périphérie des conversations adultes.

— Qui sait, elle a peut-être raison et j'ai peut-être tort. Pourquoi compliquer l'existence d'une personne dans le seul but d'en faire rire deux autres ?

Reggie avait acquiescé en allumant une cigarette. Puis il avait étreint mon père un long moment.

En ville, le pick-up flambant neuf était toujours garé sur le parking de Tripp, enseveli sous une couche blanche. Côté conducteur, la fenêtre n'avait pas bougé. Une trace de vapeur était visible sur le carreau, là où le chien avait pressé sa truffe pour respirer et regarder la neige s'accumuler. L'horloge sur mon tableau de bord ne fonctionnait plus – à vue de nez, il était neuf heures passées. J'effectuai un rapide calcul et fit volte-face pour pénétrer dans le relais, manquant perdre l'équilibre.

Deux femmes mangeaient une tarte au fond de la salle. Un homme buvait une bière et un café au comptoir. Ils étaient tous du coin. Le propriétaire du chien n'était nulle part en vue. Tripp feuilletait un numéro du *National Geographic*, les coudes posés sur le comptoir.

— David. T'as l'air gelé.

— Le gril est encore chaud ?

— Oui.

— Je vais prendre dix cheeseburgers.

— Dix cheeseburgers.

Tripp referma son magazine.

— Oui.

— Si le médecin meurt d'une crise cardiaque, ce sera une catastrophe pour la communauté.

— Heureusement que je ne suis pas ton médecin. Juste un touriste muni d'un portefeuille.

— Pas faux.

— Donc, je vais prendre dix cheeseburgers.

L'espace d'un instant, je crus que Tripp allait refuser. Le juke-box jouait Charlie Parker et Count Basie. J'imaginai des couples en sueur tourbillonner dans les airs. Tripp scruta la fenêtre givrée dans mon dos. Sous son manteau de neige, le pick-up attendait toujours.

— Dieu sait où est passé ce trou du cul. Yvette a remis de l'eau sur le siège il y a deux heures. Je lis un article sur les coyotes du Wyoming et la caldeira, dans le parc du Yellowstone. Paraît que le volcan est une vraie menace pour l'humanité. Un jour, il va se réveiller et engloutir la moitié de l'Amérique du Nord. De bons moments en perspective. Tu devrais jeter un œil.

Tripp me tendit le magazine, enfila son tablier et se dirigea vers la cuisine.

— Joyeux cataclysme à nous tous, marmonnai-je.

— Je préfère joyeuses Pâques.

— Joyeuses Pâques, Tripp.

— Merci, David.

Sur le parking, j'agitai un cheeseburger devant la vitre du pick-up neuf. Le bouvier bernois ne réagit pas. En quête d'un langage universel, je pris une bouchée, mastiquai bruyamment et soufflai mon haleine dans l'habitacle en me frottant le ventre. Le chien se redressa. Je glissai le reste du cheeseburger dans l'interstice. Le chien lécha le pain avec méfiance. N'y trouvant rien de suspect, il dévora le hamburger tandis que j'en sortais un deuxième du sac. Soudain, la pauvre créature famélique redevint un chien. Il se tortilla en haletant, révélant une langue énorme.

— Tu sembles très évolué, mais je doute que tu parviennes à déverrouiller la portière. Je vais devoir briser la vitre. (Le chien pencha sa grosse tête.) Je sais. Moi aussi, je suis contre le vandalisme. (Je haussai les épaules.) Aux grands maux… Ça va faire du bruit. Tu risques d'avoir peur. Mieux vaut que tu recules pour éviter de te blesser.

Je pensai avoir fourni une explication simple et complète, pourtant le bouvier n'esquissa pas un geste.

— OK, j'ai compris. T'es pas un idiot. Ne jamais rien faire gratuitement pour un homme avec un cheeseburger. (Je me débrouillai pour jeter le sandwich sur le siège passager. Le bouvier se jeta dessus.) Bon chien. Pas bouger.

J'enveloppai mon avant-bras dans mon manteau et fracassai la fenêtre. L'explosion de verre effraya le chien, qui faillit sauter dehors. Je brandis un troisième cheeseburger. Il se rassit et m'observa.

— J'ai traité un tas de coupures. C'est pas marrant, crois-moi. Je vais passer la main par la fenêtre. Si tu me mords, je termine ton dîner.

J'eus l'impression de prendre un sac rempli de poignées dans mes bras. Le chien, qui aurait dû être aussi lourd qu'un homme, était maigre comme un clou. Il portait un collier étrangleur pourvu d'une médaille sur laquelle on pouvait lire CHIEN.

— Nom de Dieu.

Je le soulevai par-dessus la vitre brisée. Au moment de le déposer par terre, je me ravisai et le portai jusqu'à mon pick-up, le déposant près de la portière côté passager. Lorsque je m'agenouillai, il me lécha le visage en remuant la queue. Délicatement, je retirai son collier, que je fourrai dans ma poche. J'ouvris la portière côté passager, grimpai dans l'habitacle et me glissai sur le siège conducteur. Sans toucher au sac de cheeseburgers, j'attendis. Le bouvier sauta sur le siège passager et s'installa, la truffe entre les pattes avant. Vint ensuite le test ultime. Je me penchai par-dessus le chien, dont les poils se hérissèrent, puis je fermai doucement la portière. Ensemble, on regarda tomber la neige. De plus en plus denses, les flocons formaient un rideau épais. J'étais las, déboussolé. Pour une fois, j'aurais aimé qu'il y ait des lampadaires en ville. Je voulais regarder tourbillonner la dernière tempête de l'hiver dans un halo de lumière douce et jaune.

— T'as raison, dis-je au chien. C'est la moindre des choses.

Je pris un bloc-notes dans la boîte à gants et griffonnai quelques phrases.

> Je m'appelle David Almerin Ames. Je suis médecin. Le bouvier bernois, que j'envisage de baptiser Otto pour des raisons qui ne vous concernent pas, est avec moi. East Grand Lake, côté Green Mountain. Que les choses soient claires : ceci est un avis, pas une invitation.

Accompagné d'Otto, je traversai le parking et laissai le mot sur le tableau de bord du pick-up neuf. Je sortis le collier de ma poche et l'abandonnai aussi. D'ici demain matin, les éclats de verre auraient gelé sur le siège conducteur. Ensemble, Otto et moi roulâmes vers la cabane.

Il était plus de dix heures quand nous arrivâmes enfin. Dans la nuit froide et sombre, le vent slalomait entre les étoiles. Je pris néanmoins le temps de faire visiter les lieux au chien. Nous descendîmes les soixante-dix-sept marches menant à l'eau. Je tendis le bras : "East Grand Lake, canot, les États-Unis d'Amérique (méfie-toi)." Otto bondissait entre les arbres, escaladait les blocs erratiques, sautait par-dessus les souches. Dans le jardin, je lui montrai tout ce que je pouvais : "Fenêtre, pignon, remise, ruisseau, tas de bois, chiottes." Sur la corniche, je lui présentai Cricket. Ensuite, je fis un geste qui englobait tout le terrain : "Chez nous." Otto remua la queue. La neige s'était muée en brume, mais l'hiver était encore présent. Je désignai le ciel : "Vénus, Saturne, les Gémeaux, Orion."

À l'intérieur, je remplis d'eau un grand bol pour faire descendre les cheeseburgers et enseignai à Otto l'art de construire un feu. Puis nous montâmes au loft. Je voulais lire quelques pages de Virginia Woolf, mais j'étais trop épuisé. L'éclat du feu brillait au rez-de-chaussée, la pleine lune pénétrait par la lucarne, inondant la cabane de ses rayons blancs. Dans les escaliers, j'eus l'impression que les étoiles se multipliaient. À mesure que je montai, un pied devant l'autre, les mains accrochées à la rambarde, une lutte désespérée, j'eus la certitude croissante que je n'atteindrais jamais ma destination. Je crus que je faisais une crise cardiaque ou une rupture d'anévrisme. Enfin, mon cerveau rationnel reprit le dessus et je continuai de grimper. À bout de souffle, je me hissai dans la nuit, Otto et son grand cœur à mes côtés. Je grimpai jusqu'à ce que je sois sûr d'avoir laissé East Grand derrière moi pour rejoindre les étoiles.

Otto se rua sous les draps et se lova contre moi. Au bout de cinq minutes, je le forçai à s'installer sur un tas de couvertures par terre, redoutant les conséquences d'une relation trop fusionnelle. Le vent hurlait dans chaque recoin dc la maison. Par la lucarne, je regardai les pins danser leur macabre chorégraphie d'hiver. J'étais épuisé. La journée avait été étrange, pleine de folie, pourtant le sommeil m'éludait, aussi descendis-je au rez-de-chaussée pour rédiger une lettre.

Le feu projetait des ombres lugubres dans la cuisine. Les bûches de frêne craquaient. La chaleur irradiait dans la cabane par vagues. La neige martelait les fenêtres, s'amoncelant sur le toit. Le vent s'engouffrait autour de la maison, émettant des plaintes aiguës suivies de notes plus graves. Bercé par cette musique singulière qui existe seulement dans les bois, je tendis l'oreille, à l'affût d'une rivière à des kilomètres de là. L'espace d'un instant, je crus l'entendre gargouiller.

Ne sachant à qui d'autre m'adresser, j'écrivis à ma mère.

Maman,

Aujourd'hui, Wren m'a appris la mort de Lyman. J'ignorais comment prendre la nouvelle, alors j'ai marché. J'ai marché jusqu'à ce que je ne sache plus où j'étais. Ensuite, j'ai rencontré un homme étrange. Avec lui, je me suis senti en présence d'un très grand amour. As-tu déjà rencontré quelqu'un dont tu avais l'impression qu'il était plusieurs personnes à la fois ? Je suis peut-être fou ? Après l'avoir quitté, j'ai marché pendant des heures dans le froid. Un brouillard épais s'est abattu sur moi. Une tempête grondait au loin. J'ai compris que je risquais de mourir et je suis descendu de la montagne. J'ai volé un chien. J'ai pleuré Lyman. J'ai chanté tes ballades préférées à la forêt, aussi fort que possible. Mon comportement n'avait rien de rationnel. Je me demande si je n'ai pas tout imaginé. Pourtant cette journée m'a paru bien plus réelle que d'autres. Tu vois ce que je veux dire ? L'équinoxe de printemps vient de passer. Si tu étais là, tu me dirais que nous sommes dans une période liminale, quand la frontière entre les mondes est fragile et poreuse. Peut-être est-ce acceptable de vivre un moment avec des fantômes. J'essaye de ne plus avoir peur. Tu me manques. Papa me manque. Je vais bientôt rentrer. Tu ne recevras pas cette lettre avant de me voir. Tu ne la recevras peut-être jamais, pourtant je sais que tu m'écoutes. Il n'y a rien à craindre. Nous ne sommes plus très loin l'un de l'autre, à présent.

Sincèrement,
David

21

Je me réveillai juste après l'aube, pensant avoir entendu la voiture de mon père remonter l'allée entre les cèdres. Le rêve dans lequel je m'étais perdu était flou, toutefois j'émergeai du sommeil empli d'une joie intense. Mon père, que je n'avais jamais vu durant ma vie d'adulte, se trouvait dans le jardin. J'avais oublié que j'étais à East Grand. J'avais oublié que mon père était mort. Cela m'arrive plus souvent que je ne suis prêt à l'admettre. Aux États-Unis, on risque de passer pour un aliéné si on avoue ce genre de chose, aussi préfère-t-on garder pour soi les voix et les apparitions. On se réfugie dans les rêves, où tout le monde est ensemble pour l'éternité. Tout ce dont je me souvenais, c'était de mon père disant : "Nous devons aller sur la rive."

En opportuniste de la pire espèce, Otto était revenu se lover contre moi à la faveur de la nuit. La neige avait cessé. La cabane était glaciale, le jardin désert, hormis les bûches dorées qui séchaient dans la lumière bleue et les corbeaux perchés dans un grand pin. Mon père communiquait avec les animaux dans leur propre langue. S'il avait été là, il aurait été occupé à croasser avec les oiseaux.

Cinq ans plus tôt, dans un magasin sur l'île du Cap-Breton, j'avais cru voir son pick-up. Il était garé dans une position complètement incongrue afin de profiter de l'ombre du plus grand arbre. Un détail significatif, puisque mon père refusait de se garer correctement et optait toujours pour la place, le côté ou le coin le plus ombragé du parking. Il prétendait ne pas discerner les marquages sur le bitume. Si nous insistions, il haussait les épaules : "Je ne les vois pas. La lumière est trop vive, j'imagine. Mieux vaut trouver un endroit à l'ombre."

Le véhicule était un GMC cabossé, comme celui de mon père. Il arborait la même patine bleu-vert. Côté passager, le rétroviseur était aussi cassé. Mon cœur battait à tout rompre, mais la perspective de retrouvailles mystiques s'était évaporée sitôt que j'avais jeté un œil dans l'habitacle. Le pick-up était pourvu d'un plancher. Aucun des pick-up de mon père ne conservait longtemps son plancher. Quand le plancher de son GMC avait rouillé, mon père s'en était passé un été entier. Le jour où Cal Hayes avait menacé de l'arrêter pour mise en péril de mineur, il avait bricolé un plancher de fortune avec les lattes en cèdre d'une douzaine de casiers. Jusqu'à sa mort, nous sommes allés à l'école les pieds posés sur du bois ayant vécu au fond de l'océan.

J'ignore de quoi nous pourrions parler aujourd'hui. J'interrogerais mon père sur ses commandes en cours et ses clients. Il serait sûrement captivé par mes patients les plus banals. Nous mangerions ensemble – nos repas me manquent terriblement. À mon avis, il serait heureux d'apprendre que ses fils incarnent chacun un aspect de sa vie professionnelle. Aurions-nous choisi les mêmes voies s'il était resté avec nous plus longtemps ? Je pense que oui.

Simon était destiné à construire des bateaux. Link était destiné à mener. Quant à moi, j'étais destiné à observer et à aider qui je pouvais.

Il y a certaines choses que j'aimerais qu'il sache : Simon a bâti une maison en amont, sur une colline élevée, un endroit simple où il vit heureux avec sa femme ; Link dirige une unité de forces spéciales en garnison en Afghanistan ; Galen vit toujours dans la baie, il est artiste et réalise des travaux de peinture pour Simon. L'accident a laissé des cicatrices sur son cou et ses bras. Il parle peu, mais la plupart du temps, il semble satisfait. Deux ans après le départ de ma mère, Grace a vendu sa maison et l'a persuadée de revenir. Elles ont raccordé l'eau et retiré les planches sur les fenêtres de notre maison, jurant de ne plus jamais en partir. Ainsi vivent-elles, fortes et sauvages, plus ou moins heureuses dans les bois, seules mais ensemble.

Affamé et visiblement peu porté sur les réflexions profondes, Otto se dressa sur ses pattes arrière et entreprit de renverser chaque verre, assiette et appareil dans la cuisine. Ses pattes étaient aussi grosses que celles d'un ours. Les trois derniers cheeseburgers avaient mal supporté leur nuit sur le comptoir. Il était trop tôt pour déranger Tripp, expliquai-je à Otto, aussi se contenta-t-on de bananes, de dattes et de flocons d'avoine. À mon grand soulagement, il avait consciencieusement nettoyé les débris d'œufs au sol. Grisé par ma décision d'adopter un chien, je dis à mon père que je l'aimais, puis j'admirai le lever du soleil en écoutant passer le café.

Ensuite, je sortis surveiller la tempête et m'occuper de Cricket. Dans le jardin, le rugissement d'un moteur me ramena à la réalité. J'avais complètement oublié Wren et Harold.

Ils descendirent d'un vieux coupé Saab bordeaux maculé de boue.

— Vous êtes en avance.

— Il conduit vite, répondit Wren avant de m'étreindre.

Derrière sa mère, Harold transférait son poids d'un pied à l'autre, la tête baissée. Il avait gagné huit bons centimètres depuis la dernière fois que je l'avais vu.

— Bien joué.

Il me décocha un regard radieux.

Otto se rua dehors et décrivit des cercles frénétiques autour de Wren. Il dérapa sur une flaque de neige fondue, manquant renverser le pauvre Harold.

— Tu as pris un chien, dit-il en riant.

— Plus ou moins.

— Plus ou moins ? demanda Wren. Ça veut dire quoi ?

Je haussai les épaules.

— Ça veut dire oui, je suppose.

Ils avaient peu de bagages et Wren entreprit de décharger les sacs seule. Elle était telle que je l'avais toujours connue, mais chacun de ses gestes semblait empreint de retenue, comme si elle risquait de s'ouvrir en deux si elle faisait un mouvement trop ample. Après un temps, je compris que cette impression était due aux efforts énormes qu'elle faisait pour se concentrer. Le simple fait d'ouvrir une portière lui demandait une attention extrême. J'essayai d'appréhender l'immense chagrin qui menaçait de l'engloutir depuis qu'elle avait appris la mort de Lyman.

Les cheveux d'Harold lui retombaient sur les yeux et les oreilles, le faisant paraître plus grand qu'il ne l'était. Il avait hérité des traits solides de son oncle et de son grand-père.

— Désolé pour ton grand-père.

— Merci. (Harold gratta Otto.) Enfin… Je veux dire, je suis triste qu'un homme soit mort. Mais je ne suis pas aussi triste que je devrais l'être, dans la mesure où j'ai perdu un proche. Tu comprends ?

Wren descendit du porche et s'empara du dernier sac dans le coffre, un sac à dos vert olive dont je soupçonnais qu'il renfermait au moins sept livres. Elle s'arrêta le temps de regarder une volée d'oies des neiges zigzaguer entre les nuages au-dessus du lac. Puis elle tourna les talons, dérivant comme du sable de la voiture à la cabane.

— Je comprends.

— Je le connaissais à peine.

Harold scruta le porche désert où se tenait sa mère quelques secondes plus tôt.

— Tu dois être affamé. Viens à l'intérieur. Viens te réchauffer. Viens à l'abri. Viens te sentir aimé. C'est pour ça que j'ai pris un chien.

— Que tu as plus ou moins pris un chien.

— Rien ne t'échappe.

— Ça, tu le savais déjà, oncle David.

Après que Wren et Harold se furent installés, nous allâmes dehors pour une session de luge. L'idée venait d'Harold et ses arguments, fondés sur le temps et l'opportunité – “Qu'est-ce qu'on a d'autre à faire, là tout de suite ? Allez, même le Canada radine sur la neige après Pâques” ! –, étaient tout à fait recevables.

— J'aimerais suivre la rivière jusqu'à la baie, dit-il après une ultime descente.

Nous gravissions la colline sous les rayons tièdes. Wren nous attendait au sommet, face au vide, les mains sur le ventre, les yeux sur les pins.

— Comment ?

— C'est simple, en fait. Suffit de traverser le lac et de franchir la frontière. Ensuite, on remonte la rivière Mattawamkeag jusqu'au bras principal de la Penobscot. Puis on met cap au sud et la rivière nous ramène à la baie. (Harold ouvrit son manteau, un charlatan s'apprêtant à vendre une Rolex en toc. Une vieille carte soigneusement pliée était rangée dans sa poche intérieure.) Je connais le chemin. J'ai déjà tout expliqué à ma mère.

Deux aigles apparurent dans le ciel au-dessus du lac et décrivirent des cercles autour du pin où se trouvait leur nid. C'étaient les premiers que je voyais depuis l'automne. Je les montrai à Harold, qui les regarda voler sous les nuages. Son plan était parfait. J'étais stupéfait de ne pas y avoir pensé plus tôt. Toute ma vie, j'avais suivi la rivière pour aller dans le monde. Jamais je n'avais pensé à la suivre pour rentrer chez moi.

— J'aimerais le faire à la rame, poursuivit Harold. La glace a sûrement fondu. Mais ça risque d'être difficile et je suis inquiet pour ma mère. N'empêche, on peut quand même le faire en voiture.

— D'accord, Harold. Super idée.

Nous étions occupés à faire sécher nos habits humides lorsque je perçus le bruit de succion caractéristique des pneus lourds sur une pente boueuse. Harold l'entendit aussi. Il s'immobilisa, un caleçon en Thermolactyl à la main, et me regarda. Je regardai Otto. Pressentant une victoire certaine, Wren me regardait aussi, un sourire narquois sur les lèvres.

Trente secondes plus tard, nous vîmes le pick-up blanc et marron du shérif, Frances Hurdle, sinuer entre les arbres.

Frances ne toqua pas à la porte de manière agressive, toutefois je sentis qu'elle n'était pas ravie d'avoir dû se rendre du côté le plus élevé du lac par un après-midi glacial de fin d'hiver.

— Deux personnes dans cette pièce ont fait des études supérieures, dit-elle en avisant notre petit groupe. Ravie de te voir Wren, ça fait un bail.

— De même, Frances.

— J'en déduis que vous êtes assez intelligents pour deviner la raison de ma présence ici.

— Otto.

Je baissai la tête.

— Qui ?

— Le chien.

— Bravo ! Je n'aime pas m'approcher d'animaux inconnus, mais je vois qu'il ne porte pas de collier, rien qui permette de l'identifier. N'empêche, la robe et la taille correspondent à…

— Oh, désolé, lança Harold depuis le fond de la pièce.

Je dus avoir l'air aussi choqué que Wren. Harold était doté d'un sens exacerbé de la politesse ; je ne l'avais jamais entendu couper la parole à quelqu'un avant.

— Pour quoi ? demanda Frances.

Harold se racla la gorge.

— Le collier. On était pressés et je l'ai oublié à la maison. D'habitude, je fais plus attention.

— Vous êtes ?

— Harold.

— Mon fils, précisa Wren.

— Je vois. Enchantée, Harold. Qu'est-ce que tu racontes ? Tu veux me faire croire que ce chien t'appartient ?

— Oui, madame.

Harold fit claquer sa langue. Otto s'étira et déambula jusqu'à lui, puis il s'affala à ses pieds. Ensuite, il roula sur le dos, quémandant une caresse. L'espace d'une seconde, Frances parut presque amusée. Dès qu'elle mesura l'implication des paroles d'Harold, cependant, ses traits se durcirent.

— En fait, dit Wren, ce n'est pas tout à fait vrai. Techniquement, Otto est à moi.

— Harold, Wren, dis-je. Vous n'êtes pas obligés de faire ça.

— Non, s'éleva une voix dans le jardin.

Surpris, nous fîmes volte-face.

— Et ils n'ont pas intérêt à essayer.

C'était Reggie. Nous n'avions pas entendu sa voiture. Mon oncle pénétra dans la maison et ouvrit les bras en grand.

— Frances ! (Il la connaissait depuis près de trente ans.) Tu l'as retrouvé !

— Quoi ?

— Mon clebs à la con. (Il enlaça l'énorme cou fauve et blanc d'Otto, dont les halètements devinrent tonitruants.) Je l'ai cherché partout.

— Ton clebs ?

Frances arqua un sourcil et glissa un coup d'œil à Wren.

— Attendez. (Quelqu'un d'autre était sur le porche.) Je croyais qu'il était à moi.

Roman Fitch apparut dans l'embrasure, une cigarette à la main, un manteau en laine drapé sur le bras. Il s'efforçait de dissimuler son hilarité. Je ne l'avais pas vu depuis longtemps, mais je lui avais souvent parlé. Il vivait à Toronto avec sa fille. Ensemble, ils dirigeaient une banque. Je n'étais pas surpris que Roman ait réussi dans le Nord, gravissant les échelons jusqu'à occuper un poste important, toutefois j'étais sidéré que quelqu'un soit parvenu à le convaincre d'enfiler un costume.

Frances plaqua ses mains sur son visage et réfléchit pendant une bonne trentaine de secondes. J'arrivais presque à voir les rouages tourner dans son cerveau : serait-il éthique de ramener ce chien à son propriétaire ? Quelle décision engendrerait-elle le moins de paperasse ? Frances était un shérif de confession bouddhiste, une combinaison rare dans ce pays. Ainsi – et c'était tout à son honneur – sa conception de la justice était plus karmique que juridique ou punitive.

— Ce chien semble aimé, dit-elle enfin.

— Presque trop.

Je contemplai Harold et Reggie. Ils couvraient la bête de caresses avec une joie gâteuse qui effaçait leur différence d'âge : ils étaient tous deux retombés en enfance.

— Je crois que je vais rentrer. J'ai froid et je suis fatiguée. J'imagine que vous avez autre chose à faire que me taquiner ou me distraire. Ça ne veut pas dire que j'approuve ce que j'ai entendu ici aujourd'hui : contrairement à la plupart des personnes ici, je tiens à la vérité. Je ne vais rien faire pour le moment. Le type du Connecticut voulait m'accompagner ici. Je lui ai assuré que ce n'était pas nécessaire.

— Merci.

Frances se dirigea vers la porte.

— Bizarrement, il ne semblait pas s'inquiéter pour son chien. À mon avis, il cherchait surtout à se venger.

— Quelle créature déconcertante que l'homme ! hurla Reggie, s'arrachant à Otto le temps de lever les bras et d'agiter les mains.

— N'abuse pas de ma patience.

Après le départ de Frances, je me tournai vers Reggie et Roman, stupéfait, et les serrai dans mes bras.

— Comment ?

— Je les ai appelés, dit Harold. Il fallait qu'on soit ensemble.

Wren scruta son fils.

— Qui d'autre as-tu contacté ?

Je n'aurais su déterminer si elle était en colère ou non.

— Falon, Grace – grand-mère –, oncle Galen, Link et Simon.

Harold égrena ces noms comme s'ils étaient dépourvus de passé, délestés de toute joie ou rancœur anciennes.

— Ils viennent aussi ?

— Non.

— Ils ont été appelés, dit Reggie.

— Ils ont été appelés, répéta Harold.

— Chapeau, conclut Reggie.

— On part ce soir ? demandai-je.

— Non, dit Wren. J'ai besoin de temps. Demain matin.

— Un voyage de Pâques, dit Harold.

— Exactement. Une occasion d'admirer le bosquet au printemps.

Nous appelions le bosquet la parcelle improbable que Molly Greenwind avait plantée dans les cendres de l'incendie. Son procès avait fait la une de tous les journaux. Des associations de préservation environnementale s'étaient cotisées pour racheter le site afin de le laisser revenir à l'état sauvage. Un véritable coup de force : combien de fois dans l'histoire des États-Unis une usine avait-elle été vendue dans le but de redevenir une forêt ? Quelques années plus tard, le bosquet avait été restitué à la nation Penobscot, qui s'en occupe encore aujourd'hui.

— J'ai quelque chose sur le cœur. (Reggie se racla la gorge, les yeux sur Wren.) Ça m'a turlupiné pendant tout le trajet. Je ne veux pas que ça me turlupine jusqu'à l'enterrement.

— Exprime-toi, alors.

— Je le détestais. Mais je t'aime encore plus. Alors je suis là.

Wren parut blessée, néanmoins elle hocha la tête.

— *Nətapi-nisóhsepəna*, dit Harold, nous surprenant tous.

Je reconnus la langue des Penobscots.

— C'est Moses qui t'a appris ça ?

Harold secoua la tête.

— C'est Molly, par l'intermédiaire d'oncle Galen.

— Comment ? demanda Wren.

— Elle lui aurait murmuré cette phrase à l'oreille le jour où elle et Adam l'ont sauvé…

— Le jour où un père est mort, rectifiai-je. (Je vis Wren se détourner pour cacher ses larmes.) Peut-être deux, ajoutai-je, ravalant ma colère.

Harold opina.

Wren s'essuya les yeux.

— On fait quoi ? demanda-t-elle.

— On rentre ensemble.

L'après-midi, nous préparâmes un repas composé de pain frit au maïs et de riz aux haricots pimentés accompagnés d'une fricassée de courges au cheddar. Ensuite, Reggie et Roman empilèrent du bois dehors pour confectionner un feu. Le reste pouvait attendre. Nous ferions la vaisselle au retour de notre voyage, qui commencerait le lendemain matin. Je me demandai si je devais emmener Otto. Je me demandai si Frances accepterait de garder un œil sur Cricket. Je me demandai si Frances accepterait de garder un œil sur Otto. Je me demandai si je n'exagérais pas un peu.

Dehors, Reggie venait d'allumer le feu. Des flammes de deux mètres se dressaient vers le ciel, un cône orangé se détachant du crépuscule de plus en plus sombre.

— J'ai apporté des biscuits et des marshmallows, dit Roman.

Nous sortîmes dans le jardin. Il faisait encore jour, mais plus pour longtemps. Harold était assis dans un fauteuil Adirondack. Couché à ses pieds, Otto semblait indifférent au froid et à la neige. Harold étala ses cartes sur le dos du bouvier et scruta les routes dans la lumière déclinante.

— Tu crois que tu retourneras y vivre un jour ? demanda Wren. (Nous étions chacun assis dans un fauteuil, mais enfouis sous la même couverture en laine. Elle étudiait Harold qui étudiait les cartes.) Dans la baie ?

Je haussai les épaules. Pour la première fois depuis longtemps, l'idée me semblait plausible. J'avais passé de longues années ici. La cabane, East Grand, me semblaient permanents, immuables. Mais mon travail à la clinique touchait peut-être à sa fin. Nous n'avions jamais assez d'aide ni d'argent et les patients se faisaient de plus en plus rares. Bien évidemment, j'étais confronté au dilemme du médecin – pouvais-je abandonner mes patients, même s'ils étaient rares ? – ainsi qu'à son corollaire : serais-je capable de vivre sans que l'on ait désespérément besoin de moi ? Toutefois j'avais cette option, recommencer de zéro dans la baie.

Je donnai une réponse sincère à Wren.

— Je n'en sais rien.

Je pensai à mes pèlerinages annuels pour arracher les mauvaises herbes autour de l'arbre à pommes fantômes. Sitôt que je me garais dans le jardin, ma mère sortait pour m'accueillir, emmitouflée dans une vieille veste de treillis, coiffée d'une casquette orange vif, une Thermos de thé glacé à la main, quelle que soit la saison. Grace passait presque tout son temps avec ses clients. Si elle n'était jamais présente à mon arrivée, elle nous attendait toujours à notre retour, une fois notre tâche accomplie. Un plat mijotait sur le feu. Ma mère me serrait dans ses bras. Elle posait peu de questions. Équipés de faux, de cisailles et de sécateurs, nous gagnions la falaise et entreprenions le travail délicat consistant à tailler les herbes hautes. Ma mère m'aidait un moment, puis elle s'adossait contre le pommier pour contempler l'océan – après toutes ces années, elle était toujours la seule à oser toucher l'écorce. Tantôt elle pleurait. Tantôt elle jurait. Tantôt elle restait muette. Avant de partir, elle chuchotait un au revoir à l'arbre. Aujourd'hui, je comprenais la vérité. À l'instar de Sanoba, mon père était un homme d'air et de feu, une victime de la violence d'un monde masculin hanté par les ombres. Un monde de couleurs ardentes et de noirceur abyssale. Un monde d'orgueil et de folie. Un monde de miracles, d'amour et de chagrin, condamné à être emporté par la mer. Ma mère était l'arbre aux pommes fantômes, forte et fiable, peu importe la douleur qu'elle abritait en son sein. Et moi, j'étais l'un de leurs enfants, qui cherchait encore.

— Les pommes fantômes, dis-je à Wren. Je t'ai déjà raconté l'histoire ?

— Non, je ne crois pas.

— Depuis le temps qu'on se connaît. (Je secouai la tête.) Ça paraît presque impossible.

Wren me saisit la main.

— C'est même impardonnable, David.

Je l'observai, pétri de cette admiration qui ne m'avait jamais quitté. Au fil des ans, à sa manière, Wren avait vécu ces histoires à mes côtés.

— Bientôt. On a une longue route devant nous.

Debout dans le jardin, Roman scrutait les collines. Reggie patientait sur le porche. Harold observait ses cartes. Otto ronflait. Il n'y avait plus que moi et Wren dont la présence, je m'en rendais compte à présent, m'avait terriblement manqué. Ils m'avaient tous manqué.

— C'était un bon père, dit-elle.

— Je sais.

Harold se leva et jeta une bûche dans le feu. Enfant, j'avais été incapable de détester Lyman. C'était toujours le cas. Ils étaient morts maintenant, mon père et l'homme qui l'avait arraché au monde. Chaque fois que je voyais un vieux pick-up vert, un pêcheur à la démarche nonchalante, un corbeau dans le ciel, je pensais à eux. Non, ce n'était pas tout à fait vrai. Je faisais volte-face, m'attendant à les trouver derrière moi.

— Il y a tant de choses que j'aimerais savoir, dis-je.

— Sur mon père ou le tien ?

— Les deux.

— Moi aussi. (Après un long silence, elle ajouta :) Dans une autre vie, je pense qu'ils auraient été amis.

Selon Wren, le monde tangible ne représente que sept pour cent de l'univers. En d'autres termes, il faudrait être idiot pour croire que ce qu'on voit, sent et comprend a plus d'importance que ce qui échappe à nos sens. Les quatre-vingt-treize pour cent de matière restante sont sûrement cruciaux. La vérité compliquée est la suivante : d'autres mondes que nous ne pouvons ni percevoir ni concevoir sont peut-être en train de se déployer en ce moment même. Peut-être existe-t-il une dimension parallèle où nos pères pourraient être amis, une réalité alternative où différentes notions de ce qui constitue un père, un ami et un ennemi pourraient exister.

— Il y avait… (Je cherchai le mot juste.) Des similitudes. (Je peinais à distinguer Wren dans la nuit tombante.) Je crois que c'est l'heure.

— L'heure de quoi ?

— D'aller sur le rivage.

Harold leva la tête.

— Pourquoi ?

— Je ne sais pas trop. Je l'ai vu dans un rêve.

Roman cessa de contempler l'horizon et hocha la tête. Reggie descendit du porche et haussa les épaules. Je sentis que Wren réfléchissait. Nul doute qu'elle s'appuyait sur des équations cosmiques pour déterminer si le fait de descendre soixante-dix-sept marches dans la pénombre glaciale aurait un véritable impact sur notre vie.

— Oh et puis merde, dit-elle enfin. Peut-être l'aventurier n'est-il pas censé comprendre l'aventure.

Le vent portait une odeur de pins frais mâtinée d'un léger relent de pourriture. La neige fondait. Pâques marquait le retour à une terre fertile. Lorsque je vis les bourgeons sur les arbres, je fermai les yeux pour sentir leurs tiges, forçai ma conscience à pénétrer chaque branche, à plonger dans le tronc tiède, les racines, la terre, glacée en surface, puis de plus en plus chaude. Ensuite, il suffisait d'un peu d'imagination pour voyager de racine en racine, écouter les insectes se réveiller, contourner le soubassement, remonter dans le terreau humide et les eaux temporaires d'où jaillirait bientôt la vie. Si je me concentrais, j'en étais convaincu, la terre nous ramènerait chez nous, où les pommes fantômes nous attendaient.

Le lendemain matin, nous partirions. Ici, la nature continuerait d'éclore sans nous. De l'autre côté du lac, le soleil s'enfonça derrière les collines. Un ruban rouge s'étira dans le ciel. Je poussai un cri de surprise.

— Qu'est-ce qu'il y a ? demanda Harold.

— Ce coucher de soleil.

À l'horizon, la ligne rouge avait la même couleur que la carte étrange offerte par l'inconnu la veille.

— Spectaculaire, dit Wren.

Je mis la main dans ma poche afin d'effleurer le rebord rigide de la carte. Spectaculaire, en effet. Je regardai Wren, Roman et Reggie. Je regardai Harold et Otto. Serrés les uns contre les autres, nos corps formaient une drôle de mosaïque. J'entendis l'appel d'un huard, de retour depuis peu. Le vent balayait les arbres. Les étoiles n'allaient pas tarder à sortir. À l'ouest, par-delà l'étendue indigo, nous voyions l'Amérique. À l'est, le crépuscule baignait les vastes vallées arborées du Canada. Nous avions également vue sur le nord et le sud. J'eus la sensation grisante qu'ensemble, nous pouvions tout voir.

Personne ne parlait. À mes pieds, l'eau calme reflétait le ciel sombre. Je me remémorai alors un après-midi avec mon père quand j'étais enfant. J'ai onze ans. Nous sommes sur la berge de la Petite Rivière. L'eau est un reflet parfait du ciel. Je contemple les nuages blancs, la lumière bleue, les branches grenat, les feuilles dorées, mon père et moi-même. On est en octobre, quelques semaines avant l'anniversaire de mon père. Après l'école, dans la voiture, j'ai regardé les tourbillons colorés se fondre dans les arbres en cherchant une idée de cadeau. Toute la durée du trajet, mon père est resté silencieux. À présent, il saisit un miroir en pied étroit qu'il a décollé d'une porte de placard. Je sens qu'il a attendu longtemps de pouvoir me montrer ça. Ses mouvements sont précis, mais son visage est empreint de tension. Il veut m'impressionner. Il tourne le miroir face à la rivière. Ensuite, il le soulève et le tend au-dessus de la surface tel une planche. Il m'ordonne de me glisser dessous pour regarder le verre. Soudain l'eau est un miroir du ciel, le miroir un miroir d'eau-ciel. La magie ne fait que commencer. Entre le verre et l'eau, le miroir et le miroir, les reflets se démultiplient. Les nuages, le ciel, les arbres, mon père et moi-même, enchâssés les uns dans les autres. J'en ai le souffle coupé. C'est un miroir infini, me dit mon père. Son reflet est éternel.

REMERCIEMENTS

RARES SONT LES CHOSES que nous accomplissions seul. Il en va de même pour l'écriture d'un roman.

Tout d'abord, je tiens à remercier ma femme, Heather, pour son amour, son soutien et son intelligence. Au fil des ans, personne n'a lu cet ouvrage avec autant de cœur et d'intuition. Ta présence a renforcé ce roman, tout comme ma vie.

Merci à ma fille, Aloma, pour sa capacité miraculeuse à rendre mon monde plus profond chaque jour. Rien ne m'importe plus que d'être ton père. Peut-être n'existe-t-il pas plus beau cadeau pour un auteur que celui de devenir parent.

L'auteur Linda Hagon écrit : "Marcher. J'écoute un chemin plus profond. Soudain, mes ancêtres sont derrière moi. Reste tranquille, disent-ils. Écoute et regarde. Tu es la somme de l'amour de milliers de personnes." À mes ancêtres, merci pour votre amour, merci d'avoir tracé la voie et merci d'être restés avec moi, une source de force, de croyance et d'histoires.

Tous mes remerciements à mon agent, Jonah Straus pour sa foi inébranlable en ce roman. À chaque révision, son flair, son attention et ses commentaires se sont révélés précieux. Je remercie également Alec McDonald pour les nombreuses heures qu'il a consacrées à cet ouvrage.

Mes sincères remerciements à Gail Winston, redoutable éditrice qui s'est faite ma championne. Mille mercis à Doug Jones, Alicia Tan, Kyle O'Brien, Milan Bozic, ainsi qu'aux autres membres de la formidable équipe de HarperCollins qui ont tant travaillé sur ce livre.

J'aimerais remercier Gabe Paul de la Nation Penobscot et Conor Quinn du département linguistique de l'Université du sud du Maine de m'avoir si généreusement aidé à mieux comprendre la langue penobscot. Je remercie également Randall Williams d'avoir patiemment partagé avec moi ses connaissances sur l'aviation et Donald Soctomah, de la tribu Passamaquoddy. Je tiens aussi à remercier le Iowa's Writer's Workshop et la MacDowell Colony pour m'avoir octroyé de l'espace, du temps et un financement. Merci à Kelsey Sullivan de m'avoir accordé quelques escapades dans sa cabane à Stone Meadow.

Je remercie mes professeurs et mentors : Marilynne Robinson, Michelle Hunevan, Lan Samantha Chang, Alexander Chee et Kevin Brockmeier. Un remerciement tout particulier à Dog Walllace et à Ellen McQuiston : il y a longtemps, dans une minuscule université à Waterville, ils ont changé ma vie en me montrant combien l'écriture pouvait être puissante.

Je remercie Bryan Castille, Ashley Davidson et Christa Fraser, qui ont été de merveilleux lecteurs et des amis plus merveilleux encore. Merci à Gary Polhemus et à Amos Hausman-Rogers pour la musique, la joie et la volonté de créer. Sans oublier Mark Brandhorst et Sarah Shepley, qui m'ont toujours donné l'impression que j'étais chez moi.

Votre amitié m'a aidé à faire germer les graines de cette histoire.

Je remercie ma sœur, Jennifer Brown, d'avoir toujours été là, pendant notre enfance et après. Merci à Sue Newton, Susan Hooper et David Stark pour leur sagesse, leur humour et leur amour. Enfin, je tiens à remercier mes parents pour leur amour infini et indéfectible. Ils m'ont appris à savoir quand patienter et quand me battre, deux qualités trop rarement célébrées, dans la vie comme dans la littérature.

Cet ouvrage a été imprimé sur du papier
dont les fibres de bois proviennent
de forêts durablement gérées

IMPRIM'VERT®

CET OUVRAGE A ÉTÉ COMPOSÉ PAR ATLANT'COMMUNICATION (VENDÉE)

ACHEVÉ D'IMPRIMER SUR ROTO-PAGE
PAR L'IMPRIMERIE FLOCH À MAYENNE
EN AVRIL 2022
POUR LE COMPTE DES ÉDITIONS GALLMEISTER
13, RUE DE NESLE
75006 PARIS

DÉPÔT LÉGAL : MAI 2022
1re ÉDITION
N° D'IMPRESSION : 100181
IMPRIMÉ EN FRANCE